DU MÊME AUTEUR

Jouer juste, *Verticales, 2003 ; Folio, 2008*

Dans la diagonale, *Verticales, 2005*

Un démocrate, Mick Jagger 1960-1969, *Naïve, 2005*

Entre les murs, *Verticales, 2006 ; prix France Culture-Télérama 2006 ; Folio, 2007*

Une année en France *(avec Arno Bertina et Oliver Rohe), Gallimard, 2007*

Fin de l'histoire, *Verticales, 2007*

Antimanuel de littérature, *Bréal, 2008*

Vers la douceur, *Verticales, 2009 ; Folio, 2010*

Parce que ça nous plaît. L'invention de la jeunesse *(avec Joy Sorman), Larousse, 2010*

L'invention du jeu, *ill. Pascal Lemaître, Hélium, 2009*

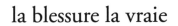

la blessure la vraie

françois bégaudeau

la blessure la vraie

verticales

1

Depuis vingt ans à vrai dire je n'ai plus cessé de rire. C'en est troublant, presque inquiétant, une anomalie car il y aurait plutôt de quoi pleurer, tragédies, saloperies, maladies, labeur de vivre, effroi de ne plus.

Tout autour on se trouble, s'inquiète, soupçonne un hic, perçoit un aveu dans mes trop virulentes dénégations. Ça cache quelque chose, une plaie, une écorchure, une entorse incurable au bonheur.

Toujours j'ai donné le change, mais aujourd'hui me trouve las d'esquiver et pressé d'admettre qu'en effet il y a quelque chose qu'il ne faut plus tarder à raconter.

Le temps est venu quoi qu'il m'en coûte de remonter à la blessure.

De remonter à 86.

À l'été 86.

Le dimanche 7 juillet 1986, à 14 h 35, la Renault 19 familiale croise une 4 L beige dont une paysanne édentée et coiffée d'un fichu occupe seule l'habitacle. Elle roule vers Saint-Gilles-Croix-de-Vie, nous roulons vers la maison de Saint-Michel-en-l'Herm où mes parents ont vécu quinze ans, mon frère quatorze, ma sœur neuf, moi sept, et que nous occupons pendant les vacances scolaires depuis l'emménagement à Nantes en septembre 78.

Cent kilomètres plus tôt j'ai demandé à mon père de nous faire arriver à 15 heures pour la finale de Wimbledon. Il a regardé sa montre et commencé à forcer les dépassements, essuyant de réguliers appels de phares.

Parfois une bosse de départementale chatouille le bas-ventre. Un dixième de seconde on est en apesanteur. On pourrait retomber dans le fossé pour un accident totalement mortel, cinq déchiquetés d'un coup, ce serait horrible et je le raconterais d'outre-tombe. Mais non.

Le conducteur zélé double dans son élan une remorque de betteraves attelée à un tracteur placide. Au panneau barré de Saint-Denis-du-Payré, ma montre Seiko à quartz étanche indique 2.46. Je calcule qu'en maintenant une vitesse moyenne de 95 km/h, je pourrai même voir les balles d'échauffement pendant lesquelles les tribunes vert bouteille clament le nom de leur favori avec un accent anglais que j'adore reproduire.

En arrivant, je décharge pour la forme la glacière en polystyrène et un sac lesté de livres que je n'ouvrirai pas de l'été, le sac ni les livres, puis je me cale devant la télé en croquant dans une golden acide du jardin.

Becker prend d'entrée le service de Lendl et remporte le premier set. Je lève un bras rageur. Comme l'ensemble de la population mondiale et malgré ma sympathie pour les pays de l'Est, je déteste le Tchèque au maillot à losanges, et les dix-sept ans fougueux de l'Allemand compensent le passif de sa nationalité.

Il me reste deux ans pour gagner Wimbledon. Dans les interviews que je donne à la presse mondiale dans ma chambre nantaise, je dis que je ne fais pas une fixation sur cette échéance, qu'il s'agit juste pour moi de satisfaire les fans impatients de voir mon jeu d'attaque donner toute sa mesure sur le gazon londonien.

Le roux Becker remporte le deuxième set et file vers une victoire facile. Je devrais exulter, palpiter de joie nouée à l'approche du sacre, me voiler les yeux d'angoisse chaque fois que mon favori sert une deuxième balle.

Je n'exulte pas. Mon cœur palpite normal. Je ne me voile rien du tout.

La vérité est que je m'ennuie, et c'est bien la première fois devant une finale. Quand Lendl revient à 3-3 dans le troisième set, je me surprends à craindre qu'il le remporte et d'avoir à en subir encore un ou deux.

Je suis tiraillé entre mon rang à tenir de fan de tennis et les injonctions d'une soudaine bougeotte. Trois échanges plus tard, je ne sais quoi tranche le dilemme. Je me vois déserter la salle à manger et croiser mon père que réjouit cet élan vers le plein air plutôt que de se cloîtrer bêtement. Je me vois décrocher de son clou au fond de la grange mon vélo Motobécane à double plateau. Ma mère a suivi la manœuvre et demande ce que je trafique. Je dis que je vais faire un tour dans le bourg. Elle a un sourire qui comprend tout et consent.

— Tu regardes pas la fin du tennis ?

— J'ai un truc à faire.

Et pour le truc que j'ai à faire je sais qui je dois trouver.

Je dévale sans les mains la rue des Saints-Martyrs, coupe en diagonale la place du marché déserte, grille désinvolte le stop de la poste. Le village est vide. Tous ont transhumé vers la plage, sauf les silhouettes voûtées et noires des vieux rencognés dans des poches d'ombre.

Deux d'entre eux discutent mains sur canne devant l'hôtel des Abbés où de son vivant Napoléon a passé une nuit. Il a mal dormi à cause des moustiques du marais et le lendemain il est reparti cap au nord fonder La Roche-sur-Yon.

Je couche mon Motobécane 2 × 5 vitesses dans l'herbe au bas du chemin rocailleux qui mène chez les Courreau. Il y a des papillons. Le portail grince. L'immuable soc de charrue est fatigué de rouiller au milieu de la cour. C'est elle qui m'ouvre, s'exclame aigu, m'embrasse sans lèvres, enlève pour le faire les lunettes Sécu qu'elle avait déjà quand elle me gardait les mercredis après-midi. Pendant les siestes dans le petit lit au pied du sien, ses ronflements étaient des râles d'ogre. Puis on se levait et tout était doux. La brioche à la fleur d'oranger devant les dessins animés de 16 heures. Le Fruité au pamplemousse. L'amène bourdonnement du frigo Brandt. Sa voix.

— T'as encore poussé toi dis donc.

Pour une fois cette observation-réflexe se justifie. La

visite médicale de fin de troisième a révélé que j'avais pris sept centimètres en huit mois. J'ai la voix plus grave quoique pas assez à mon goût, un bouton cyclique sous la lèvre inférieure, un duvet sous le nez et pas eu le courage de commander un rasoir électrique à mon anniversaire de mars dernier. Depuis six mois je le coupe aux ciseaux, c'est n'importe quoi. Le n'importe quoi durable plutôt qu'une gêne ponctuelle, c'est un choix perdant et c'est le mien.

À l'appel enjoué de sa femme, René Courreau, que je n'ai jamais vu sans béret, a traîné ses charentaises jusque dans la salle à manger d'où le vaisselier ne s'est pas enfui.

— Regarde donc comment qu'il est grand le drôle.

René sourit pour approuver. René sourit continûment. Une bonté aussi indécrottable que ses bottes de ferme aperçues sur le perron.

Le vaisselier n'a pas bougé, ni la tête de cerf que pour une raison demeurée inexpliquée j'appelais Éric.

À ma demande ils m'informent que Joe n'est pas rentré pour déjeuner après sa tournée de journaux.

— Tu sais comment qu'il est, à jamais rien dire à pépère et mémère.

Pépère et mémère se sont mariés en juin 1956 pour légitimer un fils qui a débarqué deux semaines après la cérémonie à l'église et s'en est reparti vingt et un ans plus tard, broyé par la tôle de la Simca 1100 que son meilleur copain Jean-Michel Potier ivre de pastis a lancée dans le mur d'enceinte du stade municipal. Jean-

Michel en est ressorti indemne et dépressif à vie. Avant que mémère ne meure de chagrin, pépère a sorti du hangar la Trois Chevaux pour monter à Luçon, voir si par hasard l'assistance publique avait pas un petit pour remplacer. On lui a présenté un garçon de six ans qui venait d'être ramassé sur la route de Triaize, largué là par une cigogne ou un objet volant non identifié. La semaine d'après, mémère est venue voir l'enfant tombé d'ovni et l'a tout de suite aimé comme un fils. On ne savait pas son prénom ni quoi ni qu'est-ce, alors elle a demandé comment qu'tu veux qu'on t'appelle mon p'tit gars? Le petit d'ovni a dit Joe. C'était le premier mot qu'il prononçait, il devait y tenir, du coup mémère l'a pris sur ses genoux et a dit embrasse ta mémère mon Joe. Depuis elle n'a plus cessé de prononcer le J à la française, comme pour sa cousine Jacqueline née avec la polio, alors que le petit d'ovni avait prononcé à l'américaine, comme dans John Wayne dont il était peut-être le fils, quoiqu'on n'ait jamais aperçu John Wayne à Luçon, ni même aux Sables-d'Olonne où les Américains rachètent une à une les maisons du front de mer.

Mémère me fait asseoir et m'offre la part de brioche à la fleur d'oranger destinée à Joe. Je refuse d'un geste, elle propose du beurre pour aller avec. Je fais valoir que je suis pressé, elle rapproche un bocal de confiture de prunes. Je me lève pour y aller, elle rapporte de la cuisine un verre à moutarde rempli de Fruité au pamplemousse et décoré de membres divers de la famille Barbapapa. Barbabelle, Barbidul, quelques autres.

– Comment qu'elle va la petite Laurence?

Je hausse des épaules ignorantes, geste d'acteur peaufiné d'année en année puisque mémère me pose systématiquement la question. Le frigo Brandt bourdonne.

– Nous non plus elle nous écrit plus.

Pépère redouble de sourire en préparant sa chique. Il sait où mémère veut en venir. Les mercredis, elle s'arrangeait pour que Mme Bertin dépose ici sa fille Laurence et qu'on joue tous les deux dans la cour à côté du soc déjà rouillé, et qu'on se plaise bien, et qu'on se marie plus tard à l'église de Saint-Christian, patron des amoureux. On jouait, on se plaisait bien, on ne se mariera pas. Laurence Bertin est partie habiter à La Rochelle avec sa mère divorcée et aux dernières nouvelles elle est fan de Whitney Houston. La vie ça se passera pas comme c'était écrit, la page est blanche et pour la noircir il faut que je m'arrache aux mains briochées de mémère.

– Déjà? N'importe comment t'as jamais tenu en place toi.

Depuis toujours j'évalue à soixante le nombre d'années qui me sont échues et je divise par mon âge. À six ans j'avais fait le dixième, à dix le sixième. Chaque année ça se réduit, je trépigne, les nuits j'attends le jour. À quinze ans j'ai déjà fait le quart et le 7 juillet 1986 a déjà grillé dix-huit de ses heures, il n'y a plus de temps à perdre.

Pour le café de la place de la mairie, on ne dit pas L'Extase, comme y incite l'enseigne à moitié lumineuse, on dit chez Gaga. Pourtant le patron ne s'appelle pas plus Gaston qu'il ne présente de symptômes de gâtisme précoce. Il ne fait pas non plus gazou-gazou devant les bébés, au contraire il aime pas beaucoup ça les bébés, il préfère la pêche à la grenouille et le Ricard, si possible simultanément. Une fois on l'a retrouvé assoupi bourré au bord de l'étang des Sacristains, une grenouille à la cime de son bob Miko, et la canne entre ses jambes lui faisait un sexe tendu pour personne, comme le mien souvent. La mère Baquet dit qu'il finira par boire tout son bar, chaises et tables comprises. Au moment où j'entre il finit une réussite sur son comptoir et me salue en rehaussant d'un index son chapeau de paille sans grenouille.

– Qu'est-ce qu'on lui sert au Nantais ?

L'an dernier je prenais des Monaco. Cette année est un autre jour, j'ai changé, du poil m'est poussé y compris là où je pense, je vais plus tarder à être un homme, il faut que je marque le coup mais une blonde en pression là tout de suite ça ferait le mec qui veut marquer le coup. Je commande un panaché, à moitié insatisfait de ce compromis perdant des deux côtés. La demi-teinte plutôt que le ridicule de la pleine assurance, c'est un autre choix perdant et c'est aussi le mien.

Un vieux à casquette alangui par la chaleur se tait devant une Suze, yeux plissés fermés. De son vivant il exploitait une ferme. La ferme s'est figée en photo d'histoire et lui avec. Gaga le rangera à la fermeture.

Je demande si Joe a montré sa gueule cet après-midi. J'affecte et jouis de dire montré sa gueule. Gaga hausse les épaules d'ignorance et pointe un roi de cœur vers Tony Moreau.

Pour savoir des choses on doit parler à Tony Moreau, qu'on ne trouve nulle part que chez Gaga, et chez Gaga à nulle autre place qu'entre le baby-foot et le mur décoré de coupes de l'Association sportive michelaise. Même pisser on le voit jamais. Au début Gaga a soupçonné qu'il se soulageait dans la fente où tombent les balles en gomme quand on met un franc, mais non.

– Salut Tony.

L'an dernier il avait déjà son anneau à l'oreille gauche, mais pas ce tee-shirt Seb c'est bien.

– Ça gaze Tony ?

Le suivant prend toujours le vainqueur, donc le suivant prend Tony, qui défend d'une main en faisant juste jouer la barre du goal et sort des vannes sans regarder leur destinataire.

– Il paraît qu'à Nantes y a que des puceaux, j'arrive pas à y croire.

– T'as pas vu Joe ?

Tony prend invariablement les rouges. Quand on lui demande pourquoi il dit c'est la couleur de l'anus de ta sœur quand j'y serai passé. Comme ça d'un trait en tirant les dix boules. Puis il demande la mise du type en face qui ne connaît sans doute pas Tony car il dépose un billet de dix francs derrière le but rouge comme l'anus de ma sœur quand Tony y sera passé. Un pauvre gogo de vacancier venu d'Épinal et qui va bientôt moins frimer avec son tee-shirt Windsurf Paradise. Tony met aussi un billet marron et laisse l'engagement d'un geste princier.

— Sinon t'as pas vu Joe?

— Il est bon ton panaché?

— Trop fruité.

— Tu m'en commandes un?

Je pose un index sur mon verre à l'attention de Gaga. D'entrée Tony plante un but de l'arrière et se fout de ma gueule.

— T'affole pas j'ai déjà pris mon goûter, je vais prendre une Kro plutôt.

Je fais celui qui avait compris la blague et je fonds ma honte dans celle du gogo qui commence à comprendre son malheur. Tony met une troisième boule en jeu.

— C'est à ta petite cousine le vélo Motobécane?

Impossible qu'il m'ait vu le planquer derrière la mairie.

— J'ai pas de petite cousine.

— Tu l'as eu pour ta communion alors?

— J'ai pas fait de communion t'es maboul.

— Faudra enlever les petites roues quand même.

Tony est né un 15 août et sa mère s'appelle Marie, ça s'invente pas. Au troisième but encaissé, le surfeur d'Épinal pose les mains sur les hanches en hochant la tête comme un McEnroe impuissant à renverser le cours d'un match. Sur la balle suivante ses trois avants se font des passes désemparées, Tony lâche sa barre d'arrière pour attraper le demi de Kro que je lui tends. Il en ingurgite la moitié et rote, en tordant la bouche pour faire durer.

— Joe tu le trouveras à la fontaine.

Dans le faux plat de la grand-rue, j'affecte de ne pas faire jouer les deux plateaux du Motobécane dont j'étais si fier l'an dernier en le déballant du carton Camif. Les stores de la boulangerie Boudard sont fermés, ceux de la mercerie aussi mais ça c'est tout le temps depuis qu'on a retrouvé la mercière démantibulée au fond de son puits en février 84. Les gendarmes ont conclu au suicide, mais la mère Baquet dit que la maréchaussée ferait bien d'aller voir du côté de la famille de la bru qui n'a pas craché sur l'héritage on dirait.

Elle ajoute que les mercières ne se tuent jamais et on veut bien la croire.

Une 104 rouge me double et pile vingt mètres devant. En sort côté droit une silhouette chétive et familière. Trop tard pour passer mon chemin l'air de rien, Laurent Coulard est déjà là à me tendre une main sans poigne. Il n'envisage même pas que je l'évite, copains c'est pour la vie. Il montre du doigt son nouveau canot pneumatique fixé au tendeur à la galerie du véhicule immatriculé 85 PG 85, ça s'invente pas.

— Y avait des vagues super aujourd'hui.

Sa gentillesse sonne désormais niaise à mes oreilles résolues à la cruauté. À la maternelle il avait déjà un an de moins que moi. Longtemps ça n'a pas été un problème, mais là les aigus de sa voix d'avant-mue ne sont plus tolérables. Une voix engluée dans le temps où je pouvais encore en perdre, une voix si bien engluée dans l'enfance qu'en mars 88 une chute d'échafaudage sur le chantier de son père lui interdira définitivement l'accès à la puberté.

— Demain c'est drapeau orange, si tu veux on passe te prendre.

Pas envie de dire oui, pas le courage de dire non Laurent c'est fini, pour ce que j'ai à faire cette année j'ai besoin que tu me lâches la grappe et je crois pas si bien dire. Heureusement Martine Coulard klaxonne son fils en me faisant coucou dans le rétro avec la tendre rudesse dont vous gratifient les femmes d'ici. Laurent replonge dans la 104 coiffée du canot pneumatique hérissé à sa proue d'une tête de Pluto le chien de Dingo l'ami de Mickey.

Une nervosité trouée de scrupules me fait repartir en danseuse dans le faux plat.

Il y a trois siècles ou trente la mer allait jusqu'à Saint-Michel-en-l'Herm qui du coup était une île. Puis il y a trois siècles ou trente elle s'est retirée, laissant à découvert des terres gorgées d'eau qui constituent le marais, peuplé exclusivement de moustiques, de hérons et de fantômes de pirates. Le village s'est retrouvé perché sur un rocher dont les flancs pentus exposés au soleil et nommés coteaux sont couverts de vigne. Encore l'an dernier la descente des coteaux je la faisais en montant. Maintenant la montée je préfère la descendre, sans les mains, sans pédalage comme sur une mob, serein décontracté cool, la panique c'est pour les mômes, tout va bien se passer, je suis prêt, ce sera l'été de ma vie.

La fontaine n'est pas une fontaine. Juste un petit périmètre de mauvaises herbes délimité par quelques chênes fatigués et deux bornes municipales ; au milieu des herbes une pompe en métal rouillé qui dégorge quelques centilitres en couinant ; au pied de la pompe un ru qu'un tunnel d'égout creusé sous la route jette de l'autre côté dans l'eau boueuse d'une mare nappée de lentilles et ceinte d'un muret croulant ; fichée dans le muret une stèle envahie de roseaux à la mémoire de la noyée Raymonde Frison 1923-1928 ; à quelques mètres de la stèle une carriole attelée à une mobylette rouge sur béquille ; après la carriole un talus qui vous élève de deux mètres et ouvre la perspective sur les champs de blé mûr ; en contrebas du talus une fille à genoux dans l'herbe qui reboutonne sa chemise ; derrière la fille, pissant de dos dans l'eau fangeuse du fossé en sifflant The final countdown, Joe.

2

La fille n'a pas du tout précipité son reboutonnage. Sa chemise à jabots lui arrive à mi-cuisse et c'est heureux parce qu'elle ne porte rien d'autre.

Heureux ou malheureux, question de point de vue.

Elle me fixe avec un sourire de Joconde comme si c'était elle qui venait de me surprendre. Une estafette grise passe en toussant et c'est moi qui suis tenté de plonger pour me planquer. Tout l'embarras du monde sur mes épaules. Tout prendre sur moi. Elle enfile un jean délavé fendu au genou, son regard calé dans le mien fuyant. Joe a fléchi pour se refroquer et se retourne.

— Ben descends qu'est c'que tu glandes?

Je descends. Il tend une main et de l'autre me pince les couilles. Un truc qui lui est venu pendant l'été 84. La fille se marre et incline la tête pour accrocher une croix à son oreille gauche.

— Tu dis pas bonjour à Sandrine?

À partir de treize ans on bise les filles et c'est seulement là que je reconnais Sandrine Botreau. À son odeur sous le parfum, un truc crotteux atavique que j'ai eu tout le temps de renifler en troisième année de maternelle, ça me déplaisait pas à l'époque. Tout le reste a changé. L'an dernier encore elle quittait jamais ses bottes en caoutchouc jaune et un survêtement d'une marque Adidas perdue dans des limbes de ringardise avant sa renaissance dans dix ans, je vois ça d'ici. Une fois avec Joe on l'avait bombardée de prunes piquées chez le père Lardeau, certaines s'écrasaient sur son front, elle s'essuyait au fur et à mesure sans protester, paria loyal au système de castes. Aujourd'hui elle a des mitaines imitation dentelle, les yeux soulignés d'un gros trait noir on dirait du charbon, des mèches crêpées blondes, un chewing-gum permanent, et des lèvres maquillées qui chantent Papa don't preach dont elle a vu les paroles transcrites dans Podium.

Joe lui ne change jamais de vêtements, il a atterri avec, short nylon noir débardeur rouge. Seul apport historique, la paire de claquettes piquée à la piscine de Luçon en juin 84.

— Bon on y va ou on s'encule?

On y va. Papa you should know by now I'm not a baby. Il y a dix ans comme tout le monde le père Botreau a vendu ses bêtes pour se lancer dans le maïs. Il y a cinq ans les frères Bodin lui ont fait signer un papier pour qu'il les laisse exploiter ses dix hectares. Depuis c'est un paysan qui ne touche plus à sa terre et un rien le contrarie. D'apprendre que sa petite fille se couche derrière le talus de la fontaine le contrarierait.

Je récupère le Motobécane près de la stèle de la petite Raymonde Frison happée par les profondeurs obscures de la mare en 1928. Tout sauf ça, nom de dieu. Noir sur noir, une mort au carré. Joe replie la béquille et désigne à Sandrine la carriole.

— Ou alors tu peux essayer le beau vélo que le Nantais a eu pour son passage en CP.

Joe parle jamais d'école, il y va pas, là c'est juste pour me foutre la honte devant Sandrine. Opération réussie. Moins on veut rougir plus on rougit, c'est comme tout. Je m'en fous je suis plus fort que lui en anglais, 17,1 de moyenne au troisième trimestre. Je peux traduire les paroles de Papa don't preach. Papa il faut que tu saches que je ne suis plus une bébé. Sandrine se cale dans la carriole bien sûr. Elle s'essuie les mains avec une page d'un Ouest-France Sud-Vendée non distribué. Qu'est-ce qu'elle essuie au juste.

L'année dernière je me laissais tirer par Joe en m'accrochant à son épaule, là non, on y va serein décontracté cool, le meilleur été de ma vie, je roule derrière, Sandrine me fixe encore, je souris comme un con en espérant que mon bouton sous le nez soit pas ressorti pendant l'après-midi. Le message de ses lèvres roses qui remuent ne m'est pas adressé. But I made up my mind, I gonna keep my baby. Contrarié le père Botreau, moins contrariée sa femme qui au printemps 83 s'est écroulée dans la mangeoire désœuvrée des charolaises, frappée par une crise cardiaque ou par la tentation de céder à la pesanteur. Soudain l'abdication lui a paru le bon choix, ça peut se comprendre, moi c'est pas mon style, je pédale, si on arrête de pédaler le vélo se renverse et tout est fini, le mouvement c'est-à-dire tout.

Passé le club de boule lyonnaise c'est là, une grange éventrée au premier plan et la maison au fond. Sandrine se déplie pour s'extraire. Elle fait un smack à Joe et m'offre une joue en relevant une mèche blonde. Le smack c'est quand on sort avec, la bise c'est juste comme ça pour dire qu'on est grand. Elle dit à demain et ça ne m'est pas destiné. Ses escarpins à talons sautent entre les nids-de-poule de la cour de ferme. Son jean serré remonte jusqu'à mi-dos et galbe des fesses poussées dans l'année en même temps que les hanches. Les filles mûrissent plus vite parce qu'il faut qu'elles soient fécondes plus tôt, vu qu'elles ne peuvent faire qu'un enfant par an alors que les hommes c'est illimité. Les hommes peuvent coucher beaucoup et jusque très vieux, le plus dur est de commencer.

– J'ai le doigt qui sent la pêche.

Je suis fier quand Joe me fait ce genre de confidences, d'un coup j'ai l'impression que mon doigt sent pareil, même si je ne vois pas bien ce qui le ferait sentir la pêche ou même la prune, à part si j'en ai cueilli dans le jardin du père Lardeau comme l'an dernier quand Sandrine Botreau avait encore des bottes jaunes. Souvent les copains parlent de l'odeur entre les jambes des filles. Il y a aussi des blagues là-dessus, par exemple celle du pêcheur belge qui confond avec un merlu, chaque fois je rigole mais j'ai une perplexité derrière la tête. Je n'ai jamais touché le sexe d'une fille, avec le doigt ni rien. Une fois j'ai glissé l'index puis le majeur dans le Levi's 501 d'Audrey Le Guellec mais c'était trop serré, j'ai voulu la déboutonner elle a pris ma main et l'a posée sur son sein que j'ai recommencé à malaxer dans le sens des aiguilles d'une montre. Quelque part ça m'arrangeait, mon doigt aurait eu l'air malin une fois là-dessous à quoi faire au juste ?

Devant la coopérative agricole on salue Camille Chapoteau perché sur une remorque de blé, il nous retourne un sourire arraché à sa tristesse foncière, celle d'un épileptique qu'une crise peut foudroyer à n'importe quel moment. La mère Baquet dit que les épileptiques sont les plus malheureux ici-bas mais seront les premiers au Ciel. C'est pour ça que Camille s'élève de quelques mètres derrière le tracteur Peugeot de son père Gaby Chapoteau également épileptique et premier au Ciel.

Pour l'instant j'ai embrassé trois filles et jamais plus loin : Fabienne Kervegan pendant le voyage en Angleterre de fin de cinquième, Audrey Le Guellec à une boum chez Pierre-François Delommier en quatrième, et Émilie Durand ici même à Saint-Michel-en-l'Herm, en juillet 85. Je dois m'élever au rang supérieur, l'été ne se passera pas sans que je couche. Chez le dentiste une enquête de Globe disait que les garçons ont leur premier rapport à quinze ans. Le journaliste supposait qu'ils fanfaronnent mais dans le doute je préfère ne pas me mettre à la traîne.

Pour ça il faut prendre le sillage de Joe et s'y tenir. L'an dernier je l'ai quitté trop vite à cause d'Émilie. On est sortis ensemble dès le début des vacances, pendant les trois semaines suivantes j'étais coincé. Elle voulait pas coucher, mon compteur est resté à zéro. Elle disait qu'elle le ferait la première fois avec un garçon qui l'aime. En février elle l'a redit par lettre, j'ai répondu que je l'aimais mais du coup elle a soupçonné que je ne disais ça que pour coucher, et ainsi de suite, au bout de trois allers-retours épistolaires on ne s'en sortait pas et on avait perdu de vue le litige de départ. Aujourd'hui on est au point mort. Elle arrive le 15 juillet avec ses vieux. Je ne me remettrai avec elle que si je n'ai rien trouvé d'ici là. Je ne veux pas me bloquer comme l'an dernier. À moins d'arriver à la convaincre que je l'aime.

Joe roule un pied posé sur le réservoir, tranquille serein cool. Joe rejette toute la fébrilité dans son sillage, où je me trouve. Joe est ajusté à la paix du soir.

Comment faire pour dire à Émilie que je l'aime. Si je l'aimais les mots viendraient plus facilement j'imagine. Peut-être lui écrire un autre poème, celui par lettre était trop dans le registre absurde, une histoire de lampadaire philatéliste, j'avais bien senti sa déception que ça ne parle pas d'elle directement. Cette fois j'axerai sur l'amour et tout.

En passant devant le syndicat d'initiative je prépare en esprit les rimes avec Émilie, comme femme de ma vie ou harmonie. Ou mélancolie quand tu n'es pas là. Les rimes avec Durand aussi, on sait jamais ça peut dépanner en bout de décasyllabe.

Je reste jusqu'au 10 août, après on part en Grèce avec les parents. À raison d'une fille par semaine ça en fait cinq possibles, et sur cinq deux qui couchent grand maximum. Le plus difficile, c'est d'en dénicher une qui soit pas maquée avec un apprenti boulanger resté dans son bled pour travailler au four tout juillet ou avec un puceau parti en Grèce avec ses parents profs.

L'encore plus difficile c'est d'en lâcher une pour libérer la place et enchaîner, avec Émilie l'an dernier j'ai pas pu, cette cruauté-là j'arrive pas, Joe lui c'est pas un problème je l'ai vu faire. Un pied sur le réservoir, c'est le secret. Je calque mon rythme sur celui de sa 50, on remonte vers le bourg côte à côte, deux garçons dans le vent.

– Y a quoi cette année ?

J'affecte et je jouis de marchandiser les filles. Il parcourt une liste intérieure remise à jour quotidiennement depuis les premiers arrivages début juillet.

– Au camping y a trois Belges.

– Bonne nouvelle, une fois.

En 86 la France imite les Belges en ponctuant chaque phrase par une fois. Ça lui passera, en partie.

– Y en a aussi deux rue du Diacre.

– Ça tombe bien on est deux.

– À condition que j'en prenne qu'une !

– Gourmande !

En 86 la France imite les pédés en prenant des voix aiguës et en cassant le poignet. Ça lui passera, en partie.

Joe siffle The final countdown. Il ne sait pas que l'intro
au synthé lançait les meetings du RPR pendant la
campagne des dernières législatives. S'il le savait il s'en
foutrait. L'unique maison de la rue du Diacre a longtemps été occupée par une danseuse allemande à la
retraite à qui on n'a jamais connu ni mari ni enfants,
juste trois chats noirs qui ne lui ont porté malheur qu'un
jour, le dernier, quand un grêlon géant de l'orage d'août
79 lui a fendu le crâne. Elle s'était aventurée dans le
déluge pour rameuter les chats justement. Les chats sont
rentrés, pas elle. Une sorte de sacrifice. La municipalité
a racheté la maison et la loue aux vacanciers pas assez
riches pour prendre quelque chose sur la côte même.
L'an dernier c'était un couple de vieux avec leurs petits-
enfants de quatre et sept ans, deux garçons en plus,
merci pour tout. L'été 86 a l'air plus généreux, ce sera la
plus belle année de ma vie, comme 83 pour Noah, il est
arrivé à Roland-Garros en vainqueur et il a gagné.

La mère Baquet dit que les vacanciers n'apportent que
du malheur au village, oubliant qu'ils apportent aussi
de l'argent aux commerces du bourg parmi lesquels le
bureau de tabac où Joe et moi faisons une halte pour
déposer la mob dans le garage attenant. On est à tâtons
pour pas alerter l'employeuse Jeanine Lourmeau, mais sa
tête apparaît dans l'embrasure, la même qu'il y a dix ans
quand on a commencé à m'envoyer acheter L'Humanité.
Aujourd'hui c'est moi qui suis communiste, tendance
léniniste. Elle engueule Joe de ramener l'engin si tard.
Elle dit engin. Joe explique qu'il est tombé en panne

en plein marais, il a dû pousser la mob jusqu'au garage Sourdonnier. Elle soupire incrédule et c'est toute sa vie qu'elle soupire. Sa vie et d'en avoir encore pour minimum vingt ans, on meurt vieux chez les Lourmeau, le père de Jeanine nous enterrera tous sauf moi, je me débattrai.

— Un jour t'y resteras, dans le marais, et ce sera bien fait.

— Oui.

— C'est ça rigole, y en a des plus malins que toi qui y sont restés.

On est reparti.

À vrai dire j'aime bien quand Joe me rend complice de ses mensonges. Surtout s'ils impliquent des filles. C'est comme si j'avais moi-même fait un détour par la ferme du père Botreau et emmené derrière le talus la Madonna de Saint-Michel-en-l'Herm.

D'un claquement de langue Joe me dissuade de renfourcher mon cinq vitesses double plateau.

— Tu veux nous faire passer pour des chèvres?

— C'est un Motobécane, quand même.

— T'as raison ça change tout.

Je reviens sur mes pas et le planque derrière les Télé 7 jours que Jeanine Lourmeau stocke pour allumer des feux en cas de grand froid. Pendant cent mille ans les gens se sont gelés, on les y reprendra plus. Je regarde le vélo quelques secondes en me disant que c'est exactement cela qu'il faut faire à ce moment du récit de ma vie : le regarder assez longtemps pour m'imprégner du pressentiment que je ne remonterai plus jamais dessus. Pour autant je ne mesure pas ce qu'il m'en coûtera de blessures.

On longe à pied les commerces de la grand-rue. Dans la vitrine storée de l'épicerie Gobillaud, j'essaie d'apercevoir si mon bouton sous la lèvre a repoussé, mais l'information principale du reflet c'est que je suis en short. Normalement à 20 heures pour aller draguer on met un pantalon.

— Faut que je repasse par chez moi.

— C'est ça on a que ça à foutre.

Joe aussi est en short mais ça compte pas puisqu'il l'est depuis son atterrissage. Jambes plutôt poilues dans l'absolu et carrément poilues comparées aux miennes, là en marchant côte à côte c'est frappant. Les poils ça pousse pas à la demande, l'équivalent côté filles serait les seins. Chacun ses problèmes. Elles l'accouchement, nous l'armée. Elles le jackpot physique à gagner, nous la responsabilité de les aborder, pas facile du tout comme manœuvre, à part quand un prétexte se présente, par exemple demander à la fille si on peut taper dans sa barquette de frites, ou alors en classe lui tapoter l'épaule pour qu'elle prête son effaceur, et elle le prête, les filles ont toujours tout le matériel, et là on se dit qu'il se passe quelque chose, et elle si ça se trouve elle rêvasse aussi, à moins que non, moi j'aurais plutôt tendance à penser que non, il faut changer cette donne, se refaire un mental, se fabriquer une confiance, se convaincre qu'on mérite de vivre, travailler avec un psychologue comme Borg.

Après quoi reste à impulser le premier baiser. Je me casse toujours la tête pour dire un truc, j'ai très envie de t'embrasser, tu me plais beaucoup, non mais vraiment beaucoup. Alors que peut-être c'est inutile. Joe je doute qu'il dise quoi que ce soit, pas besoin, serein tranquille, paix du soir même le matin.

— Ça s'est fait comment avec Sandrine?
— Comment quoi?
— Ben comment t'as approché.
— Approché quoi?
— Ben Sandrine.
— Quoi Sandrine?
— Tu le fais exprès?
— Exprès quoi?
— Tu sais que The final countdown c'est la musique du RPR?
— Tu sais que mon cul c'est du poulet?
— Fermier?
— Fermier.

J'ai toujours dit rue du Diacre sans me demander ce qu'était un diacre. J'imagine une créature à tête de hibou. La maison de location est séparée du macadam par un portail en fer forgé, un carré de pelouse planté d'un figuier ou quelque chose comme ça, une Ford Fiesta blanche garée en travers qui selon moi prouve que parmi les locataires quelqu'un sait conduire. On est en mission. On se tord pour apercevoir un bout de fille. On se fait signe de se taire pour entendre. Voix féminines et bruits de couverts. Ça dîne ou ça boit l'apéro côté jardin. Un enfant de sexe masculin prend à témoin les autres d'un phénomène probablement sans intérêt.

– Merde.

– Quoi?

– Tu vas voir qu'elles l'auront dans les pattes le môme.

Joe hausse les épaules mais je sais de quoi je parle. L'été dernier Émilie gardait son petit frère de sept ans, elle l'emmenait avec elle à nos rendez-vous place du marché. Elle lui demandait de jouer à vingt mètres avec son fusil à laser en plastique imitation Capitaine Flam, mais de fait ça ne la mettait pas dans les meilleures dispositions pour dégrafer son sous-tif sous sa marinière, ou même pour juste embrasser. Du coup on parlait. On avait des conversations. Elle était contre la peine de mort sauf pour les assassins d'enfants. Elle voulait être styliste pour les clips de Jean-Baptiste Mondino. Sa mère avait des migraines ophtalmiques qui la faisaient hurler. Elle protestait qu'elle n'était pas une Parisienne comme je l'appelais, puisqu'elle habitait Ivry-sur-Seine, la nuance m'échappait, m'échappe encore, m'échappera jusqu'en 92. Finalement je me demande si le petit frère lui servait pas de protection. Un garde du corps et je pèse mes mots. Cette année il aura grandi d'un an, elle n'aura plus ce prétexte. Mais non cette année pas d'Émilie, l'été sera plein de nouvelles filles dotées de prénoms inédits comme celles qui rigolent derrière cette maison envahie de lierre et que hantent peut-être les trois chats noirs. La mère Baquet dit qu'elle les a vus marauder sur le toit, et qu'ils miaulent en allemand.

Joe s'assoit sur une grosse pierre muette pour se rouler une clope. Les gestes font saillir les veines de ses avant-bras. Moi j'en ai une qui est sortie le printemps dernier mais faut que je contracte pour qu'elle ressorte, et c'est compliqué de contracter tout le temps. Garder son énergie pour les moments utiles. Gérer ses efforts dirait Jean-Paul Loth.

— Elles ont quel âge ces meufs?

Cette année on dit meuf, apparu il y a quelques mois à l'avant-garde du verlan qui envahira bientôt la France, je vois ça d'ici. Joe humecte son papier OCB comme Lucky Luke.

— Tony dit qu'elles ont quatorze.
— Putain c'est des gamines!
— Quatorze c'est pas quinze moins un, rappelle-moi?
— Ça se pourrait.
— Bon. Tu m'as mis un doute.
— Quinze c'est mieux. Elles ont plus de conversation.
— Elles ont plus de quoi?
— Rires.
— Tony dit que sur les deux y a un canon.
— Et l'autre?
— L'autre c'est pour toi.

Bruit de porte qu'on déverrouille de l'intérieur. Avec Joe on s'approche du portail en se courbant comme sous les pales d'un hélicoptère, alors qu'il n'y a pas d'hélicoptère et peu de chances qu'on nous voie. Une brune d'une quarantaine d'années franchit les cinq mètres qui la séparent de la Ford, en ressort un paquet de Camel et contourne la maison vers le jardin.

— Ça aussi c'est pour toi.

— Hé ho j'fais pas le troisième âge moi.

Un roquet blanc sale a surgi de nulle part. Il approche en agitant ses petites pattes minables et se plante à deux mètres pour nous aboyer. Joe attrape sa claquette gauche et la lui balance dans la gueule. L'assaillant gémit de frousse et repart la queue basse.

— Bon on va pas attendre comme des cons, t'as qu'à sonner.

— Déconne pas.

— Tu crois qu'elles vont venir te sucer pour le dessert?

— Pourquoi pas?

— Sonne.

— Qu'est-ce que je vais dire?

— Que tu viens te faire sucer pour le dessert.

Je ne donne pas l'air de réfuter l'idée, bien qu'elle soit peu réalisable. Déjà que bonjour parfois j'ai du mal. Tout l'embarras du monde. Les bonjours, et aussi les au revoir j'ai remarqué. Les débuts les fins, faudra creuser ça, là l'urgence c'est de trouver un bobard pour justifier d'avoir sonné.

Je cherche, Joe fume.

Peut-être me présenter comme le troubadour du Sud-Vendée et réciter la Ballade des pendus apprise cette année avec Mme Gestin qui un jour a grimacé d'effroi en parlant de l'horreur de la mort. Elle a dit très exactement l'horreur de la mort. J'étais d'accord. Frères humains qui après nous vivez, n'ayez les cœurs contre nous endurcis.

— Ou alors on fait le coup de la tombola.

Joe crache un poil de tabac Drum et une nuance ironique.

— Bonne idée.

— On le faisait, avant.

— Avant quand?

— Y a trois ans et on se marrait bien.

— Y a cinq ans et t'avais une tenue de Davy Crockett.

— On dit que c'est une tombola pour financer le bal-disco.

— OK laisse tomber.

En 84, Joe aurait plutôt dit laisse béton, mais il aurait tout autant ramassé sa claquette et disparu sans ajouter un mot.

Joe ne dit jamais bonjour ou au revoir, sur l'ensemble d'une vie c'est des kilos de gêne en moins. S'en foutre est la solution en tout et je n'arrive pas à me foutre de m'en foutre.

Je me fais croire deux minutes que je suis capable de tenter le coup tout seul. Capable de sonner pour dire bonsoir madame je m'excuse de vous déranger je suis venu chercher les deux filles et particulièrement la plus jolie quoique l'autre est la bienvenue aussi notamment si la plus jolie me repousse voilà en gros la situation. Une oie passe, évadée de la ferme Favraud qui s'écroule en face. Elle me regarde de côté. Je suis inexplicablement ému. Je me rends compte que cette oie existe, et dans le reflet de cette existence la mienne prend une acuité inédite. J'existe et c'est là que les difficultés commencent. Avant c'était plus calme. Je rentre en coupant par le verger des Guillon où des branches idoines pour une pendaison s'étirent dans le jour tombant. Car si pitié de nous pauvres avez, Dieu en aura plus tôt de vous mercis.

3

Au réveil à 11 heures le bouton a repoussé putain. Ma mère m'annonce doucement et comme une surprise d'anniversaire qu'elle m'a inscrit au Tennis Challenge de L'Aiguillon-sur-Mer dont je n'ai raté aucune édition depuis sa création en juillet 1981. Le tournoi commence demain. Je n'ose pas lui dire que là je m'en serais bien passé, que cette année me trouve concentré sur un autre genre de compétition. Elle ne comprendrait pas, après cinq étés à se taper des allers-retours pour me déposer et me reconduire.

— Faudra que tu récupères ton vélo.

— Ouais ouais.

Si je passe tous les tours jusqu'en finale ça fera cinq matchs, c'est-à-dire en gros cinq demi-journées occupées, c'est-à-dire en gros un septième du temps estival qui m'est imparti avant le départ en Grèce, ce qui baisse en gros d'une unité le nombre possible de filles embrassées et d'une demi-unité le nombre de filles avec qui coucher. En gros. Peut-être devrais-je me faire éliminer du tournoi dès le premier tour, en balançant les balles dans le grillage. Idée à creuser mais là j'ai à faire.

Ça s'est jamais vu de coucher avec une moitié de fille.

Sur la route du bourg, je crochète par la maison du père Botreau dont ma nuit a bombardé la fille personnage principal d'un scénario de masturbation. Elle s'éloignait vers la maison, serrée dans son jean délavé qui lui monte jusqu'à mi-dos avec les bretelles. Le même tableau qu'hier, sauf qu'il n'y avait plus de flaques, plus de nids-de-poule, plus de Joe, et qu'elle se retournait pour m'inviter à la suivre en écarquillant les yeux comme sur la couverture d'un New Look que mon copain nantais Richard Douin aurait piqué à son père. Ne trouvant qu'un chat endormi dans la salle à manger, je montais les escaliers grinçants vers la chambre et quand j'arrivais elle se caressait les seins assise sur un tabouret de traite et ça suffisait largement, sauf que j'avais oublié de prendre un bout de PQ et je me suis essuyé avec une feuille arrachée du Tennis Magazine abandonné au pied du lit où mes nuits d'enfant s'angoissaient du noir total.

J'avais peur d'être devenu aveugle et qu'on m'enterre à mon insu.

Plus généralement j'étais défavorable à ce qu'on m'enterre, surtout vivant.

Ça m'est un peu passé.

Dans la cour des Botreau, pas plus de flaques ou de Joe que dans le film de mon fantasme. Mais pas de Sandrine non plus. Ça caquette à travers les planches moisies de la grange. On suppose qu'il s'agit de poules. Les poules donnent des œufs mais qui a commencé?

– La bylette elle a un p'tit zizi.

Ça vient de la route. Une voix de vieillard ou d'enfant. Je sais de qui il s'agit.

– Comment ça va Tipaul?

Question réflexe. Exclamation faite question. Moins pour m'enquérir réellement de la santé de Tipaul, que pour encaisser le choc de retrouver cette gueule bien connue qu'une grimace de douleur ou de joie fend hideusement d'une oreille à l'autre. Tipaul a vingt ans, son cerveau en a dix-huit de moins. Pourtant il possède à peu près le langage, et une bonne partie des syllabes à disposition dans le français et le patois. Les sons bizarres c'est à cause des lèvres tenues serrées en permanence sur un médaillon que Tipaul dérobe farouchement à la vue de tous. Il essuie sans broncher une pluie de cailloux ou une salve d'insultes à son passage devant l'école municipale, mais une main s'avise-t-elle de tirer sa chaîne en faux argent, il lui casse le poignet, Pascal Millasseau en sait quelque chose. Ça fait une paye que le village n'essaie plus de comprendre ses îlots de violence sur le fleuve tranquille d'une vie de bon sauvage. On dit que le prénom de sa mère est gravé sur le médaillon. La mère Baquet ajoute que cette inconnue habitait le hameau de Sainte-Firmine, qu'elle y a été violée par une bande de romanos et que neuf mois plus tard comme par hasard elle s'est traînée jusqu'ici pour déposer le couffin sur les marches du presbytère. Le matin venu, le père Jean a trouvé le bébé qui attendait en souriant qu'une bonne âme survienne lui accorder la grâce de quelques années supplémentaires de vie. Le curé récemment arrivé dans la paroisse l'a pris dans ses bras et lui a rendu son sourire pour parapher son immédiate décision de l'élever. Il l'appellerait d'abord Petit Paul, puis Paul, comme le saint dont il récite une épître chaque dimanche. Les années ont passé, l'enfant trouvé est demeuré enfant, il est demeuré Petit Paul. Les raccourcis oraux ont fait le reste, pour tout le monde c'est Tipaul. Largement l'âge de conduire une mobylette et pas les neurones pour la nommer correctement.

— Elle est cassée ta bylette ?

— La bylette elle a un p'tit zizi.

— Tu vas pouvoir la ramener au presbytère quand même ?

J'ai peur d'être tenté de l'aider et de perdre du temps pour ce que j'ai à faire. La glu de la culpabilité. C'est le moment d'être cruel à peu de frais, ça me fera un entraînement pour le reste. Si je le plante là, il n'en sourira pas moins et chevauchera sa mobylette en panne au milieu du macadam, oublieux de ma défection, indifférent aux klaxons vindicatifs, indifférent à tout. Une sorte de sagesse.

— Le bytère il est dans la bylette.

— Il est dans la bylette le bytère ?

— Le bytère il a un p'tit zizi.

— Le bytère ou la bylette ? Pas les deux quand même ?

Il éclate de rire, sans connexion avec ce qui vient

d'être dit. Une fois avec Joe on lui a baissé le bermuda et enduit les fesses d'une bouillie de mûres écrasées pour que la biquette du père Jean vienne le lécher. Il en a tellement ri de chatouille que ça le reprend parfois sans coup férir. À moins que ça vienne de plus loin, de l'âge le plus reculé de l'histoire du rire, de la matrice rieuse. La mère Baquet dit que c'est le diable qui le chatouille et moi j'ai lu dans l'Encyclopædia Universalis que le diable peut prendre toutes les apparences comme par exemple celle d'une chèvre.

Devant chez Gaga la mob rouge tient sur béquille. Pas de Madonna dans la carriole, juste au fond une feuille volante d'Ouest-France édition Sud-Vendée, avec une photo du président Marcos au garde-à-vous jouxtant celle de Becker qui brandit le saladier d'argent de Wimbledon. À aucun moment de sa matinée de livraison Joe ne s'est demandé ce qui valait à un président des Philippines la une des quotidiens occidentaux. Joe ne lit pas les journaux qu'il distribue. Il est possible qu'il ne sache pas lire du tout, là-dessus chacun se déterminera.

Assis en terrasse, face à la rue jambes écartées, il ne salue pas. Assis à côté de lui face à la rue jambes écartées, Eddy Vilar secoue le glaçon au fond de son verre estampillé 51. Sa mère caissière au Leclerc de Luçon est morte en mai d'une méningite. Eddy a seize ans, elle en avait à peine vingt de plus, il doit être complètement défait le pauvre. Quand la nouvelle de la tragédie est arrivée à Nantes, ainsi que celle de son échec au CAP carrosserie dans la foulée, je me suis promis de lui parler aux prochaines vacances. Je suis littéraire et sensible, je fais des rédactions d'au moins sept pages écrit serré sur l'absurdité de la condition humaine. Lampadaire philatéliste. Je sais que la poussière mène à la poussière et les cendres aux cendres et je sais le dire en anglais. Auprès d'Eddy je vais trouver les mots, et puis me déclarer disponible au cas où il aurait besoin de se confier, c'est important dans ces moments-là de cracher sa détresse et sa colère, et s'il veut le faire en anglais je l'aiderai aussi. J'avance d'un pas résolu vers Eddy, je suis littéraire et compatissant, je ne suis que littérature et compassion.

— Salut Eddy.

C'est un début. Il lève son verre vide.

— Il est beau ton tee-shirt, ils font les mêmes pour hommes ?

— Je sais pas.

— Il est con en plus.

Il est con en plus, ça veut dire t'es un peu débile toi. Ça vient de Coluche, Eddy est fan, il appelle tout le monde enfoiré. L'accident de moto mortel en juin dernier a dû aussi le bouleverser, même s'il avait déjà une mort à s'occuper. Quand même ça me fournit une occasion d'orienter la conversation vers l'essentiel.

— Moi j'étais au bord de chialer.

— Pour ?

— Coluche.

— Qui ça ?

– Ben Coluche.

– Ah oui.

– C'est vraiment absurde. Mais toute mort l'est.

– Il buvait du pastis tu crois?

– Pourquoi?

– Parce que moi j'en boirais bien un autre et j'ai plus rien.

– J'ai pas grand-chose non plus.

– Va vendre ton tee-shirt, ça te fera déjà soixante centimes.

– Avec tes tongs ça fera un franc.

– Ton bouton par contre j'ai peur qu'on en tire pas une thune.

Jamais renchérir sur les vannes d'Eddy, on s'expose à un effet boomerang puissance 10 et au risque qu'il passe aux attaques sur le physique. Lui il peut se le permettre, pas parce qu'il est beau mais le contraire, rien à perdre dans ce domaine, hors catégorie, deux trous à la place des canines, une tignasse de pouilleux et des ongles que de mémoire d'ancien du village on n'a jamais vus propres. Sa laideur recoupe tellement sa personne qu'elle ne se voit plus. Pas comme mon bouton.

– Tu mettras une Kro avec.

Ce redoublement de commande vient de l'intérieur et de Tony, tee-shirt Kindy les chaussettes ne se cachent plus. Il la ponctue d'un tir de l'arrière lui-même ponctué par le bruit de bouchon qui saute signalant un but. Le gogo du jour, tee-shirt Hawaï beach et une tête de Bourguignon, se penche sur les barres du baby en se demandant quel diable local permet que les balles de son adversaire autochtone passent à travers les joueurs. Moi je sais que le diable local chatouille les fesses de Tipaul. Je m'approche pour créer un bloc de complicité avec la Vendée triomphante.

— T'es pas en train de te ruiner Tony au moins ?

— C'est limite mais ça va.

— C'est la première fois que j'te vois gagner.

— Tout arrive.

Si Tony avait un ami j'aimerais que ce soit moi. Peut-être qu'alors il me regarderait pour me parler.

— On va draguer de la moche aujourd'hui le Nantais ?

— Comment ça ?

— Les filles rue du Diacre c'est moi qui les invente ?

— Y en a une qu'est moche ?

— Ça dépend. Un cageot, c'est moche ?

— Plutôt moche, ouais.

— T'as tout dit.

— Déconne pas.

— Un bon cageot pour ta grande gueule de Nantais.

Bientôt je vois ça d'ici cageot ou boudin seront détrônés par steak ou thon, mais ce sera pour désigner la même race intemporelle de filles disgracieuses ou grosses ou acnéiques ou les trois avec qui on aurait même pas l'idée de coucher, ou qu'on déshabille en cachette, et moi je veux pas me cacher puisque je veux que ça se sache, c'est 50 % de la motivation. Que ça se sache et en finir avec ce poids qui pèse qui pèse, le poids de ne pas être complètement un homme.

L'avantage de s'associer avec Joe c'est qu'il déniche des filles, l'inconvénient c'est qu'il monopolise celles qui valent le coup. Jouer sur lui c'est comme mettre un jeton sur le noir et un autre sur le rouge. Sûr de gagner et gain nul. À moins de lui faire libérer la place en indiquant un autre objectif.

— T'avais pas rendez-vous avec Sandrine ?

— T'avais pas rendez-vous avec ta connerie ?

Aussi vrai que Joe ne dit pas bonjour, Joe ne fixe pas de rendez-vous. Là où il est il se passe forcément quelque chose. S'il ne se passe rien, c'est qu'il n'y est pas. Joe marche vers la rue du Diacre sûr qu'on va y croiser les deux filles, sans calcul ni réflexion ni rien. Fort de son ignorance totale de la situation aux Philippines.

Quand on arrive elles chargent d'affaires de plage le coffre de la Ford blanche. Dans leurs pattes, un enfant de sexe indécidable qui confirme son statut de complication. Elles portent chacune un tee-shirt qui descend mi-cuisse. Rose pour la blonde qui est canon, vert pour la brune qui l'est beaucoup moins. Ni cageot ni boudin, cependant. Catégorie jouable. Rien ne justifie de renoncer. Rien ne justifie de renoncer à avoir du courage. Mon nombre de pulsations minute augmente à chaque pas vers la Ford, alors qu'on vient de la poussière et qu'on y retourne donc bon.

— Mesdemoiselles vous allez vous baigner où comme ça ?

L'interpellation de Joe ne les surprend pas. Elles nous ont vus venir, avec nos gros sabots disons. Elles se regardent en souriant. Elles vont à la plage des Langoustes. Joe enchaîne que ça tombe bien nous aussi, c'est possible de nous déposer ?

La femme de quarante ans débarque avec un parasol sous le bras et se fend d'une grimace désolée une fois que la brune a transmis la demande. Avec le petit de la voisine, il ne reste qu'une place dans la Ford et elle est assurée pour cinq pas plus.

OK ça va j'ai compris, le surnuméraire c'est moi. Le corps en trop. La naissance déjà c'est un peu ça, on s'en remet jamais. Enfin si quand même, n'exagérons rien, gardons ce genre de formules pour le vrai pire.

Pour plus tard.

Joe se roule une clope.

Soudain je me sens beaucoup plus moche que je ne suis, quel que soit le niveau de départ. Mon bouton à la lèvre a virtuellement doublé et mon tee-shirt Monoprix soldé à −15 % m'éjecte à des années-lumière de la planète où les filles et les garçons s'attirent, s'embrassent, se pénètrent l'été de leurs quinze ans et débarquent à la rentrée de septembre l'esprit délesté de cette charge qui pèse qui pèse.

Joe fume.

Pour me divertir de tout l'embarras du monde, j'essaie de me souvenir du département 57, que je n'ai jamais su et qui sauf miracle ne me tombera pas dessus dans la minute. Les lettres d'immatriculation n'évoquent rien non plus, pourtant dans vingt ans je m'en souviendrai encore et pour cause.

L'adulte et la brune ont un léger accent qui fait plouc. De toute façon ceux qui passent les vacances ici sont de l'Est ou du Nord. Les sudistes vont pas remonter vers des climats moins chauds, pas folles les guêpes. Rapport au niveau social aussi. Le niveau social conditionne les comportements, c'est mon opinion.

Chacune cherche une solution dans le regard des deux autres. Peut-être qu'elle va surgir comme un lapin de magicien du sac Dorotennis que porte en bandoulière la blonde. À ce jour c'est les trente secondes les plus longues du plus bel été de ma vie.

Une oie regarde tout ça d'assez loin, la même qu'hier soir peut-être. La mère Baquet dit que toutes les oies sont en fait la même oie. Elle ne le dit pas des pintades, ni des dindons, des oies seulement.

En 86 j'en suis déjà à préférer précéder une honte que la subir. Je me propose de rallier la plage seul, comme ça Joe monte avec elles et voilà. J'exprime la proposition avec une légèreté ostentatoire qui ne trompe personne sur ce que la suggestion me coûte. Je déteste d'autant plus la lourdeur de la situation qu'elle me condamne à cette bonne humeur affectée et dissonante repérée depuis lors chez les faux gentils.

Joe tire une dernière bouffée sur sa roulée, la laisse tomber à l'aplomb de sa main, l'écrase d'une torsion de claquette de piscine et dit que c'est bon laissez tomber, on va se débrouiller, on se retrouve à la plage si vous voulez bien mesdemoiselles. Deux ans avant il aurait dit laisse béton, mais aurait formulé sa décision avec la même lassitude de shérif qui te fait comprendre que la vie serait plus facile sans toi.

Moi aussi je pense que ma vie serait plus facile sans moi.

Il y a trois siècles ou trente la mer allait jusqu'à Saint-Michel-en-l'Herm qui du coup était une île, puis elle s'est retirée de six kilomètres, et c'est pourquoi il faut se munir d'un véhicule pour la rattraper à L'Aiguillon-sur-Mer. Un temps on y alla en voiture avec les parents, un temps on y alla à vélo avec les parents, un temps ce fut à vélo avec Joe, l'an dernier l'âge de ces gamineries nous est passé désormais on y va en stop. On marche jusqu'à la sortie du village et on se poste à côté de la pancarte barrée que précède un petit terre-plein idéal pour se garer. Pour l'instant personne ne se gare alors que ça y va les caisses. Mais familles au complet, mais habitacles pleins, mais visages de l'Est désolés et gestes pour indiquer la famille au complet dans l'habitacle plein. En plus de quoi soleil lourd comme du plomb. Joe s'en fout, il a comme un chapeau intégré, il règle son climat personnel, les jours de soif il pourrait faire pleuvoir seulement sur sa tête s'il voulait. Il suspend son sifflement de The final countdown pour dire qu'elle est pas si mal la brune.

S'il dit ça, c'est qu'il a déjà établi qu'elle est moins

bien que la blonde, que par conséquent la blonde lui revient et qu'il en est déjà à minimiser le camouflet que ça représente pour moi d'hériter de la brune. Il a du cœur Joe. Je suis un peu énervé quand même. Je joue au plus malin.

— Tu veux te la faire ?

— Je préfère la blonde.

— Sans déconner ?

— La brune elle est toute plate.

— Merci on avait remarqué.

On n'avait rien remarqué du tout. Je ne remarque jamais ce genre de choses. Même beau cul je vois pas bien ce que ça signifie. Les sketchs du Petit Théâtre de Bouvard parlent souvent de beau cul, je rigole mais je vois pas bien. Reste ce truc dans le visage que je serais incapable de localiser ou définir et qui fait qu'à l'évidence la brune appartient à la catégorie qu'on n'est pas fier fier d'embrasser. La catégorie assez fournie des 9 sur 20. Moi je ne sais pas très bien où je suis, mais je suis au-dessus, parce que l'an dernier je sortais avec Émilie qui de l'avis unanime valait dans les 12-13, et aussi à Nantes tout le monde disait qu'Audrey Le Guellec obtiendrait une note tout à fait correcte sans ses jupes-culottes bleu marine livrées en kit avec son éducation catholique.

Fabienne Kervegan c'est encore une autre histoire. Son appareil dentaire brouillait l'évaluation.

Trois brunes, faudra creuser ça. En attendant j'incline à l'hypothèse du pire bien sûr. Étant entendu que les blondes sont les plus belles femmes, les brunes sont la deuxième division de la féminité, et par conséquent j'évolue dans la deuxième division de l'amour.

Au loin une moissonneuse-batteuse Massey-Ferguson recrache par le cul les tiges de blé qu'elle fauche, mais c'est pas la question. La question c'est qu'est-ce que je fais de la 9 sur 20 qui depuis l'Est est venue à moi ?

À ce moment passe sans un regard pour nous la 4 L beige doublée la veille, avec dedans la même édentée coiffée d'un fichu. Exactement la même, et ma montre étanche Seiko à quartz indique 2.35.

4

La 4 L rapetisse dans la profondeur, soudain masquée par le surgissement au premier plan d'une R 5 Alpine qui mord sur le terre-plein et klaxonne.

Joe s'installe toujours à l'arrière, la conversation c'est pas son truc, moi j'aime bien, on rencontre des gens c'est l'aventure. Parfois on les connaît déjà, c'est moins l'aventure. Stéphane Poitou, dix-neuf ans, chef des grands de Saint-Michel, colle l'allume-cigare incandescent au bout de son joint. Pour passer en première et relancer son Alpine il le refile à Joe qui tire une taffe désinvolte et me le passe par-dessus le siège. Je prends mon air le plus tranquille serein cool pour crapoter et je le restitue au propriétaire.

– Alors on va faire mumuse dans l'eau ?

Sur l'année Stéphane est en pension au LEP de La Roche. À chaque retour au bled il diffuse un nouveau mot d'ordre musical adopté par ses subalternes avec un degré de réactivité qui établit leur place dans la bande. À la Pentecôte Stéphane est revenu avec un débardeur à l'effigie de Bob Marley, une carte de l'Afrique dorée en pendentif, un bracelet anti-sueur aux couleurs de l'Éthiopie et quatre cassettes Agfa 90 minutes de reggae dont une ne quitte jamais son autoradio. La R5 a fini par en connaître par cœur le morceau phare. Ça dit I shot the sheriff et moi je comprends tout. Je suis très fort en anglais, je peux traduire instantanément, j'ai tiré sur le shérif ça veut dire. C'est un peu comme si on tirait sur le maire de Saint-Michel-en-l'Herm, ce qui reviendrait à tirer sur le directeur de la laiterie de Saint-Michel-en-l'Herm, et aussi sur le président de l'Association des amis des hérons du marais de Saint-Michel-en-l'Herm. Je me dis que ça ferait d'une balle trois coups et que j'ai le don des formules. Je vais sortir avec une 9 sur 20 mais je sublimerai cette faiblesse en poème. Stéphane finit le joint d'une inspiration profondément jamaïquaine.

— C'est du matos d'Addis-Abeba ça les enfants. Ça vient de la terre mère, la terre du roi des rois, du Seigneur des Seigneurs, le Lion conquérant de la Tribu de Juda, le Ras Tafari, Celui qui sera craint, sa majesté Hailé Sélassié.

On aborde le virage de Joséphine.

— Le Ras c'est notre roi. Et le vôtre aussi, les enfants.

Le virage de Joséphine s'appelle ainsi depuis qu'une Joséphine y a été renversée par un camion de l'armée lui-même renversé par une flaque d'huile. La mère Baquet dit que la flaque d'huile mon œil, qu'elle s'y est jetée toute seule sous le camion la Joséphine, qu'elle avait de bonnes raisons pour ça, seules les âmes aveuglées par le vice et l'alcool l'ignorent. Depuis les gens ralentissent pour épouser la grande courbe réputée dangereuse. Pas Stéphane Poitou d'Éthiopie.

— Vous venez tous de là, les enfants.

— De ?

— Du royaume de Jehovah, mon frère.

— Carrément.

La chanson suivante occupe les trois kilomètres jusqu'à l'embranchement vers le littoral. Je perçois que ça parle d'une terre sacrée d'Afrique où le chanteur voudrait être enterré et pris par le vent. Take, took, taken. En nous déposant devant le musée de l'Huître de L'Aiguillon, Stéphane nous dit de respecter les sisters parce que ce sont des sœurs, mais moi j'avais compris sans la traduction, 17,1 de moyenne annuelle malgré un zéro parce que j'avais gravé Punk's not dead sur une table et que j'étais bien fier de me dénoncer. Pour saluer, Stéphane forme un rond avec deux doigts, mais ça n'a pas de rapport avec mon zéro, plutôt avec le soleil sous lequel la vie est permise à chacun sans distinction, Noirs, Blancs, Vendéens, tout le monde. Mêmes les gars de Saint-Martin sont nés sous le soleil.

— Jah, les enfants.

— Jah, Stéphane.

Il y a trois siècles ou trente il faut préciser que la mer s'est retirée plus loin que L'Aiguillon-sur-Mer dont le nom est donc à moitié mensonger. C'est pourquoi une fois arrivés on pousse jusqu'à La Faute-sur-Mer par le pont qui enjambe le Lay dont l'eau vaseuse dissipe d'emblée la confusion possible avec du lait, ce qui ne m'a jamais empêché de la faire. Puis on marche quatre cents mètres entre les boutiques souvenirs et les odeurs de gaufres bientôt balayées par celle de la mer qu'on ne renifle pas fort pour s'en remplir les poumons, on n'a pas quarante ans on en a quinze.

— D'façon la blonde c'est une bourge.

— Ah?

— Ses cheveux c'est typique bourge.

Je ne saurais préciser en quoi. Une certaine épaisseur des mèches. Un type de blondeur que je ne perçois pas encore comme vénitien puisque j'apprendrai le mot dans quatre ans en hypokhâgne. C'est une intuition générale, j'ai le flair pour détecter l'ennemi de classe. Je suis communiste depuis 1983, et communiste tendance léniniste depuis 1985. J'ai d'abord pensé que les hommes pouvaient s'autogérer mais après des millénaires d'égoïsme ça ne se fait pas en un jour, il faut d'abord les rééduquer par la dictature du prolétariat qui contraint les propriétaires à mettre leurs biens en commun, et éventuellement leurs filles qu'on déteste à cause de leurs cheveux de bourges.

Je me passe un doigt sous la lèvre, a priori pas de relief à signaler. N'empêche que les vannes d'Eddy Vilar parasitent insidieusement le cerveau. Il vous dit que vous louchez, c'est fini vous êtes atteint à vie d'un strabisme subjectif que même le démenti d'un miroir ne guérit pas. J'aborde la plage des Langoustes lesté d'une belle saloperie de bouton subjectif et c'est vraiment pas le moment.

La mer est une large et plate route bleue qui mène à l'île de Ré mais c'est pas la question. La question c'est comment retrouvera-t-on les meufs dans la foule de plagistes, et suis-je si sûr d'espérer qu'on les retrouve.

— On va se faire un flip d'abord ?

— Si on les tope pas maintenant elles seront maquées ce soir.

Je me convaincs qu'il y a là une chance à saisir plus qu'une corvée à accomplir. Chance et corvée, comme à peu près tout, comme l'existence. On ferait bien l'impasse mais quoi à la place ? Je cherche très sincèrement les deux filles, je prends la vie au sérieux, je suis volontaire et résolu à en découdre avec elle. Soudain je me souviens de la couleur de leur parasol. La chaleur en a planté dix mille autres dans le sable brûlant, mais en 86 l'orange erre dans des limbes de ringardise avant sa renaissance dans dix ans, je vois ça d'ici. En 86 un parasol orange se remarquerait dans une botte de foin de parasols, tiens là juste au pied de la chaise surélevée du surveillant de baignade. On aperçoit la vieille d'ici, en train de dérouler son comment dit-on déjà pour s'étendre dessus. Joe fond sur la cible, je prends son aspiration. Je suis assez fier du coup du parasol, je m'en repais comme s'il scellait un happy end. Alors que très clairement c'est maintenant que ça commence. Les complications.

Le petit et une fillette inconnue se renvoient une balle en mousse avec des raquettes plastique noir, à l'écart des filles assises sur des draps de bain Flashdance issus d'un achat groupé on suppose. Nous on n'a pas nos serviettes et c'est tant mieux, la mienne pas sortie de la valise représente un mousse coiffé d'une casquette à pompon. Elles ont gardé leurs tee-shirts mi-cuisse respectivement rose et vert. Toujours un petit temps avant de se mettre en maillot le premier jour de plage. Nous aussi on reste comme on est, short nylon ou bermuda découpé dans un jean pattes d'éph qui m'a bien foutu la honte en cinquième. De toute façon on se baignera pas, on a mieux à faire.

En nous apercevant elles se marrent. Les filles se marrent en permanence c'est agaçant à la fin. Ève était pas comme ça, qu'est-ce qui s'est passé entre-temps?

On s'est même pas présentés dis donc. La brune s'appelle Céline et la blonde Charlotte, prénom de bourge qu'est-ce que je disais. Joe demande la permission de taper l'incruste sur sa serviette, en arguant d'une allergie au sable due aux moustiques du marais. La vieille demande qu'il explicite une causalité pas évidente évidente. C'est mal connaître Joe. Joe n'a de comptes à rendre à personne, et encore moins à la logique. Devant l'absence de réponse le corps de quarante ans s'ébroue pour aller faire trempette. C'est à Céline qu'elle dit de garder un œil sur le gamin, j'en déduis qu'elle est sa mère. Et ça loupe pas, Céline répond oui maman avec un zeste d'ironie exaspérée. C'est comme pour le parasol orange, une fulgurance de détective. Si je reste célibataire à vie, je me spécialiserai dans la filature de femmes adultères,

57

les heures dans leur sillage ce sera toujours ça de pris. Une sorte d'amour.

Soudain s'éclairent les tenants de l'alliance canon-cageot, les aboutissants du partenariat entre la première et la deuxième division. Un classique : la belle profite de la location de la famille de la moins belle, en échange de quoi elle aimante les mecs vers leur binôme et l'autre peut hériter des physiques moyens éconduits par la première. Reste à savoir comment il se fait que la bourge n'ait pas un lieu de vacances plus digne d'elle que la côte vendéenne. C'est une anomalie sociale. Il n'y a pas d'anomalie sociale. Les Sables-d'Olonne encore on comprendrait, ses pairs y squattent les grands hôtels du front de mer. Peut-être qu'elles sont vraiment copines. Ça arrive.

D'un trait Charlotte se lève, retire son tee-shirt par le bas et marche droit vers la mer bondée, mue par la même espèce de courage qu'Anne-Sophie Lambertin lorsqu'elle a raisonné un lépreux qui nous avait agressés devant le collège. Une façon de prendre les devants. La marque des dominants j'imagine. Charlotte s'est auto-élue dépositaire de la situation et maintenant son maillot une-pièce échancré moule des fesses pas mal, là oui beau cul on entrevoit le sens. Les bourges ont des corps vigoureux et une dentition saine, c'est pourquoi la dictature du prolétariat se donne pour objectif de les exproprier de leur capital santé pour le redistribuer aux pauvres. Et financer les extractions de bouton à la lèvre de la classe moyenne.

Comme sur un ressort Joe s'est débarrassé de son short nylon noir pour prendre la roue de Charlotte, petit chien-chien à sa bou-bourge, aucune dignité. Je suis contraint à une décision instantanée. Soit je file vers l'eau et j'ouvre la compétition, soit je reste ici et j'entérine la division naturelle du travail.

Le manque de confiance dans mon caleçon Monoprix à rayures bleues tranche à ma place.

On y est.

Céline assise sur sa serviette, moi à genoux dans le sable. Le coup de l'allergie déjà utilisé. Comme des couples amis meublent un silence à table en se tournant vers leurs enfants, on regarde Charlotte et Joe s'humecter les bras avant de s'immerger. Céline chausse des lunettes de soleil et s'allonge sur le dos. Je garde pour plus tard, quand l'ambiance sera définitivement polaire, le joker de la crème solaire. À califourchon sur elle je lui masserai le dos, ce sera érotique et pas pornographique, il y a une différence, chaque chose en son temps. Joe éclabousse Charlotte en soulevant des litres d'embruns, l'affaire suit son cours. Je commence à creuser un trou fébrile dans lequel enterrer à terme mon corps en trop. Ou alors juste la tête, comme une autruche, c'est une politique.

Je suis gêné je parle, dès 86 c'est une tendance lourde qui m'appesantira jusqu'au bord de la tombe je vois ça d'ici. Je fais remarquer que la mer est jamais vraiment bleue bleue, plutôt verte à tout prendre.

Un temps.

On nous raconte quand même pas mal de bobards, j'ajoute. La mer bleue, le Père Noël, le premier homme sur la Lune.

Pas de réaction.

Je suis gêné je parle. Je demande en combien de temps elle a écrit Voyage au bout de la nuit. Elle ne comprend pas et se fiche de ne pas comprendre. Je creuse encore, le trou est profond, on s'enfonce, j'enchaîne en disant que le plus chiant à la plage c'est la plage.

Elle ne bronche pas.

L'aviron doit faire la même impression.

Elle pourrait me suggérer une balade le long de l'eau, le prolongement plat des vagues nous caresserait les pieds, mais non.

— Pourquoi tu viens si tu trouves ça chiant ?
— Pour toi.

Comme ça du tac au tac, et c'est ainsi que se vérifie la loi des extrêmes qui se rejoignent, une extrême timidité produisant une extrême audace, cette extrême audace produisant elle-même un résultat nul qui prend la forme d'un silence long comme une gêne.

Avant la mer recouvrait les terres et puis elle s'est retirée du jeu. Elle s'est dit que trop compliquées les affaires humaines, comment aimer comment être aimé, quel genre de poème écrire pour qu'Émilie couche, quel pont construire jusqu'aux lèvres de Céline, trop compliqué. Maintenant elle est tout là-bas protégée de nos vicissitudes de mortels par une large bande de sable mouillé, bien en retrait, bien à l'écart du champ de bataille. Ça peut se comprendre comme choix de vie. Je suis gêné je parle.

— Tu vois le type et la meuf là-bas à côté du filet de volley? C'est un faux couple d'agents secrets payés par Charles Hernu.

J'insiste? J'insiste. Lourdement.

— Leur mission c'est de détruire une planche à voile. Le Windsurf Warrior.

Elle se redresse sur un coude peu motivé.

— De quoi?

Son accent de l'Est ressort particulièrement sur les quoi. Elle a fini par remonter son tee-shirt et découvrir des cuisses que je pressens potables, bien qu'ayant assez peu d'avis sur les cuisses en général. Ça me remotive pour alimenter la conversation, je passe à la stratégie questions. Le bout à bout de ses réponses lascives m'apprend qu'elles étaient toutes les deux en troisième cette année à Metz, qu'elles ont quinze ans et sont copines depuis le CM 2, qu'elles restent ici tout juillet, qu'elles font de la danse moderne c'est la mère de Charlotte la prof, qu'elles ont vu François Feldman au Palais des sports de Nancy, qu'elle a un petit frère qui s'appelle Grégory en vacances avec son père parce que ses parents ont divorcé l'an dernier suite à un réveillon pénible à Thionville.

— Fais gaffe à ce qu'il traîne pas au bord de la Vologne ton petit frère.

— Pfff.

Sa consternation forcée lui fournit le prétexte qu'elle attendait pour sortir un walkman Sony et disposer entre elle et moi un paravent de musique dont je ne perçois que la caisse claire synthétique. Moi j'appelle ça de la chanson commerciale et tant pis si ça choque.

Tout là-bas dans le périmètre d'eau dévolu à l'harmonie, Charlotte est juchée sur les épaules de Joe, le sexe contre sa nuque. Ici sur le sable ça prend contact plus doucement. L'intimité chaleureuse on y va à notre rythme, le coup de foudre non merci, nous on apprend d'abord à se connaître sinon quel sens ça a? Juste une histoire de cul? Pas notre genre.

Au contraire.

Ce serait à son tour de poser des questions. Et puisqu'elle ne le fait pas, puisqu'elle ne s'enquiert pas de quel sacré poète je suis, je vais d'autorité lui arracher son casque Sony et lui dire ma moyenne en anglais, ça l'intéressera au moins autant que le spectacle des deux petits à qui elle vient de renvoyer la balle en mousse en souriant. Cette fille sourit à tout le monde sauf à moi. Elle doit être anticommuniste.

Je regarde la mer pas bleue bleue. À la verticale ça ferait une épaisseur de baigneurs, une épaisseur de planches à voile, et sur la moitié supérieure du tableau une épaisseur de mer et de ciel presque indistincts. Gloire aux conquérants qui de nos rivages européens partirent sans savoir ce que l'océan leur mijotait de déconvenues, requins, épidémies de scorbut, îles ceintes d'arcs tendus de flèches. Comme eux je vais me lancer dans le vide sans savoir si sur le chemin de mon audace je trouverai l'Amérique ou une baffe de Céline.

Elle fait stop pour retourner la cassette, c'est le moment de renouer le dialogue et soudain tombé du ciel Laurent Coulard se tient juste là cheveux mouillés en contre-jour.

— Tu viens essayer le canot?

— Je vais filer dans pas long.

Ôte-toi de mon soleil Laurent.

— T'as vu un peu les vagues énormes?

— Drapeau orange, quoi.

— Demain c'est pareil ils disent. Tu seras là?

— J'ai tennis.

Et il repart faire mumuse dans l'eau, et je dis à Céline que c'est un cousin, et elle qu'il a l'air marrant à sourire tout le temps, et moi qu'il est un peu simple, et elle que c'est genre on l'aime bien au village, et moi oui ce genre-là, et j'ai l'impression ce disant d'enterrer quelque chose dans le trou que mon bras et la gêne ont creusé. Une sorte de trahison. Alors qu'il ne serait pas beaucoup moins malin de déterrer le sourire enfoui de Laurent Coulard et de le rejoindre sur son pneumatique pour voguer, Pluto à la proue, sur les flots amicaux de la jeunesse prépubère.

À l'orée du béton du remblai les deux filles s'appuient l'une à l'autre pour balayer le sable sous leurs pieds et renfiler leurs tongs. La mère a permis qu'elles nous accompagnent une heure à la salle de jeux. C'est Joe qui a proposé, dans le but médité d'emballer Charlotte à l'écart du regard même bienveillant de la vieille. Gros niveau tactique de Joe.

Avec Céline on les laisse prendre de l'avance. Ça nous fait une complicité. Dans le négatif de leur triomphe, mais une complicité quand même. Le moment de se lancer est bientôt, comme il se doit je le repousse. Qu'est-ce que j'ai à perdre putain. Poussière poussière, cendres cendres, et dans un an cette journée aura plongé dans un trou noir sidéral où même l'ensemble de la vie de McEnroe compte pour rien alors bon.

Au moment où Joe prend la main de Charlotte l'air de rien, je prends celle de Céline avec un grain de deuxième degré autoprotecteur dont j'espère bien qu'il produira un premier degré d'amour, que sa main consentira à la mienne et qu'on s'immobilisera pour se rouler une pelle de réconciliation. Elle la retire aussitôt, en rigolant pour bien marquer qu'on rigole et que n'y pensons même pas. S'emmerde pas pour une 9 sur 20. Elle a dû laisser un copain à Metz. Un type avec du gel partout, des maxi 45 tours de Lionel Richie, une gourmette Sylvain et un accent des Vosges. Est-ce que deux interlocuteurs avec accent ridicule se rendent compte qu'ils ont un accent ridicule ?

Je suis gêné je fredonne. Say you say me. Dix mètres devant c'est consommé. Langues échangées comme ça, devant des dizaines de vacanciers en short dont un certain nombre d'Allemands. Aucune dignité.

Un cocktail d'explosions et de vrombissements monte de la salle de jeux à ciel ouvert. Cédric Meunier humilie sa sœur Cathy au billard japonais dont je n'ai jamais compris l'intérêt ni les règles.

— Comment il va le Nantais ?

Joe fait de la monnaie à la caisse en plexiglas. Je m'accorde quinze secondes de gloire en présentant à Cédric les deux trophées messins. Il retire sa sucette coca d'entre ses lèvres pour leur claquer la bise. Lui il en fait trois, jamais deux ou quatre. Il dit qu'à Saint-Michel c'est comme ça qu'on a toujours fait, en tout cas les gens vraiment du cru, ceux dont les ascendants ont été jetés les tripes à l'air dans des fossés par les génocidaires républicains. C'est le genre de diatribes qu'il peut postillonner après douze Kro, mais à jeun il n'est pas royaliste, il est fan de hard rock. Il s'y est mis l'an dernier quand Stéphane Poitou a rapporté un album d'Iron Maiden, Live after death, sur une cassette Agfa 2 × 30.

Il n'y a pas de vie après la mort et c'est bien dommage.

Joe prend la main de Charlotte et la tire vers le Space Invader dont il va encore exploser le score. Bientôt on aura des jeux vidéo à la maison, je vois ça d'ici. Cédric propose un flip à Céline qui accepte, je trouve que ça va un peu vite quand même, ils se sont à peine parlé, il ne sait même pas que sa prof de danse moderne est la mère de Charlotte, m'aurait étonné, sport de bourge, et encore sport faut le dire vite. Il va déchanter quand il entendra son accent. Je me retrouve planté à côté de Cathy Meunier, menue dans son tee-shirt noir d'un badge Indochine pas très chouan non plus. Elle a coupé ses cheveux noirs en dégradé, avec une queue de rat derrière et devant une longue mèche qui lui tombe dans l'œil gauche. L'autre à découvert attend de voir ce que ce monde cruel réserve. L'an dernier elle avait des couettes et pleurait quand on les tirait. Elle avait douze ans donc treize aujourd'hui, c'est au-dessous du seuil tolérable. On fait pas garderie non plus. Je propose pour rire de lui acheter un sucre d'orge, elle répond en sortant une Menthol qu'elle fait allumer par le premier mec venu en remontant sa mèche pour ne pas qu'elle prenne feu.

Cédric s'est posté derrière Céline aux manettes du flip Top Gun et intervient pour rattraper ses maladresses. À chaque intervention les bras du Michelais ceignent un peu plus les hanches de la Messine, la braguette se colle un peu plus aux fesses, elle doit sentir dans sa nuque le souffle de Cédric vicié par sa dent de devant toute noire à cause des sucettes coca depuis le CE 1 et des Gitane sans filtre depuis son entrée en CAP chaudronnerie à Luçon. Elle a pas dû le remarquer, normal il est tout le temps derrière. Une fille devrait pas pouvoir passer outre une disgrâce aussi frontale, et pourtant Cédric est sorti tout l'hiver 85 avec Karine Lamorie, une 13,5 sur 20. Au fond tout est question de confiance en soi, tu comprends ça tu comprends tout. L'autopersuasion persuade les autres. Cédric a choisi de s'en foutre de ses chicots, il les masque même pas d'une main quand il rigole comme moi quand j'avais un appareil dentaire, du coup les filles s'en foutent aussi, elles trouvent ça naturel, et elles finissent par laisser tomber leur troisième balle de flip, se retourner vers lui, sourire, incliner leur tête de Messine, et l'embrasser les yeux fermés sous ceux bien ouverts de Tom Cruise vêtu du blouson de cuir marron de l'aviation d'élite américaine.

Une R 12 blanche immatriculée 324 PV 85 klaxonne à répétition depuis la rue embouteillée par le retour de plage. Au volant, Pascal Meunier, frère aîné de Cédric et Cathy, donne un coup de menton vers les terres pour signifier qu'il nous ramène. Joe a disparu avec Charlotte et réciproquement. Cédric met fin à dix minutes d'échange de salive pour consulter Céline. Après un conciliabule inaudible d'ici, ils se font un smack et Cédric se fourre dans la R 12 où on est déjà trois derrière : un moustachu avec un bob Belote club de La Tranche-sur-Mer, et Cathy sur mes genoux pour faire de la place. Il faut que je dise quelque chose de léger et complice à Cédric. Tranquille serein cool.

— T'as pas avalé sa langue au moins ?
— Toi t'as avalé un clown par contre.
— Vous avez un rancard ?
— Demain.
– Où ?
— Tu veux venir ?
— Ça va j'ai eu ma dose !

Deux parties de flip = dix minutes de baiser et un rendez-vous le lendemain. Grosse rentabilité. C'en est suspect. Un complot royaliste contre la République méritocrate. Je suis énervé.

– J'te préviens, elle s'met pas en maillot, elle veut rien montrer.

– Ça on s'en occupe.

Rien à voir mais présentement Cathy Meunier, sœur de Pascal, Joël, Freddy et Cédric Meunier, fille de Jean-Claude et Gisèle Meunier, est assise pile sur ma braguette. Je ne sais pas si elle est gênée ou moi. Est-ce que les filles cherchent ou évitent ça? J'ai l'impression qu'elles évitent, je pars du principe qu'elles ne pensent jamais au sexe, c'est sans doute mon handicap majeur. Joe dit qu'elles y pensent autant que nous et qu'en les abordant on satisfait une attente, d'où sa confiance et son taux de réussite. Ou alors c'est juste parce qu'il est beau. Les filles ferment les yeux sur ses offensives brutales parce qu'il est beau et qu'il leur fait envie. Cathy est peut-être gênée de cette position, en outre nuque pliée sous le plafond bas de la R 12 et se cognant à chaque bosse, ou alors elle fait pas gaffe, elle sent pas du tout ce qui se passe sous ses fesses, elle chante sans arrière-pensée sur la cassette Basf qu'elle a demandé au conducteur d'enfoncer dans l'autoradio, et son grand frère a fait mine de la jeter par la vitre baissée, et elle a crié aigu, et si j'avais un peu moins honte de vivre je percevrais peut-être que ces aigus me sont adressés, et que là c'est pas juste par amour pour Indochine qu'elle chante à tue-tête trois nuits par semaine c'est son corps contre mon corps et je suis avec elle.

Cédric informe qu'Indochine c'est des tapettes. Il ajoute qu'il est vert de rage d'avoir laissé une partie gratuite sur le Top Gun.

— La Messine est en train de la jouer à ta place.

— Qui ça?

— Céline. Elle est de Metz.

— Ah?

M. Cédric Meunier, vingt-six dents dont la moitié de chicots, emballe des filles sans du tout se demander d'où elles viennent ni qui elles sont à l'intérieur. C'est un déni d'identité, c'est de la misogynie ni plus ni moins. Je suis révolté. Sous la bannière communiste, il n'y a ni hommes ni femmes, il n'y a que des camarades égaux dans la lutte.

On entre dans Saint-Michel, cimetière à droite abattoirs à gauche, la mère Baquet dit que certains Michelais on se demande dans lequel des deux ils vont finir. La R 12 se gare place de la mairie, où les grands sont agglutinés autour du monument aux morts de 14-18 et d'une radiocassette gris métallisé Toshiba qui émet du reggae. Pascal Meunier serre des mains et saisit en bout de chaîne le joint que lui tend Stéphane Poitou. Africa unite cos we're moving right out of Babylon. Pascal tire deux grosses bouffées et passe ce qu'il reste du joint à Mylène Caillaux assise en tailleur sous le poilu rouillé brandissant son fusil-baïonnette vers un casque à pointe invisible. Mylène on était à côté en dernière année de maternelle. Elle puait et elle avait des poux. À la récré on lui passait devant en se pinçant le nez et parfois on l'enfermait dans le placard à jouets pour la mettre en quarantaine. Bref l'enfance elle a moyennement aimé. Au bout d'une décennie d'humiliation, elle a réalisé que la seule façon d'infléchir un destin de moche était de se transformer en salope. À douze ans il lui est poussé des seins, elle est allée voir Teddy Clopeau qui s'activait derrière la moissonneuse à sacs de son oncle, et elle a proposé de tout lui montrer. Teddy a bien compris que ce tout ne désignait pas l'ensemble du Sud-Vendée, encore moins les nids de rapaces des marais alentour, et quand bien même il y aurait eu malentendu Mylène l'avait d'emblée dissipé en joignant à sa proposition le geste de relever sa jupe. Il l'a suivie jusque derrière une épave de Traction conquise par les poules, et là elle a dit fais-moi ce que tu veux. Teddy a jugé inutile de s'étonner des termes anormalement favorables du contrat par rapport à un pacte plus classique du genre on touche avec les yeux, et il a fait ce qu'il voulait. Docile et poli, Teddy, tout le monde le dit. Du sang d'agriculteurs. Dur à la tâche. Et comme les jours d'après il n'a pas manqué de vanter les mérites de Mylène désinhibée par l'instinct de survie et de bonheur, ladite a commencé à dépanner qui voulait, et le village a fini par dire qu'on pouvait la prendre par les deux trous, et moi entendant ça en juillet 84 je me demandais si c'était bien ceux dont j'avais une connaissance au moins théorique, ou si cela incluait cette chose qu'on appelle clitoris et que je me représente mal.

Cathy demande à tirer sur le joint, sitôt reprise d'un claquement de langue par ses deux frères, eux-mêmes relayés par une salve de vannes destinées à la rappeler à ses treize ans.

— Enlève ton pouce de ta bouche d'abord.

— C'est pas de la beuh en chocolat.

— Va avec le Nantais sur son vélo.

Je m'étais soigneusement placé à l'écart, à l'abri des injonctions à exister, on me ramène sur la scène de la pire des façons. Il faut que je dise quelque chose de léger, complice, tranquille, serein, éventuellement cool. L'autodérision c'est le moment.

— Mon vélo je l'ai laissé au club Mickey.

— Alors ramène-la sur ton dos, elle attend que ça.

La suggestion vient d'un rouquin à tête d'assassin d'enfant à qui on doit peut-être l'égorgement non élucidé du petit Favraut l'automne dernier. D'autres suivent, tout aussi suggestives. Cathy ne rougit pas autant que moi. Ne rougit pas du tout en fait. Elle a intercepté le zippo collégial pour se griller une Menthol. Son frère Pascal chatouille de sa flamme de briquet une boulette de shit en fléchissant insensiblement les jambes à chaque toucher de guitare. Africa unite and we're going to our father's land.

5

Ma mère passe les vitesses doucement. À l'embranchement vers L'Aiguillon et au prix d'une association d'idées demeurée opaque pendant une bonne décennie, elle se souvient qu'une Émilie a appelé ce matin quand j'étais encore au lit. Pour confirmer qu'elle arrivera le 14 juillet.

Quatorze moins neuf égale cinq, c'est ce que je me dis.

J'ai cinq jours pour me débarrasser du poids qui pèse qui pèse, dont cinq fois huit heures de sommeil pendant lesquelles aucun chantier n'avance.

Pas une seconde à perdre donc, et moi je m'en vais jouer au tennis comme un mollusque. Est-ce que le Che a fait valoir qu'il avait tennis quand Fidel lui a demandé de le suivre à Cuba? Non. Il a pris ses responsabilités.

Les trois courts réquisitionnés par le tournoi pullulent de joueurs dont une proportion importante se la pète dès l'échauffement. Mon short me serre, il date de 83, chez les fonctionnaires de gauche on consomme avec parcimonie, sauf les biens spirituels comme les 33 tours de Mouloudji. Il est blanc et court alors que cette année la panoplie de tennis a commencé à se colorer et s'allonger. Comme par hasard, Antoine Lamoricière qui signe la feuille d'inscription s'est mis à la page. Les bourges sont toujours habillés à la mode. Antoine Lamoricière habite le centre d'Angers et sa grand-mère une villa de cinq étages à La Tranche-sur-Mer, donc il porte un short large et noir. L'an dernier je l'ai battu en finale. Il est mieux classé mais j'avais tous les damnés de la terre derrière moi, tous les forçats de la faim et je les sentais m'encourager et réprouver les vociférations de ses teignes de parents sur chaque point litigieux. Après la remise de coupe, je l'ai traité de suppôt du capital. Je ne comprends pas cette expression mais je la trouve idéalement illustrative. Le suppôt du capital entre dans le cul du prolétariat pour le ponctionner, mais tu verras un jour ce sera le contraire et alors bonjour les dégâts pour toi et ta clique Antoine Lamoricière, short noir mi-long.

Mon adversaire du jour s'avère dijonnais et assez nul au tennis, ce qui tombe mal pour lui et pas si bien pour moi. Ça va me compliquer la tâche parce que j'ai décidé de perdre, histoire de me débarrasser de ce tournoi et de me donner les moyens d'écrire les plus belles pages estivales de ma vie. Sur les premiers points je mets tout dehors. Le Dijonnais commence à rêver, il serre le poing en fin d'échange et crie sur ses services, ça m'énerve plutôt beaucoup, une sorte de moutarde dans une sorte de nez, mais je dois inspirer fort et laisser faire, je ne dois pas me laisser gouverner par l'orgueil, je me fous de ce tournoi, poussière poussière cendres cendres, qu'est-ce qu'une raquette Donnay double cordage au regard de l'infiniment grand je vous le demande.

Or voici qu'ayant expédié son match Antoine Lamoricière se positionne derrière la chaise d'arbitre. Il se pose là, quoi. Il requiert une revanche. Cette année, le tirage au sort a décidé que ce serait en demi-finale si on y accède l'un et l'autre. Je ne peux pas avoir l'air de me défiler, pas là maintenant. En 17 il a fallu le courage fiévreux des troupes bolcheviques pour repousser la contre-offensive des Blancs. Je reviens à 4-4 puis j'aligne huit jeux impeccables en abusant de l'amortie mon arme fatale. En serrant la main du Dijonnais je me retiens de m'étonner à haute voix qu'ils aient des courts de tennis là-bas. Le bon révolutionnaire ne se trompe pas de combat. À la sortie du court, Lamoricière me glisse bien joué. Un jour je me torcherai avec son polo Lacoste et je le forcerai à le porter à vie, ça oui ce sera bien joué.

J'allais pas me ramener à la plage en short de tennis. Je me suis changé et j'ai obtenu de laisser mes affaires aux vestiaires du gymnase. Ce qui n'empêche pas Cédric de me chambrer sur mon bermuda en jean. Je m'en fous mon bouton sous la lèvre a disparu et c'est quand même essentiellement en haut que ça se passe. Du côté des dents par exemple, n'est-ce pas Cédric.

— Qu'est-ce qu'elles ont mes dents ?
— Elles ont rien, t'en as pas.

Joe roupille allongé sur la serviette Flashdance de sa nouvelle copine, masquant le visage surdimensionné de la chanteuse noire dont j'ai oublié le nom. Joe peut dormir n'importe où et n'importe quand, comme un marin. Il a couché hier soir avec Charlotte qui à l'instant revient de se baigner, suivie de près par la mère de Céline et sa fille qui en maillot est aussi plate que pressenti et craint. Charlotte en a beaucoup plus, elle a donc roulé le haut de son une-pièce et les montre à toute la Vendée. Il paraît qu'ils grossissent une fois qu'on a couché, je l'ai lu dans le OK Magazine de la sœur de Richard Douin. Joe est sans doute son premier partenaire sexuel, pourtant elle n'a pas une mine de lendemain de première fois. Comme si c'était normal. Les bourges tout leur est dû. Ils ne mesurent même plus le prix de ce dont ils héritent sans effort.

Quinze ans c'est jeune quand même.

Elles tordent leurs cheveux en s'inclinant pour les égoutter puis s'allongent sur le ventre à côté de leurs mecs respectifs qui passent un bras dans leurs dos respectifs. Je suis l'impair. Ou alors il faudrait que je passe un bras dans le dos respectif de la mère qui est complètement hors jeu, je dirais même hors champ.

Charlotte et Joe ne disent rien. Ils n'échangent pas d'idées comme on devrait faire entre amoureux. Sur les Philippines ni Haïti ni quoi que ce soit. Duvalier peut affamer son peuple, ça les empêchera pas de bronzer. Je suis choqué. Du sac Dorotennis elle sort un paquet de BN. Des chocos à la vanille, n'importe quoi. Elle m'en offre un, je refuse. Je décline toujours la charité des nantis, c'est un principe. Elle pose sur moi un regard qui est peut-être de pitié, je ne sais pas, je n'ai pas le temps de le sonder, je le soutiens une seconde et quel inexplicable complexe fait que je baisse les yeux ?

Sans bouger d'un cil, Cédric dit qu'hier soir en rentrant sa sœur était intarissable sur moi. Il ajoute sur sa propre initiative qu'elle adorerait que je lui tienne la main à un concert d'Indochine. Céline s'en mêle alors que franchement on lui a rien demandé. Franchement.

— Elle est jeune, non ?

— Une gamine tu veux dire. J'fais pas garderie moi.

Un jour je comprendrai pourquoi à cette seconde de l'été 86 je me suis senti obligé de produire une dénégation qui corrobore le soupçon. Un fiasco ma vie. Un impair. Les deux binômes sombrent dans une langueur de sardines en boîte en se caressant des parcelles de peau. Je fais des phrases dans ma tête, des phrases qu'ils n'auront pas, je n'ai pas de fille mais j'ai les Muses qui se penchent sur les âmes pures c'est prouvé. La mère relève les yeux de ses mots fléchés et demande un synonyme d'individu. Bonne occasion de se refaire une santé morale, je cherche pleins gaz et je propose personne. Sans retirer sa fesse gauche de sous la main de Joe, Charlotte soupire que personne c'est personne, c'est pas quelqu'un. L'arrogance des dominants. Toute la culture pour eux. Un jour on pillera leurs livres pour les répartir dans les médiathèques des quartiers populaires. Et s'ils dispensent une propagande libérale, on en changera le contenu, aucun scrupule. On changera même les calendriers s'il le faut. On interdira les chaussettes Burlington. On repensera tout. On inventera l'homme nouveau et je m'achèterai une serviette de bain sans motif pour m'allonger sur le sable comme tout le monde.

Les filles et la mère ont remballé dans la Fiesta, rendez-vous pris ce soir chez Gaga. On se retrouve pénards entre mecs, c'est mon sentiment. On tient le flip Eye of the tiger au moins une heure avec deux francs, ça claque et reclaque et chaque partie gratuite bombe le torse du trio solidaire. J'ai les jambes de Joe et les bras de Cédric, nous sommes trois mousquetaires auxquels vient dûment s'agréger Gregory Boisseau, dit Greg le râteau.

— Il est pas mort le Nantais ?

— Faudra bien que ça arrive.

Je ne crois pas si bien dire.

D'été en été on distingue plusieurs périodes dans la genèse de Greg le râteau tel qu'il se présente à la salle de jeux de La Faute-sur-Mer le 9 juillet 1986 à 5.37. La période où il canarde les filles au lance-pierre, celle où il désire nouer un contact avec elles mais panique à l'idée de les approcher, celle où il les aborde et se prend des râteaux demeurés inscrits dans l'imaginaire collectif du Sud-Vendée, celle enfin où s'étant pris pas mal de râteaux il part battu et se prend d'autant plus facilement des râteaux. S'avançant vers elle, il dit des choses comme je te demande pas de sortir avec moi hein de toute façon tu vas dire non. La fille ne veut pas le contra-rier et de fait elle décline la non-invitation. Greg est pris dans la spirale infernale de l'échec dont seul un net regain d'assurance pourrait inverser le sens. L'assurance des hommes préfigure un savoir-faire sexuel qui plaît aux femmes a expliqué une fois la psy de C'est encore mieux l'après-midi. Elles chérissent les timides aussi mais pas pour sortir avec, juste pour les confidences. Je ne veux pas être un confident, alors je travaille mon assurance. Je la simule pour qu'elle advienne. Fais le geste de la prière et la foi viendra. L'an dernier quand Catherine Bodin a esquivé ma bouche au bal-disco du 15 août, j'ai dit tu sais pas ce que tu rates. C'est sorti comme ça, une saillie d'aisance en pilote automatique. Alors que moi non plus je ne sais pas ce qu'elle rate. Je ne sais pas du tout ce qu'elles ratent.

Aujourd'hui sur le pont du Lay s'ouvre une nouvelle période. Celle où Greg le râteau, nommé ultérieurement Greg le vent puis Greg la veste, retourne son handicap en force, s'en amuse, en joue, se plante devant une Hollan-daise contrainte de s'immobiliser et lui parle de bas en haut car elle lui rend dix centimètres.

— Tu crois que tu vas m'embrasser, tu en as très envie, et pourtant tu vas me mettre un râteau.

La Hollandaise rigole sans comprendre, puis une seconde fois quand Greg ajoute tu vois j'te l'avais dit. Elle est déjà loin. Elle a un copain à Amsterdam beaucoup plus grand et beau que Greg. Le trio accompagnateur est plié en quatre. Ça encourage Greg qui se passerait

une anguille dans les narines pour amuser la galerie de
ses potes. Il rattrape une rousse, la fait se retourner en
effleurant son épaule.

— Il paraît que tu te vantes de jamais mettre de râteau,
c'est que tu m'as pas encore rencontré.

À équidistance du séducteur comblé et du confident
condamné au point mort, Greg s'est trouvé un créneau
dans la bouffonnerie. Ce qui ne fait pas sensiblement
baisser son taux d'échec. L'abordée s'est marrée mais elle
ne s'est pas jetée dans ses bras. On ne tombe pas amoureuse d'un comique, ça se saurait. Plutôt de Joe qui ne
fait jamais une blague et demande à la rousse où elle
crèche. Elle indique le camping de la Moule et bien sûr
on fait hummm. Elle hausse des épaules consternées. Les
filles sont mûres plus tôt. Peut-être qu'on ne les rattrape
jamais, voire que la distance se creuse. On se perd en
route. On s'attarde dans des chemins buissonniers. On
marche à rebrousse-temps. On connaîtra jamais l'amour
le vrai. On fonce vers le Luna Park dont l'enseigne d'ampoules suspendues style guirlande municipale de Noël
s'allumera dans cinquante-deux minutes.

Odeur d'amande, sono partout, montagnes russes,
palais des glaces mais c'est pas la question. On sait ce
qu'on a à faire, on sait où ça se passe.

D'été en été on distingue plusieurs périodes dans notre
façon d'appréhender les autotamponneuses. Celle où on
monte à deux mecs et la seule conduite nous satisfait.

Celle où l'objectif est de caramboler pleine face une voiture de filles, avec un coup de rein final mimétique et substitutif de l'acte sexuel. Celle où on dédaigne ce jeu de mômes pour rester draguer sur les bancs périphériques. Celle où on y revient avec en tête le mode opératoire tactique exposé ci-dessous.

On se tient en bordure de piste assis sur les barres d'appui en laiton et on attend qu'une fille s'installe seule dans une voiture. Au moment où elle glisse le jeton, on approche par-derrière façon Apache et toutes jambes devant on s'incruste à côté d'elle. Quand c'est Greg qui le fait, la fille lève le pied pour immobiliser le véhicule et prier l'intrus de la laisser. L'intrus ressort de la piste en faisant le V de la victoire. Quand c'est Cédric c'est juste histoire d'accompagner le mouvement parce que sa Messine lui suffit pour l'instant. Quand c'est Joe ça dure un tour, deux, trois, chaque fois il remet un jeton sorti d'on ne sait où, tombé d'ovni peut-être, et les réticences de la fille tombent une par une. Quand c'est moi c'est maintenant et ma conductrice a au moins vingt-deux ans et demi, c'est sans espoir, je ne monte que pour ne pas être en reste, et je prodigue en pure perte ma formule coutumière pour lancer la conversation.

— Suivez cette voiture là-bas.

Elle jette une moitié d'œil sur sa gauche où j'adopte un air sans doute assez naze d'espion américain rivé à sa mission internationale.

— Je paierai ce qu'il faudra.

Elle a un sourire qui exprime son contraire.

— Je vais plutôt te déposer chez ta maman.

— Elle est morte.

C'est sorti tout seul et ça installe une ambiance étonnamment froide que je réchauffe en redoublant le chant aigu déversé par les enceintes qui encadrent le guichet. Je connais les paroles, je peux faire valoir ma prononciation optimale, 17,1 de moyenne annuelle, l'an dernier en voyage scolaire à Brighton c'est moi qui abordais les vieilles du coin pour demander où on pouvait acheter des capotes anglaises, en disant juste capote anglaise en français. On se marrait, on piétinait dans l'entre-soi ricaneur, on perdait du terrain, on marchait à rebrousse-amour, l'écart se creusait, l'ambiance s'alourdit.

— Vous voulez que je traduise ?

— Non.

— T'as pas besoin d'être riche pour être ma fille.

— Sans blague.

— T'as pas besoin d'être cool pour diriger mon monde.

— J'ai pas besoin d'attendre pour te dire dégage.

— Kiss.

Je rejoins Greg et Cédric sur la touche. On se tape dans les mains comme des basketteurs. On est cons et on aime ça. On partage une pomme d'amour en regardant Joe embrasser sa passagère, une main passée derrière sa nuque et l'autre sur le volant, braquant chaque fois juste avant le rebord pour faire peur et rire et tomber amoureuse. Greg mime le roulement de guitare du refrain. Cédric informe que Prince est une tapette. Le couple formé de frais s'est extrait de la voiture, Joe lui demande son prénom pour nous la présenter. Elle s'appelle Flore, évidemment tout le monde comprend Fleur. S'ensuivent diverses blagues de retardataires, dont aucune cependant ne s'appuie sur le verbe déflorer inconnu de nous, y compris de moi alors que quelque part ça me concerne. Cédric lui tend la pomme d'amour en signe de bienvenue et d'adoubement. Elle croque à pleines dents, elle vient de rencontrer Joe. Qui me tire à l'écart et d'une voix de complot me charge de dire ce soir à Charlotte qu'il a eu un gros empêchement, des Ouest-France à livrer un truc comme ça. Fier d'être désigné lieutenant, je fais remarquer à mon colonel que la bourgeoise ne croira sans doute pas à une livraison nocturne de journaux. Le colonel en convient. Je propose d'annoncer que sa mère est morte et en le disant je réalise que cette comédie-là pourrait le froisser. Alors qu'il s'en tape. Joe se tape de pas mal de choses. Joe ne change jamais de vêtements. Joe dort dans un hamac. Joe ne prend pas de rendez-vous ou ne les honore pas s'il en prend. Joe se dirige vers la sortie, une main sur l'épaule de Flore originaire de Reims. Joe passe sous la guirlande Luna Park qui s'allume pile à ce moment, cinquante-deux minutes après notre entrée.

6

– Ça joue.

Tee-shirt Fruité c'est plus musclé, Tony lance la balle entre les barres des demis, l'achemine vers ses avants, la catapulte dans le but d'un gogo d'Amiens, tee-shirt Beach and surf. Le scoreur finit sa Kro d'un trait, se passe la langue sur la lèvre supérieure mousseuse, rote en deux temps, me tend son verre vide.

– T'es pas à la Butte aux Anges toi?

– Qu'est-ce que j'irais foutre là-bas?

– Kro, d'abord.

Je reviens avec le verre rempli.

– Qu'est-ce que j'irais foutre à la Butte aux Anges?

But de l'arrière, Amiénois accablé.

– Cathy Meunier t'attend.

– Comment tu sais?

– T'appelles ça une bière fraîche?

À Cédric assis au comptoir je pourrais demander confirmation de l'info concernant sa sœur, mais je ne veux pas avoir l'air du type que ça intéresse. Je préfère interpeller Greg le râteau sur le badge Béruriers noirs au revers de sa veste de jean. Sur son année au LEP de Luçon, Greg a beaucoup moins progressé en plomberie qu'en punk-rock. Ça nous rapproche.

Joue bosselée par la sucette coca, Cédric se lève accueillir sa nana apparue sur le seuil. On saura jamais ce qu'elle lui trouve la Messine. Peut-être qu'elle ne lui trouve rien du tout. Peut-être qu'à moi elle trouvait trop de choses, et qu'elle a pressenti la douleur que ce serait de remettre sept cents kilomètres entre nous fin juillet. Je comprends.

Charlotte dissimule mal qu'elle est beaucoup moins jouasse que sa copine historique. En arrivant elle a tout de suite vu que pas de Joe. Je refrène l'envie de lui annoncer dès maintenant qu'il faudra pas compter sur lui ce soir. Je vais la laisser gamberger. Mariner dans son sweat Naf Naf vert fluo à manches chauve-souris. Faire celle qui n'y pense pas et rigole outrancièrement aux blagues foireuses de Gaga. Sauver les apparences. Tenir son rang.

– Il paraît qu'y a Los Craignos en concert ce soir.

Eddy Vilar vient d'inventer ce groupe pour nous désigner Greg et moi. Puis il s'enquiert de savoir si la fille sur les genoux de Cédric est la nièce d'Alice Sapritch. La France de 86 a élu la comédienne parangon de la laideur. Après sa mort personne n'héritera de ce titre car il n'y aura plus de célébrités moches, je vois ça d'ici, et ce n'est que vers cette période que Charlotte acquerra un téléphone portable dans le but prioritaire d'appeler chaque soir son fiancé parisien depuis Prague où elle travaillera dans une boîte de production à sa sortie de HEC. En attendant elle ne peut que se donner la contenance d'une virée dans le village à la recherche de l'absent. Elle sollicite le soutien de Céline qui n'a pas du tout envie de se décoller de Cédric et demande deux minutes. Il y a de la friture sur radio copines. Doublement éconduite, Charlotte fulmine. L'engeance bourgeoise déteste qu'on lui résiste, à la moindre contrariété elle se départ de sa bonhomie libérale pour mettre Hitler au pouvoir. Ou alors elle vient me parler.

— Tu sais pas où est Joe par hasard?
— Joe Strummer?
— Non, Joe Joe.
— Joe Joe? Connais pas.

Elle croise les bras en tordant la hanche, petite peste exaspérée. Rouge à lèvres rose, cheveux attachés avec un foulard en mousseline comme une des trois Bananarama dans le clip de Cruel summer. Le grand jeu, très peu pour moi. D'un coup de tête je l'invite à me suivre dehors en prenant un air d'intermédiaire diplomatique auquel je finis par croire. Je ne me retourne qu'une fois à l'écart de la terrasse où Gaga chante un refrain à base de bonnes sœurs en soutien-gorge. Charlotte se campe en surjouant la désinvolture. Je laisse du silence s'étirer. Pour une fois que ce n'est pas à moi qu'il pèse. Elle réprime son envie légitime de me secouer comme un cerisier pour faire tomber de moi des renseignements sur mon colonel. J'explique que Joe se pose des questions sur eux deux, qu'il est plus trop sûr de vouloir s'engager, qu'il a été très amoureux d'une fille l'an dernier et qu'il a du mal à s'en remettre, et qu'en plus il a l'impression que vous allez pas si bien ensemble, qu'il y aurait peut-être un mec plus compatible avec toi dans la bande, tu vois je sais pas mais par exemple je sens qu'on a un bon feeling tous les deux au niveau du sentiment, qu'on a plein de points communs, par exemple les mots fléchés, enfin plein de trucs j'ai l'impression.

Charlotte reste interdite. J'en déduis que mon monologue la perturbe, la touche, qu'elle étudie ma proposition d'arrangement. Puis je comprends qu'elle ne m'écoute plus, qu'elle regarde quelque chose par-dessus mon épaule. Quelque chose ou quelqu'un.

Elle ne bouge pas tout de suite. Elle attend de voir si Joe va au moins venir à elle s'excuser pour son retard. Elle ne sait pas que Joe ne s'excuse jamais. Il rapporte une bière, rigole avec Gaga qu'il faudra encore faire vomir dans ses toilettes tout à l'heure, s'assoit à la table de Stéphane Poitou, mais ne comble pas la distance avec Charlotte. Qui prend les devants et lance la discussion qu'elle trépignait d'avoir tout en sachant qu'elle n'en tirera que de la rage. Une sorte de masochisme.

– Joe?
– C'est mon nom.

Flairant le sermon, il sort son paquet de Drum. Stéphane propose à la sister bouillante de tirer sur son joint. Charlotte ne se donne pas la peine de décliner. Elle n'a même pas perçu la proposition. Joe est le seul habitant de la planète colère qu'elle écume depuis une heure.

— T'aurais pu me le dire en face.

— Ça change quoi ?

— Ça change que j'aurais pas poireauté ici.

Des airs de baronne réveillée en pleine nuit par des gueux concupiscents. Joe s'absentera bientôt de cette scène pénible mais il se donne le temps de finir sa clope.

— Tu t'amuses pas ici ?

— À ton avis ?

Gaga ivre mort répète les répliques au fur et à mesure. Céline s'est levée pour calmer sa grande copine qui l'oubliera vite quand l'écart de classe conditionnera des orientations scolaires divergentes. Joe oppose un bouclier de calme à l'assaut de fiel, c'est une méthode à retenir.

— T'avais qu'à sortir avec le Nantais, en attendant.

— C'est qui le Nantais ?

Joe donne un coup de menton vers moi, tête soudain enfoncée dans mon tee-shirt Prisunic.

— Pourquoi je sortirais avec lui ?

Je ne suis pas humilié sur le coup. L'humiliation c'est toujours rétrospectif, ça te saute au cou quand tu te repasses le film dans le noir. Normalement ça ne te lâche plus de la nuit, le seul moyen de balayer cette pensée c'est d'y substituer, en se concentrant bien fort, la certitude sensible qu'un jour hop fini, rideau, le néant, six pieds sous terre mais sans la terre ni les pieds ni rien, même pas les vers et les racines, que dalle, plus de Stéphane ni Gaga ni Cédric ni Céline ni Charlotte ni même Joe.

– Ben, il était pas en train de te faire une proposition là?

Comment il sait?

C'est Tony qui le lui a dit.

Comment Tony sait? Tony sait. Il sait tout ce qui se passe à vingt bornes à la ronde, alors à vingt mètres tu penses.

Charlotte se remémore soudain ce à quoi Joe fait allusion. Mes propositions de compromis. Le cessez-le-feu. Le pacte de non-agression. L'entente germano-soviétique. Notre feeling au niveau du sentiment. Les mots fléchés. Elle s'est retournée et me fixe. Elle va me balancer. Diviser le peuple pour mieux régner, on connaît le truc. Semer la zizanie parmi les opprimés. Elle se demande juste quelle formule bien cinglante utiliser. Médite le meilleur moyen de faire mal. Prend sa respiration pour lâcher son tir de mortier.

– Je vois pas de quoi tu parles.

Dit-elle.

Céline absurdement conquise par les chicots de Cédric, Charlotte prise dans l'enfer du couplage avec Joe, Sandrine Botreau invisible depuis sa première apparition mémorable : c'est un été cruel cruel. Conclusion provisoire établie en m'éloignant de chez Gaga. Il y aurait bien Cathy Meunier mais on n'a pas fait l'école du babysitting. À l'extrême rigueur on va faire un crochet par la Butte aux Anges en rentrant, juste comme ça voir si elle y est, mieux comprendre la mécanique du désir, percer à jour le mystère du cœur des femmes qui est impénétrable tous les poèmes le disent. Mais ce sera tout.

Un soir de 1954, sur la Butte aux Anges, Marcel Vanneau, père de Gaby Vanneau le cantonnier, a parlé à deux anges. Enfin c'est surtout eux qui lui ont parlé, en se partageant les tâches, l'un prenant en charge les voyelles, l'autre les consonnes. Ayant écouté Marcel rapporter les faits, le village a trouvé bizarre que les divins visiteurs se soient donné cette peine, et encore plus bizarre que le maréchal-ferrant ait déchiffré le code. Mais bref les anges ont expliqué à Marcel que les amants qui se donnent la main en ce lieu liront instantanément dans le cœur de l'autre s'il recèle assez d'amour pour une vie. Le père Mathieu, curé d'alors, a trouvé étrange que le Ciel envoie des messagers pour statuer sur des affaires qui après tout ne regardent que les hommes. Mais Germaine Baquet, mère de la mère Baquet, a dit que l'amour est une chose trop importante pour être confiée aux seuls mortels qui soit dit au passage feraient mieux de ne pas boire avant de ferrer les chevaux, ça nous ferait moins de sabots fêlés.

Depuis lors, les cœurs intranquilles cheminent vers la butte en spéculant fébrilement sur le verdict bientôt rendu.

Schéma 1, Cathy y est et me voit, j'ai l'air con. Schéma 2, elle n'y est pas, j'ai l'air con mais à mes yeux seulement. Schéma 3, le meilleur, elle y est et ne me voit pas. Ou encore mieux, schéma 4, je laisse la Butte aux Anges, je me fous complètement de savoir si une fille de treize ans en pince pour moi, je suis au-dessus de ça, je suis passé à autre chose, j'ai mieux à faire, j'ai quinze ans et quatre mois, je suis léniniste, j'ai laissé mon Moto-bécane double plateau au garage de la mère Baquet fille de Germaine Baquet, je vais à La Faute en stop avec Joe, je n'embarque pas dans les autotamponneuses pour m'amuser, je ne me baigne pas, je n'ai pas d'affection particulière pour le chien de Dingo, je vais arrêter le tennis, dès demain je me fais éliminer du challenge de L'Aiguillon-sur-Mer pour me consacrer corps et âme à la compétition qui m'importe, la seule, la vraie, la détermi-nante pour tout le reste de ma vie.

Ou alors, schéma 5, Antoine Lamoricière balaye son adversaire du deuxième tour et comme la veille se préci-pite pour me toiser sur le court numéro 1 où je viens d'aligner trois doubles fautes volontaires. Devant l'en-nemi de classe je dois encore renoncer à me laisser perdre, tenu à la victoire au nom de la discipline révolu-tionnaire. Je remporte le match 6-4 7-6, impossible de faire autrement.

Je laisse mon short et ma Donnay double cordage au gymnase. Après-demain je me laisse perdre c'est sûr. Le mépris de la victoire est la plus belle des victoires. Je marche. Deux pieds, deux jambes, c'est la base. Je passe le

Lay dont les berges vaseuses suffisent à amarrer les bateaux de pêcheurs. Ce n'est pas du lait mais de l'eau qui vient de la montagne et va à la mer, comme Moïse disons. À hauteur de la salle de jeux j'aperçois Joe bousculer le flip Blade Runner sous les yeux de Thierry Marraud.

— Toujours vivant le Nantais ?

— On va s'gêner.

Quatre ans plus tôt on se serait jeté des pierres en s'insultant car Thierry Marraud fréquentait l'école des curés pleine de gens moches comme tous les catholiques sauf Blaise Pascal dont j'ai rapporté de Nantes les Pensées que je ne lirai en entier qu'en 94, l'année où Thierry se pendra à une poutre de sa grange. La reconfiguration adolescente nous a transformés en copains. Thierry est désormais beaucoup moins catho que sympa. Il prête sans problème sa mobylette et son casque relevé d'un autocollant Depeche Mode. Quoi qu'on propose, il acquiesce d'un cool Raoul ou d'une formule approchante. Depuis deux étés, il sort avec une Stéphanie du nom de Lemercier. Comme elle vient d'Ancenis, j'ai pris l'habitude de lui faire du gringue en m'autorisant de la fibre Loire-Atlantique. Ce faisant, je vérifie toujours du coin de l'œil si Thierry l'a pas un peu mauvaise, mais non. Pas soupçonneux pour deux sous. Grande confiance dans l'humanité. Il surveille même pas, plutôt occupé à payer aux copains une tournée de Kro ou une partie de flip comme maintenant, un franc dans la fente, relax Max.

Là par exemple Stéphanie Lemercier débarque et pose sa barquette de frites pour m'étreindre en s'exclamant, eh bien Thierry ne voit pas le mal, rivé aux fourchettes virtuoses de Joe. Cécité volontaire et peut-être qu'il fait bien. Stéphanie sortirait avec moi si j'étais assez malhonnête pour la piquer à Thierry. Heureusement j'ai un minimum de loyauté. Une règle d'or veut qu'on ne touche pas aux copines des copains. Je lui fais remarquer qu'elle ne m'a jamais appelé pour qu'on sorte à Nantes comme elle l'avait promis en me quittant l'été dernier. Elle y a pensé mais elle s'est dit que ça me dérangerait. Je lui dis t'es folle. En douze mois sa poitrine a gonflé et par association d'idées je demande à Joe comment ça s'est passé avec Flore de Reims, et comment ça se fait qu'il s'est quand même ramené chez Gaga. Sans détacher les yeux de la boule hystérisée par deux bumpers, il dit que c'est parce qu'elle a joui trop vite. Le sens m'échappe de ce diagnostic déjà souvent délivré par lui. Je ne sais jamais si trop vite veut dire trop rapidement ou trop tôt. Pourtant j'ai regardé à jouir dans le Larousse illustré, puis à orgasme qui renvoyait à coït qui renvoyait à orgasme qui renvoyait à jouir, j'étais comme la boule dans les bumpers, je ne savais plus où donner de la tête, arrivée la semaine dernière Stéphanie a déjà une peau cuivrée qui met en appétit. Après des débuts difficiles le bronzage est devenu classe depuis vingt ans. Bientôt on calmera le jeu à cause du cancer de la peau, je vois ça d'ici. Stéphanie m'offre de taper dans sa barquette. Justement je suis en appétit. Avec elle on se comprend sans se parler. Fibre Loire-Atlantique, grosse complicité, minimum de loyauté.

7

Il y a des éléments subversifs dans toutes les classes sociales, c'est Engels qui le dit, je l'ai retenu parce qu'en un sens ça m'arrange. Les leaders révolutionnaires sont même souvent issus de la bourgeoisie, ne serait-ce que le plus grand d'entre eux, l'avocat Vladimir Ilitch dit Lénine. Ou Rosa Luxemburg. Charlotte est la Rosa Luxemburg des temps modernes, avec en plus un physique de 15 sur 20 qui relève la moyenne de la composante féminine de l'armée en lutte. Elle a surmonté ses intérêts particuliers au nom d'une morale supérieure. À ce titre c'est la femme de ma vie, si nous nous donnions la main à la Butte aux Anges cela apparaîtrait d'évidence. Hélas nous n'irons pas à la Butte aux Anges. Nous n'irons nulle part ensemble, compte tenu de sa probable et compréhensible détermination à délimiter un périmètre de sécurité entre elle et tout ce qui lui évoque Joe pendant le reste de son séjour vendéen.

J'exclus donc Charlotte des possibilités offertes par le bal-disco de ce soir, placé le 11 juillet pour clore en danse le jour de commémoration annuelle du passage de Napoléon dans le village. À moins qu'elle réapparaisse, inaccessible au ressentiment, souveraine comme elle l'a été hier chez Gaga. Peut-être que c'est une sainte. Pas une sainte révolutionnaire, une sainte sainte. Je barre quand même son nom sur la feuille grands carreaux perforée que j'ai sortie pour dresser la liste.

Cathy Meunier sera là mais trop jeune. Je les prends pas au berceau.

Mylène Caillaux sera là mais pas besoin de l'élan d'un bal-disco pour l'amadouer, ce serait gâcher l'énergie érotique produite par le champ magnétique nommé fête. Mylène il suffit de la trouver quelque part dans le bourg et de l'emmener derrière une grange. Pour ce soir je la mets dans la case dernier recours. Par ailleurs, tant qu'à coucher autant ne le devoir qu'à soi seul, sinon mon orgueil meurtri me dictera des poèmes si tristes que le papier en pleurera.

Au recto de la feuille perforée je note : des poèmes si tristes que le papier en pleurera. À compresser en alexandrins.

Retour au verso.

Sandrine Botreau sera au bal-disco pour danser sur du Madonna. Bonne pioche si elle est aussi hospitalière que dans mes masturbations. Mauvaise pioche eu égard à son probable positionnement politique. Son père soutient le maire divers droite, salaud de pauvre, et souvent les enfants sont les perroquets de leurs ascendants, je sais de quoi je parle. En face de son nom je note quand même :

prioritaire. Éventuellement demander un coup de main à Joe qui la connaît bien (entre parenthèses : doigt qui sent la pêche).

Stéphanie Lemercier sera là mais minimum de loyauté vis-à-vis de Thierry.

Céline la Messine sera là, mais elle est folle de Cédric. D'un autre côté un Cédric bourré à la Kro peut sauter sur n'importe qui et libérer Céline alors désireuse de se venger avec un mec qui peut-être sera moi si j'ai la noblesse d'âme de ne pas la sanctionner pour son attitude à la plage mardi. J'écris À voir et j'hésite à mettre un accent sur le A.

J'ajoute un X comme l'inconnue d'une équation, comme la fille pas prévue, l'estivante inaperçue jusque-là et que les spots, la boule à facettes, la danse, la Kro et la disponibilité rendront soudainement désirable voire aimable voire sympathisante PCF. X comme le facteur irrationnel qui recèle, à un extrême, l'amour éternel que même la cendre cendre ne réduit pas en cendres, à l'autre extrême le désastre, la mort au carré, la finitude de la finitude.

Sachant que l'ensemble de ces calculs est à revoir à la baisse si le bouton de la lèvre inférieure ressort en pleine soirée. Souligné : penser à régulièrement vérifier dans la glace des lavabos. Sinon je n'aurai plus toutes les données pour bien évaluer les rapports de force, les rapports de beauté. Un bouton fait redescendre à 9 sur 20 voire 8, et dans ce cas inutile de perdre son temps à faire de l'œil à une sainte de 15 sur 20. C'est un exemple.

En route vers le bourg d'un pas de gagnant. Je fais une halte devant l'épicerie Gobillaud pour examiner ma lèvre. Reflet faible dans la vitre sale mais ça a l'air d'aller. J'en profite pour remettre mes cheveux dont le gel ne fait que sculpter les ondulations anarchiques. Avec un peu de chance mon polo Newman blanc des grandes occasions. Je l'avais l'après-midi où Audrey Le Guellec a fermé les yeux en signe de oui vas-y embrasse-moi. Je ne suis pas superstitieux mais McEnroe lace toujours sa chaussure gauche en premier.

Belle nuit d'été étoilée, possibilité de prolonger dehors avec une fille quand le disc-jockey rallumera les néons tue-l'amour de la salle des fêtes. L'an dernier c'est comme ça qu'avec Émilie on s'est retrouvés dans l'herbe derrière le terrain de foot, et que j'ai passé ma main sous sa marinière, et qu'elle l'a refoulée. Au dos de la carte d'anniversaire qu'elle m'a envoyée en mars, elle écrit textuellement : cet été j'arrive dès mi-juillet, on aura le temps de faire plein de choses. J'ai glosé cette formule mot par mot à longueur de nuits de printemps. Dans les moments d'optimisme j'imaginais que plein de choses désignait des activités à dominante corporelle dans la maison désertée par ses parents partis voir une anima-tion ambulante du Puy-du-Fou embryonnaire. Dans les moments de sombre lucidité je me disais que plein de choses c'était partager une gaufre au miel ou un après-midi au mini-golf de La Tranche. D'un autre côté j'aime bien les gaufres, et le mini-golf encore plus. Viser dans la gueule d'un automate imitation Goldorak et la balle ressort par un trou en contrebas, c'est toujours ça de pris comme satisfaction.

— Goldorak il a un p'tit zizi.

Je sursaute doublement. Que sa gueule de romanichel apparaisse sans prévenir devant l'Amicale laïque, OK, passe encore, les Michelais d'ici et d'ailleurs sont habitués. Qu'il pousse sa mobylette en rade, pareil. Mais qu'il ait perçu mes pensées, alors ça c'est vraiment extraordinaire je l'affirme. Extraordinaire pour de vrai. J'en ai le sifflet coupé, à deux mots près.

— Bonjour Tipaul.

— Albator aussi.

— Quoi Tipaul ?

— 'bator il a un p'tit zizi.

— C'est parce qu'il est japonais Tipaul.

J'ai l'impression qu'il mordille la médaille à l'intérieur, c'est peut-être la première étape d'une progressive ouverture de la bouche. On saura enfin.

— T'as encore cassé ta bylette Tipaul ?

Il fait non de la tête, lentement puis frénétiquement. Je ne m'aperçois qu'à ce moment que le moteur tourne.

— Ben pourquoi tu marches à côté si elle est pas cassée ?

Il resserre les lèvres sur la médaille mais ce qu'il va dire alors sera étonnamment distinct.

— Le Nantais il me ramène au bytère.

Je suis flatté qu'il me reconnaisse. Les chiens et les

débiles j'aime qu'ils me témoignent de la sympathie.
Peut-être parce qu'on leur prête un septième sens pour
les sentiments vrais, ou un sixième je sais jamais.

Pour les vrais sentiments.

On se regarde.

Je ne comprends pas bien la manœuvre. Pourquoi me
le demander à moi parmi tous les gens, autochtones et
vacanciers, que l'absolue paix du soir retient dehors.

Mon polo Newman peut-être.

Cette affaire va me retarder, mais la possibilité de
traverser la place de la mairie en mob, même avec Tipaul
sur le porte-bagages, ça se refuse pas. En plus je sais m'y
prendre, l'an dernier Thierry nous laissait faire des tours
du village en passant par le bas du coteau, tranquille
Achille. Sur une mob on est joyeux que l'existence existe,
et très révolté de son dénouement. Du coup on tord le
poignet à fond, et c'est encore plus de joie et de révolte,
et ainsi de suite, on accélère sans fin et c'est comme ça
qu'en août 83 on a retrouvé la jambe de Frédéric Coulon
à deux mètres de son corps encastré dans le mur de pneus
du garage Sourdonnier. Du coup on a pu réparer tout de
suite la mob, par contre l'hôpital était loin, l'ambulance
est arrivée trop tard pour lui remboîter la jambe. Ils gref-
fent des cœurs et ils sont pas foutus de greffer une jambe,
a dit le village. S'il peut plus marcher c'est pour empêcher que ses jambes le portent le diable sait où, a dit la
mère Baquet, et elle pensait à la cabane des Vachers où
Frédéric se réunissait avec Guy Favraut pour sacrifier des
poules en offrande à une version poitevine de Jéhovah.

Et quand le petit de Guy a été égorgé l'automne dernier la mère Baquet a dit voilà ce qui arrive aux païens.

Beaucoup de monde en terrasse chez Gaga, je détache juste deux doigts de la manette d'accélération pour saluer, comme font les grands et les vieux d'ici, la classe Mathias. Un peu gâchée, la classe Mathias, par le cri de bête blessée ou comblée que pousse Tipaul en même temps. Qui plus est s'agrippant à moi.

Et souriant, j'imagine.

L'église de Saint-Michel-en-l'Herm date du treizième siècle par là. Aujourd'hui on en édifie moins alors que ce serait plus facile. C'est un paradoxe. Jadis les bâtisseurs étaient portés par des ancêtres d'échafaudages et par la foi. Tous les soirs avant de s'endormir ils priaient pour ne pas tomber de trop haut, comme moi parfois pour vivre deux cents ans ou cet après-midi pour que mon bouton ne s'infecte pas. Quand la mémère à Joe me gardait et qu'elle passait allumer un cierge pour son pauvre Baptiste, elle nous laissait devant et je fixais un minuscule renard à deux têtes sculpté à droite du fronton. Cette gargouille-là et pas une autre. Un renard à deux têtes, ou peut-être était-ce un loup. Elle y est toujours, et juste en dessous le père Jean, immobile sur les marches et qui m'attendait.

— Un verre de vin ?

Quelque chose me pousse à accepter alors que j'ai mieux à faire. Tipaul couche la mob contre le flanc du presbytère et nous précède dans la cuisine, gagné par une hilarité aussi opaque que son âme s'il en a une.

– J'ai renoncé à lui imposer le casque, il le perd tout le temps.

Le père Jean a lutté en vain pour qu'on ne l'appelle plus le père Jean. Et pourquoi donc? demandait le village. Parce que ça ne convient pas, répondait le père Jean. Il aurait aimé qu'on l'appelle frère. Les gens n'ont pas suivi tu penses. Il sort du buffet une bouteille vert bouteille au cul empoussiéré. Tipaul a allumé le poste de télé Schneider sans le son. Jeanne Mas chante muettement juchée sur un podium de station balnéaire noir et blanc. On trinque en silence. C'est de la piquette tirée des vignes étiques du jardin derrière l'église. Le père Jean sort un morceau de baguette de la huche pour tremper dedans. Du pain du vin. La France de 86 ajoute du Boursin. Ça lui passera.

J'ignore que le curé de Saint-Michel-en-l'Herm ressemble à celui de Rome ville ouverte en plus jeune. En 68 il a ressuscité le dernier-né de la ferme de la Dive. Il était mort depuis deux jours du tétanos, le curé passait pour avoir déjà réveillé des morts en Picardie sa première paroisse, on l'a fait venir au cas où. Ça mangeait pas de pain. C'était ça ou rien. Lui rechignait et ne s'est mis en route que parce qu'il faut savoir aller à ce qui rebute. En arrivant il a accepté un verre de vin rouge, on n'était pas pressé, l'éternité dure longtemps, et puis il est passé dans la chambre infiniment triste. Il est resté une heure immobile devant l'enfant tout menu et tout pâle sur son lit de mort. Soudain, pris par on ne sait quelle inspiration, il s'est penché pour lui rouvrir les paupières, le geste rituel pour entériner un décès mais à l'envers. Les prunelles ont commencé à rouler, la bouche à exhaler, le cœur à battre. Ça suffisait pour vivre. La mère s'est jetée en criant aux pieds de l'homme qui venait de lui rendre son petit qui a pu grandir et passer son CAP plâtrier. Le village a dit qu'il n'était pas vraiment mort, que la famille de la Dive l'avait fait examiner par le vétérinaire parce que le docteur Grimaud était cloué au lit par la grippe des Bohémiens. Le vétérinaire ne s'y connaissait qu'en cochons et bœufs, les gens il savait pas y faire. La mère Baquet a dit qu'à en regarder certains il n'y a pas tant de différence entre les hommes et les bêtes, que toutes les créatures de Dieu meurent de la même façon et que le père Jean sera sanctifié.

— C'est après la mort qu'on est sanctifié ?

Il trempe son pain dans son vin et sourit. Aussi loin que je me souvienne il a toujours souri, sauf les jours d'enterrement, même celui du père Poiroux qui avait violé sa fille tous les soirs pendant douze ans et en avait eu un fils qui était aussi un petit-fils et s'appelle Aimable. Aimable Poiroux.

— Oui. Longtemps après, parfois.

— Mais s'il y a la vie éternelle la mort c'est rien, je veux dire c'est pas une limite.

Dans le verre la piquette a couleur de sang.

— La vie éternelle, il faut le dire vite.

— C'est des conneries ?

— Il faut le dire vite. Si on le dit lentement ça a l'air trop vrai. Ça a l'air littéralement vrai.

— C'est une métaphore?

— Non.

— C'est du deuxième degré?

— C'est du premier degré et demi. C'est un peu plus que faux et un peu moins que vrai.

Je voudrais comprendre. Maladie de naissance.

— C'est vrai ou c'est faux? Faut pas déconner avec ça.

— C'est vrai et faux comme l'art. C'est un jeu d'enfant. C'est l'enfance de l'art. Mémorise bien l'enfant que tu es et plus tard tu pourras te demander si tu es digne de l'enfant que tu fus.

Tipaul a collé ses lèvres sur l'écran pour embrasser Julie Pietri qui chante muettement parmi une foule de baigneurs.

— Vous croyez à la grâce efficace ou à la grâce suffisante?

J'ai appris les deux notions dans la préface des Pensées lue dans la R 19 en venant. Je ne sais plus laquelle est janséniste et laquelle jésuite mais je vois bien l'idée. La grâce suffisante est insuffisante, c'est mon truc mnémotechnique. C'est une grâce qui ne promet rien, tout le boulot reste à faire, être bon et juste, ne pas maudire Inès de Keffelec quand elle a une meilleure note en maths, ne pas piquer Stéphanie Lemercier à Thierry même si elle a des jambes de cuivre. Alors que la grâce efficace est particulièrement efficace. Tu peux faire le bien et être damné comme tu peux faire le mal et être sauvé. C'est injuste.

Peut-être que ça m'arrange. Pour aller avec la piquette le curé sort du petit frigidaire Bosch un Caprice des dieux, ça s'invente pas.

— Le père Billot crache son sang depuis cet hiver, sa femme me dit qu'elle ne fournit plus en mouchoirs, je lui ai promis que je lui en ramènerai. Ici j'en ai trop pour moi et Paul s'est exempté de ce genre de précautions hygiéniques.

Il est le seul au village à l'appeler Paul. Julie Pietri salue son public en maillot de bain. Je tâche de me tartiner un carré de fromage sans perdre mon fil.

— Si la grâce est de naissance, c'est terrible pour ceux qui l'ont pas.

Terrible.

— Oui c'est vrai il y a les danseuses et il y a des gens dont la vie semble une disgrâce. Il y a les danseuses et il y a la fille Millard.

Patricia Millard est devenue obèse en deux mois à l'âge de six ans, mystère demeuré inexpliqué quoique la mère Baquet prétende qu'elle a avalé un âne. Lasse des insultes Patricia n'est plus venue à l'école à partir du CM 1. Elle a continué à grossir tranquille chez elle. Elle n'est plus sortie, elle ne passait pas la porte, elle ne la passait concrètement pas. On dit qu'aujourd'hui elle pèse deux cent cinquante kilos et qu'elle vit allongée dans le fumier au fond de la grange à blé. Sa mère Thérèse dépose son manger matin midi et soir et c'est tout. L'écuelle vidée est le seul signe qu'elle vit encore, à moins que ce soit les rats qui raflent tout.

— Elle est perdue la fille Millard?

— Elle est bien en chair.

— Justement.

Tipaul s'allonge sur la dalle grise et scrute une mouche verte collée au plafond la tête en bas.

— Un surcroît de chair appelle un surcroît de charité.

Il éclate de rire ce qui fait décoller la mouche et crier Tipaul. Tout un vacarme s'ensuit qui retombe brusquement. La télé redevient muette avec Guy Lux dedans.

— La chair de la fille Millard est sauvée si on est charitable avec elle. Qui sera charitable avec la chair de Patricia? Qui d'autre que moi? C'est mon rôle et j'y manque. Chaque jour je me dis qu'il faudrait se glisser au fond de la grange et se mettre le nez dans le fumier pour lui parler. Lui parler doucement dans l'oreille. Chaque jour je me le dis et chaque jour ma lâcheté se trouve de pitoyables excuses. Je suis moins courageux que jadis, mon cœur est moins vigoureux, mes jambes plus lourdes.

— Ce serait pour lui dire quoi à Patricia?

La mouche a fui par la fenêtre ouverte. Tipaul est triste.

— Ce serait pour lui dire que tout est grâce.

Quand Gaga paye une tournée, il se sert en premier, c'est un adage. Il avale cul sec et s'en remet un après remplissage de tous les verres à Ricard. Alignés au comptoir les grands ont mis la chemise blanche des grands soirs, sauf Stéphane Poitou en maillot de l'équipe nationale de cricket d'Éthiopie, et Icham Hassani en pull jacquard comme toujours et bien avant que ce soit la mode. On dit même que c'est lui qui l'a lancée. Qu'il a refilé l'idée à un Parisien croisé aux Sables-d'Olonne.

Pourtant quand Icham a débarqué au village avec ses parents en 82, personne n'a remarqué qu'il en portait un, losanges verts et beiges, focalisés qu'on était sur sa couleur de peau. Le seul spécimen noir à quarante kilomètres à la ronde. Mauritanien et peu importe puisque tout le monde l'appelle le nègre. Il corrige systématiquement : gros sale nègre, s'il te plaît, je suis gros je suis sale et je suis nègre, alors tu dis gros sale nègre merci d'avance. Icham travaille avec son père, il refait des chaises, une activité connotée romanichels dans le coin. Les premières fois qu'il s'est posé chez Gaga pour commander une Suze, on s'est demandé, on s'est méfié, on s'est crispé. Un soir, Freddy Millasseau s'est assis à sa table, lui a offert un pineau de chez nous, en appuyant sur chez nous, et a demandé au nouvel arrivant s'il pouvait pas lui rempailler la chaise là-bas dans le coin. Icham a pas regardé vers là-bas, où il savait qu'il y avait Tony devant son baby et nulle chaise à rempailler. Il s'est juste levé pour balancer son poing dans la gueule de Freddy, et après il a fait signe à Gaga pour avoir une Suze et un mouchoir, la Suze pour lui et le mouchoir pour le type qui saigne par terre. Désolé j'aime pas le pineau, il a ajouté, si ça pose problème à quelqu'un faudra venir me le dire à l'atelier sur la route de Saint-Denis, j'y suis toute la journée, je rempaille des chaises avec mes douze frères romanos pendant que nos femmes font des paniers. Et puis ça a été fini. On se demandait plus du tout, on se méfiait encore moins, on se crispait nullement. À part à propos de son âge. Quand on s'en enquiert encore Icham dit nous les nègres on sait jamais notre âge exact à vingt ans près, on sait pas ce que c'est des papiers d'identité, ni où on est né, ni de quel arbre on descend, pour tout ça faudrait demander à mon papa singe.

Sur les genoux d'Icham, Florence Millon, vendéenne depuis onze générations, se ronge les ongles. Je me dis qu'on n'est pas avec un Noir comme ça par amour, qu'il doit y avoir quelque chose sous roche, comme par exemple allons-y franco la taille du sexe. Moi j'ignore si j'ai un gros sexe. Parfois je prends une équerre pour mesurer, mais outre qu'elle est cassée au bout comme toutes les équerres je ne sais pas si on doit prendre depuis la base ou juste à partir du sexe à proprement parler, ça fait une variante importante quand même, le mieux ce serait de comparer en live avec des copains, mais pour ça il faudrait être sûr d'en avoir une passable, cercle vicieux. Joe m'a raconté qu'il l'avait fait dans les vestiaires de la piscine de Luçon et que les autres en revenaient pas et que là-bas on l'appelle le python. J'imagine un python entre les jambes de Joe, et je me demande comment il se fait qu'il ne lui avale pas la bite, mais en fait non puisque justement le python c'est sa bite.

Florence Millon est la seule fille présente autour du comptoir avec Mylène Caillaux en minijupe assez transparente sur ses intentions. Les autres doivent finir de se préparer dans des salles de bains barricadées. Les filles mettent toujours plus de temps, c'est leur côté fille. Eddy Vilar me croise au retour des chiottes où je me suis remis du gel.

— Il paraît qu'y a Los Tapettos en concert ce soir et que c'est toi le chanteur.

— J'suis pas au courant.

— Il est con en plus.

Greg est en train de raconter à Cédric et à Thierry son râteau de la veille. Une fille de Mareuil qu'il avait rencontrée aux courses asines en juin. Ils se donnent rendez-vous à Luçon, ils font deux ou trois tours de cathédrale, ils s'assoient devant pour manger une crêpe au chocolat, royal au bar quoi, et là elle lui dit qu'elle est amoureuse de son beau-père, qu'ils se sont déjà embrassés trois fois, qu'elle hésite à coucher avec, que ça lui fait du bien d'en parler parce que si elle le raconte à sa mère j'te raconte pas.

— Elle est déjà au courant, sa mère.

L'affirmation vient de Tony qui la ponctue d'une croisée victorieuse. Tee-shirt Wave and wind, le gogo du soir vient de Roubaix et parachute de la salive sur sa barre d'arrières pour la huiler. Comme si ça pouvait l'aider le pauvre. Tony me tend son verre à remplir et ajoute que c'est pas gagné avec la Botreau.

— Comment ça pas gagné ?

— Pas gagné.

— Et Mylène ?

— Non plus.

Joe vient d'apparaître, short nylon noir, tenue de soirée connaît pas. Une heure qu'on l'attend. Il explique qu'un couple d'estivants à qui il livre tous les matins l'a invité à prendre l'apéro, que ça s'est éternisé, qu'ils viennent de Paris, qu'elle c'est un canon et lui un cinéaste. Je lui demande quel cinéaste, il est infoutu de me le dire. Joe ne connaît que des noms d'acteurs, normal. Il connaît Arnold Schwarzenegger et pas James Cameron. Cela dit moi non plus. J'objecte que si le type était vraiment cinéaste, il aurait pas loué une maison de vacances dans le nouveau lotissement de Saint-Michel-en-l'Herm, Vendée. Joe répond que pendant l'apéro la femme décroisait les jambes pour qu'il voie entre.

— Tu lui demanderas son nom, au cinéaste.

— Elle m'a invité à venir bouffer après-demain.

C'est l'heure d'y aller, on plaint son verre vide et vide son verre plein. On a juste à traverser la grand-rue jusqu'à l'estafette bleue qui filtre le passage vers la cour de la salle des fêtes. Greg, Cédric, Thierry et moi, côte à côte comme dans le générique de San Ku Kaï. On donne quinze francs et on tend notre avant-bras au tampon de Dominique Gaudin, pompier volontaire depuis qu'il a vu son oncle carbonisé par une explosion de chauffe-eau. Le problème c'est que du coup il a peur du feu, alors on l'envoie plutôt décrocher des nids de frelons sous une toiture ou faire l'entrée des bals-disco pendant que ses collègues se mettent une mine au bar.

On se tamponne un avant-bras avec l'autre pour avoir

deux tampons. L'intérêt? Aucun. Ça marche plus ou moins bien, l'encre est plus ou moins sèche. Sur la peau de Greg on distingue à peine les lettres de bal-disco, sur celle de Cédric et de Thierry c'est très net. Sur la mienne étrangement ce ne sont pas des lettres, mais le dessin d'un renard à deux têtes, ou peut-être est-ce un loup.

8

Au top de Stéphane chacun engloutit sa Kro cul sec puis repose le gobelet plastique en disant paye ton coup couillon. Les deux syllabes cou à la suite c'est pour faire une difficulté de prononciation qui redouble celle d'avaler. Le couillon qui avale en dernier paye son coup et on recommence, et au bout de six ou sept défis on est chauds pour danser-draguer, on passe de la buvette à la grande salle carrelée plongée dans un noir strié de faisceaux mouvants. One man comes in the name of love. Les seins de Stéphanie Lemercier bustier noir se dilatent quand elle lève les bras sur le refrain. Je lui crie dans l'oreille t'as pas vu Thierry? Elle montre le podium du disc-jockey au pied duquel le type que soi-disant je cherche lève son pouce à l'attention du maître de cérémonie, super Albert, magique la zique. Thierry mon pote je vais pas te rejoindre, je vais plutôt rester face à ta copine. Les lumières baissent, c'est un slow. J'ouvre mes bras en faisant une mine de désolé mais on peut pas faire autrement, on est pris au piège, condamnés à

l'étreinte. Elle entre dans le jeu, elle se colle à moi en soupirant comme si c'était une grosse corvée. I see your true colors, that's why I love you. Je lui traduis les paroles dans l'oreille en insistant sur la fin. C'est du premier degré et demi, c'est l'enfance de l'amour. Elle pose sur mon épaule une tête un peu plus que fausse, je joins en haut de ses fesses des mains un peu moins que vraies. Si j'avais pas un minimum de loyauté vis-à-vis de Thierry je l'embrasserais, au lieu de quoi je lui dis qu'elle est belle comme un arc-en-ciel, et elle saisit tout de suite que c'est les paroles, avec Stéphanie on se comprend on est de Loire-Atlantique, elle connaît même Maxime Bossis et c'est pour ça que j'ai un début d'érection. Thierry lui demande si elle a son zippo. Elle se décolle brusquement comme prise en faute, tape en vain ses poches de fuseau, mécaniquement je demande à l'intrus si ça va, ses lèvres font à l'aise Blaise, soudain j'ai envie de l'embrasser lui, c'est les sept bières, c'est l'homosexualité latente. D'un certain point de vue pédé ce serait plus simple. Un garçon au féminin. Stéphanie se précipite en face de Cathy pour honorer le tube d'Indochine qu'elles renieront bientôt pour Cure je vois ça d'ici. Adossés au mur trois rougeauds descendus de Saint-Marcel clignotent en vert et revendiquent leur immobilité. Une Kro dans une main une clope dans l'autre. Ils ont fait le trajet de treize kilomètres des fois qu'il y aurait possibilité d'écorcher un Michelais. Pour l'instant ça se jauge seulement. Pas assez de bières dans le cerveau. Un des trois laisse tomber un regard dévitalisé sur Greg

qui essaie de convaincre sa fille cavalière de slow de le suivre dans la cour. Il explique qu'il préfère les râteaux en plein air. Elle rigole et sautille vers deux copines pour chanter les paroles avec un accent belge plus sûrement authentique qu'imité. Une fille au masculin. Greg s'est rabattu sur une Nancéienne face à qui il exécute une danse des canards suicidaire. Cédric brandit sa sucette coca pour exhorter le DJ à passer du Iron Maiden. Il menace de se renverser une Kro sur la tête, l'autre s'en fout alors il le fait, Céline évidemment pas loin éclate de rire, c'est ça vas-y marre-toi et passe ta vie avec un alcoolique fan de hard rock, tu verras tes enfants, en plus de l'accent de l'Est ils naîtront avec une tignasse blonde peroxydée et des clous aux poignets. Faudra pas venir se plaindre. À côté, Charlotte se trémousse en regardant le shampouiné à la bière enlever son tee-shirt pour s'en servir de serviette à cheveux. Vaguement écœurée elle

sort, elle a affolé ses cheveux comme Kim Wilde, je suis bourré j'ai de l'audace je la suis. Elle déjoue vite la filature, pour la justifier je demande pourquoi elle a menti à Joe avant-hier chez Gaga. Elle demande menti à propos de quoi? Je hoquette qu'elle sait bien et je précise par dignité que j'ai souvent le hoquet même à jeun. Elle dit qu'elle ne m'a rien demandé. Je dis réponds-moi. Elle tripote sa croix en médaillon et elle dit qu'elle n'aime pas dénoncer les gens. Je dis les gens ou moi? Les gens dont toi. T'es croyante? Oui. T'es une sainte? Non. Pourquoi

non ? Je me cache pour manger des Smarties dans ma chambre. Alors embrasse-moi. Je vois pas le rapport. Je te le dirai après. Je t'embrasse pas je suis amoureuse de Joe. Pourquoi t'as une croix si tu crois pas ? Pour la première fois je me rends compte que croix et crois. Ça doit être fait exprès, mais non en grec ça marche pas, ou en latin je sais plus, tu fais du latin ?, elle récite asinus asinum asini, tu me prends pour un âne, t'es parano toi dis donc, tu connais Patricia Millard ?, non, elle a avalé un âne, toute seule ?, pourquoi t'es amoureuse de Joe et pas de moi, je sais pas moi t'es marrant toi, Charlotte faut pas embrasser les gens dont on est amoureux faut que ça reste pur, faut embrasser ceux qu'on n'aime pas ?, voilà, par exemple toi ?, exactement, mais moi je t'aime bien, there must be an angel and he's playing with my heart, tu m'aimes pas assez pour pas m'embrasser, c'est compliqué ton truc oh excuse-moi j'adore cette chanson. Elle sautille vers Céline qui lui ouvre ses bras pile sous la grosse boule à facettes. À côté Sandrine Botreau se retire une bague et la glisse dans sa poche arrière de jupe courte et en dessous on dirait des collants en dentelle ou des bas je sais jamais lequel monte jusqu'en haut. Une chemise à rayures bleues vient lui dire quelque chose dans l'oreille et s'écarte pour vérifier que sa blague fait rire, elle sourit pour se débarrasser, elle a pas entendu. Elle pense à autre chose. Elle pense à moi. C'est moi qu'elle veut. Dans sa tête en dansant elle me dit viens prendre la bague dans ma jupe et laisse glisser ta main sur mes bas ou mes collants je sais jamais. Tous les trois temps elle relève d'un coup de tête sa mèche blonde crêpée ou souffle dessus en avançant la lèvre inférieure. Elle allume une Camel sans cesser de se balancer d'une jambe sur l'autre. De toute façon je vomis jamais. Une intro piano la redresse comme Astérix la potion magique, elle cherche quelqu'un pour partager ça, je suis là ça tombe bien, on s'enlace pour le slow, en plongée je vois un bout de son soutien-gorge, elle chante les paroles pas besoin de traduire, hopc I live to tell, elle se débarrasse de sa clope d'une pichenette et pose sa main sur mon torse, même bourré je suis gêné je parle, je lui dis que rien ne caractérise mieux la bourgeoisie que l'expression c'est mieux que rien, c'est comme ça qu'ils nous embobinent et qu'ils dissuadent les pauvres de tout faire péter, ils nous donnent trois cacahuètes pour qu'on ait quelque chose à perdre et eux pendant ce temps ils se gavent de caviar au foie gras, la liberté d'entreprendre tu parles, la liberté du renard dans le poulailler ouais voilà ce que je dis, l'homme est un renard à deux têtes pour l'homme, hope I live to tell the secret I have learned, j'essaie de me frotter mais elle est plus petite nos sexes sont pas à la même hauteur, elle a fermé les yeux pour mieux m'aimer ou mieux m'oublier, elle les rouvre en sentant la main de Joe

lui prendre la sienne qui pend dans le vide depuis tout à l'heure au lieu de me caresser la braguette. Ils rallient une des chaises en plastique scellées qui ceignent la salle.

Il la prend sur ses genoux, ils s'embrassent, elle se met
à califourchon ça remonte sa jupe, c'est des bas qui
montent jusqu'en haut. De toute façon je vomis jamais.
Eddy Vilar me tend une Kro je la prends en remerciant
de bon cœur elle est vide, il dit pardon j'avais pas vu,
ben quand même ça se voit non?, il est con en plus.
Cathy n'est jamais loin de moi, pot de colle, sparadrap
de l'enfance, elle est venue sans son berceau, elle me
propose une gorgée de la sienne, la gentillesse vient
jamais d'où on voudrait, la gentillesse est l'arme des
faibles qui n'intéressent personne. Elle profite de ses
mains libres pour allumer une Menthol, elle croit que
je veux lui parler, je lui parlerai pas, autre chose à faire,
je lui demande pourquoi elle a treize ans, elle hausse les
épaules, je dis qu'il suffit de naître deux ans avant et hop
on a deux ans de plus, elle dit qu'on peut aussi naître
deux ans après, je dis ah non ça c'est pas possible, elle
dit pourquoi, je dis on naît quand on naît c'est comme
ça, la naissance c'est décidé dès la naissance et après on
peut plus rien faire, c'est la grâce suffisante c'est la grâce
efficace, j'ai oublié d'aller vérifier mon bouton, de toute
façon je vomis jamais. Greg me tire par le polo Newman
pour me ramener au milieu de la piste qui se vide comme
par désenchantement, il a réussi à faire programmer les
Bérus, on se prend l'un l'autre par le col et on se secoue
en levant les jambes dans un style french cancan pas
souple, on crie la jeunesse emmerde le Front national,
personne dans un rayon de dix mètres autour de nous,
on fait peur, on est des durs, la révolution veut des

cruels, en face les bourgeois mieux que rien feront pas
de cadeau, il faudra s'armer de violence et s'unir, les gars
des campagnes fraterniseront avec les camarades citadins
qui opéreront une jonction avec nos frères kanaks et nos
frères noirs opprimés, on les rejoindra en Jamaïque c'est
Stéphane Poitou qui fera l'intermédiaire, il dira Africa
unite et on sera tous amis, même les hardos on les fera
venir, Cédric deviendra dentiste, tout sera possible,
Charlotte sera ministre de la Vertu, prends-moi dans tes
bras Greg le peuple ça commence avec nous deux, pédé
ce serait plus simple. Intro de synthé commercial, piste
à nouveau remplie, on est essoufflés, de toute façon je
vomis jamais, en passant Eddy me tend un gobelet, je
vois bien qu'il est vide, je vois très distinctement qu'il est
vide et je le prends, il dit putain désolé ça fait deux fois,
I wanna know what love is, Greg me tire par la manche
on va s'en jeter une au bar, j'ai plus d'argent, on dit salut
à toi aux mecs qu'on croise, salut à toi punk anarchiste,
salut à toi skin communiste, au comptoir une chemise
blanche de plouc est penchée sur Cathy, je dis emballe
pas ta nièce quand même, il dit t'as un problème, je dis
que le détournement de mineurs est interdit et que mon
copain pompier Dominique Gaudin va venir te coffrer,
il s'avance d'un pas, elle le retient, elle est folle de moi
elle protège mon visage, il l'écarte et y retourne, Greg
s'interpose et s'en prend une belle qui le fait rire et moi
aussi, même pas peur trop bourré, il me pousse je tombe
sur le cul, de toute façon je vomis jamais, il me relève
pour m'en mettre une, il arme son bras

et quelque chose le tire en arrière, une force surnaturelle, c'est le père Jean, c'est le père Jean sous les traits d'Icham qui a attrapé le plouc par le col de sa chemise de plouc, il dit faut pas toucher au Nantais tu vas le casser, l'autre s'incline Icham est plus fort, je m'accroche à son avant-bras tendu pour me remettre sur pied, il dit que je ferais bien de rentrer chez maman avant de mourir, et qu'il faut pas chambrer un gars de Saint-Marcel, c'est des sauvages ces gens, ils sont venus manger de la viande de Michelais en sauce, le gros sale nègre sera pas toujours là, le gros sale nègre il est dans la salle à côté parce que y en avoir le rythme dans la peau, alors le gros sale nègre pas toujours forcément savoir que le blanc-bec nantais y en a bientôt se faire exploser la gueule à la buvette, tu comprends mon mignon? Le mignon comprend, pédé à la rigueur ce serait plus simple, je ne vois plus Joe, je ne vois plus Sandrine Botreau, je les cherche dans la cour, je demande à Charlotte si elle les a vus partir, une larme coule sur sa joue gauche pour moi droite pour elle, je vais la lécher et la faire remonter avec la langue jusqu'à ses yeux de chat. Je préfère les chats aux chiens et les chiens aux patrons. Elle mordille sa croix comme Tipaul son médaillon. Quelque chose à cacher. Le secret de sa sainteté. Elle disparaît dans le noir. Ils m'entraînent au bout de la nuit les démons de minuit. Céline aide Cédric à vomir contre le mur. C'est de l'amour. Cathy me rattrape et s'excuse. Elle est plus jolie qu'une aube mais l'aube est plus forte. Dans l'estafette-guichet Dominique Gaudin trinque avec trois pompiers torse nu et tamponne le front de ceux qui repartent. Chez Gaga Tony a tout éteint pour dormir. Il voit dans son rêve derrière quelle grange se cache Mylène Caillaux. Il voit qu'on va tous mourir. Les étoiles s'éteignent aussi. On l'apprend longtemps après, quand on l'apprend elles se sont déjà rallumées si bien qu'on les voit toujours allumées. Elles sont au tout début de l'espace. L'espace a pas de début, le temps non plus, la flèche qui n'atteint jamais la cible elle a même pas été tirée. Si je passe à la ferme Botreau le chien va aboyer. Je préfère les chiens aux patrons qui sont des loups dans le poulailler. Je vais l'empoisonner avec de la pâtée au cyanure et monter à l'étage. Elle sera toute nue. Elle est née moche elle est devenue belle, c'était pas joué d'avance, c'était la grâce pas du tout suffisante, c'était la grosse disgrâce de départ. Elle a rencontré Madonna sur le chemin de Damas. Un chat noir traverse mais il est gris c'est la nuit. C'est la nuit douce et étoilée. Je marche à l'exacte jonction entre la tristesse et la béatitude. Je suis un renard à deux têtes, une qui se voit une qui se voit pas. Une avec un bouton mais c'est pas moi c'est pas mon vrai moi, mon vrai moi est à l'intérieur, il est dans le foie, il est dans l'œsophage et je vomis jamais c'est pour ça personne le voit, personne sait que j'ai une sacrée vie sacrément intérieure. Mille fois plus de mots me passent dans le cerveau que dans la bouche. Des milliers de poèmes pour personne, des milliers d'alexandrins qui tombent dans le puits de l'infini. Tête en l'air. Je sais pourquoi Dieu nous aime encore. L'enfant de la Dive était pas vraiment mort à cause du vétérinaire. Je suis la moitié de lune qui se voit pas. J'ai retrouvé la jambe de Frédéric Coulon. Napoléon a dormi dans cet hôtel et dans les moustiques car tout est grâce même la cendre cendre. J'irai pas chez Sandrine Joe s'y trouve. J'aurais voulu pleurer à la place de Charlotte. Peut-être que je le fais maintenant. De l'eau de pluie sur mes joues dans la nuit sèche. La bonté possible. Je voudrais juste que ça se passe bien. J'aime tout à fait tout le monde.

9

Mon père passe la troisième doucement. Il m'informe que LeMond a pris le maillot jaune dans l'Alpe-d'Huez et que j'ai encore un peu de tampon sur le front. Je ne peux pas répondre j'ai un gant de toilette dans la bouche. J'ai envie de sauter en marche boire le plan d'eau de L'Aiguillon. La mère Baquet dit que les gens chient dedans et que la municipalité ne change jamais l'eau parce que Napoléon s'y est baigné pour échapper aux moustiques. Cette eau ne mérite plus le nom de mer. L'eau de mer la vraie percera les digues et nous submergera. Mon père ajoute doucement que LeMond a laissé Hinault gagner le Tour 85 et cette année c'est la réciproque, selon un accord magouillé par leur patron Bernard Tapie qui finira mal je vois ça d'ici, car il est le prolongement voyou du Capital je l'ai lu dans L'Humanité dimanche. S'il achetait une équipe de tennis, Antoine Lamoricière serait dedans. Il frimerait avec ses raquettes grand tamis Dunlop. Il changerait de couleur de polo à chaque match, mais aurait toujours un crocodile au sein gauche comme là, sous sa tête de jeune giscardien à moitié scout. Peut-être que c'est le même crocodile qui passe de bourge en bourge. En le croisant au vestiaire je souffle à Lamoricière que Lénine aurait dû jeter tous les Blancs aux crocodiles. Il me donne rendez-vous en demi-finale, il a même pas compris la référence, la bourgeoisie ignore l'Histoire parce qu'elle n'en a pas besoin. Elle l'ignore comme le grain de poussière préfère ne pas entendre parler de balai. Je note cette phrase au verso de l'instant présent. Je la ressortirai quand je serai invité à L'Heure de vérité qui ce soir-là portera bien son nom tu peux me croire.

Peu dormi, ça tanguait dans le lit, facile de se faire éliminer aujourd'hui. Pas de chance mon adversaire a téléphoné qu'il déclarait forfait, sa mère est à l'hôpital de Luçon où je suis né pour une piqûre de méduse. Souvent je me repasse au magnétoscope Mitsubishi la scène de L'Année des méduses où Valérie Kaprisky danse seins nus devant Bernard Giraudeau sur la plage. Puis elle se plaque contre lui et demande tu bandes ? Et lui : va faire des pâtés de sable. Si Valérie Kaprisky se plaquait contre mon caleçon Monoprix je ne lui demanderais pas d'aller faire des pâtés de sable. Je lui demanderais si elle est pour la collectivisation des moyens de production. Si elle est contre, notre relation sera purement sexuelle. On n'aura pas de conversations.

J'aurais pu faire la grasse mat et je me retrouve désœuvré à L'Aiguillon-sur-Mer, mille huit cents habitants l'hiver, douze mille l'été, vingt mille les week-ends d'été, trente mille le 14 juillet, quarante mille quand il tombe un dimanche comme cette année. Les gens ne feront pas le pont. Celui du Lay est embouteillé. Le rond-point de La Faute aussi, qui caresse le rêve de s'appeler un jour carrefour giratoire. Immatriculations hollandaises, bribes d'RTL par les vitres ouvertes, coudes qui dépassent mais c'est pas la question. La question c'est qu'est-ce que je fais de ma pomme? Question séminale quand on y pense. Là j'y pense assez peu. Je pourrais déjeuner au Moulin des fruits de mer, mais non. J'ai quinze ans, je ne pense pas à manger, je ne vais pas au restaurant, je ne prends une douche qu'en dernière échéance, je ne cherche pas l'ombre, j'habite sous le soleil. À la maternelle Mme Frot encourageait Cédric à se secouer les méninges en disant Meunier tu dors? Du coup à la récré on l'entourait comme un essaim d'abeilles et on chantait ton moulin ton moulin bat trop vite. Ça l'énervait, il faisait des crises d'asthme. Par contre on le disait pas à Cathy qui avait deux ans de moins. Encore maintenant elle a deux ans de moins. Il lui est poussé des seins et des poils pubiens je suppose mais les deux ans de moins ça a pas bougé. Si elle avait deux ans de plus je l'emmènerais derrière le talus de la fontaine et après l'amour je lui chantonnerais Meunier tu dors. Pas trop fort pour pas réveiller Émilie à Ivry-sur-Seine. Je pense n'importe quoi. Je peux penser n'importe quoi. N'importe qui peut penser n'importe quoi sous le soleil à son zénith de 13 h 30. Des restes de Kro dans le sang. On n'y songe pas immédiatement mais Ivry-sur-Seine se trouve au bord de la Seine. La Seine est plus large que le Lay. J'étais amoureux d'Émilie l'an dernier. Je voulais toujours lui écrire des choses. Je suis amoureux d'une fille par an depuis le CP. Là cette année ce serait Charlotte si elle m'aimait. On m'interpelle d'un s'il vous plaît interrogatif. Je me retourne.

Devant moi se dresse un Allemand en bermuda de toile gris clair.

Il cherche la poste. Il dit post, en retirant le e. Je lui montre la direction et Greg le râteau complète en disant qu'elle ne rouvre qu'à 2 heures. La France de 86 ferme entre midi et deux. Ça lui passera. À l'Allemand qui le remercie Greg répond de rien mon shleu pour me faire rire. J'ai envie de l'étreindre, pour autant je ne l'étreins pas.

— Qu'est-ce que tu fous là à c't'heure ?
— Et toi qu'est-ce que tu fous là à c't'heure ?
— Et toi qu'est-ce que tu fous là à c't'heure ?
— Et toi qu'est-ce que tu fous là à c't'heure ?

Avec Greg on a des bonnes conversations. On passe à la salle faire un Mad Max 3. À nous deux on a trois francs ça suffira pour le claquer. Cette nuit il a vomi dans son lit, moi non jamais. Le médecin lui a interdit l'alcool parce que son père est mort d'un cancer du foie et qu'il suppose les descendants fragiles de ce côté-là. Greg dit toujours qu'il voit pas l'intérêt d'arrêter de boire pour pas mourir, parce qu'une vie sans boire autant mourir. Il dit ça et il se marre. Je demande ce que ça lui a fait de voir le cadavre de son père. Il dit qu'il avait envie de le secouer pour le réveiller et qu'il puait.

Une mouette s'est égarée sur le rebord du billard japonais. Un des joueurs l'effraie en imitant un coup de fusil.

Aujourd'hui je sais que cette détonation imaginaire visait à me prévenir contre tout ce qui a suivi.

Arrêter tout là maintenant, s'immobiliser comme une image c'était possible. Je crois au libre arbitre. Tout n'est pas écrit là-haut, ça s'écrit en bas aussi.

Greg propose une partie à une petite frisée comme la chanteuse des Bangles dans sa version blonde et acnéique. Moi je n'aime pas les blondes, elles le pressentent et du coup elles n'essaient même pas de me parler. Sauf Charlotte qui est brune dans l'âme. Comme la fille décline l'invitation, Greg fait valoir que l'horoscope de Vendée-matin prédit qu'en ce vendredi 12 juillet elle va rencontrer l'homme de sa vie et qu'il s'appelle Greg. Elle dit qu'elle l'a déjà rencontré et qu'il s'appelle Thomas.

— C'est pas grave je suis pas jaloux.

De sa poche de caleçon il sort une coquille d'huître et la dépose solennellement dans la paume de la Bangles.

— Ça porte bonheur pour l'amour.

— Garde-la, t'en as plus besoin que moi.

Greg étire les bras en croix et prolonge chacun d'un V de la victoire. Ça c'est une formule de râteau comme on n'en fait plus. Garde ton porte-bonheur pour l'amour t'en as plus besoin que moi. Du râteau fait main. Du râteau fabriqué dans la maison mère. Greg fait un tour d'honneur de la salle de jeux en brandissant la coquille comme une coupe et en répétant garde ton porte-bonheur pour l'amour t'en as plus besoin que moi. Greg mourra d'une cirrhose et de rire.

Je me demande à haute voix si les huîtres ont un sexe et si oui comment savoir. Greg dit tu laisses tomber un diamant pas loin, l'huître qui court le prendre est une femelle c'est sûr. On se marre. C'est du rire de sexe masculin. J'aimerais fréquenter Greg pendant les trois derniers quarts de ma vie. Vieux on se tiendra chaud en attendant la maladie, malades on se tiendra chaud en attendant la suite.

Le soleil brûlant a vidé la plage et sature le péri-mètre du Parc lunaire qu'à Londres on appelle Luna Park. A fortiori celui des autotamponneuses, ombragé à souhait. Toutes les voitures sont mobilisées, le grillage électrique du plafond grésille d'étincelles. Greg a ciblé une fille seule au volant, je l'ai prévenu que c'était une Allemande, voire de Munich, il a quand même sauté en marche et maintenant à chaque passage devant moi il fait des grimaces clandestines de dégoût. Au quatrième tour il tousse comme un policier découvrant un cadavre. Au cinquième tour il se pince le nez en louchant. Au sixième il se voile le visage en remontant son tee-shirt. Au septième

Au septième, rien.

Au septième il esquisse un geste rigolo et boum la

voiture munichoise est méchamment carambolée, ça fait une étincelle comme un éclair au sommet des deux perches mêlées. Un dixième de seconde on est ébloui. Quand je retrouve la vue et mes esprits la voiture carambolante se dégage en marche arrière et dedans il y a une fille.

Ce serait comme une réincarnation brune de Charlotte.

À la limite ça donne le vertige.

Je ne l'avais pas repérée.

Je ne sais pas d'où elle sort.

Du ciel j'imagine.

J'imagine : du ciel. Si on regarde bien beaucoup de choses arrivent par ce côté-là.

La pluie.

Le nuage de Tchernobyl.

L'avion des otages du Liban.

Cette fille.

Elle a atterri sur le toit du manège et s'est laissée glisser le long de la perche comme les acrobates pour redescendre à la fin du numéro. Puis un soupçon de pesanteur l'a déposée sur le siège en skaï comme une feuille, en douceur et sans bruit dans le tohu-bohu alentour. Il n'y a personne à côté d'elle, la voie est libre, squatter est de l'ordre du possible. Il ne faut pas attendre, au prochain coup de sirène elle repartira en grimpant à la perche comme à une corde ou alors quelqu'un prendra la place, elle est trop belle pour rester seule.

Je le peux, il le faut, je le veux, je ne le fais pas. Les

jambes lestées de Kro et de peur je ne le fais pas. Je ne saurai pas quoi lui dire. Si comme d'habitude je crie suivez ce véhicule, ça voudra dire que c'est comme d'habitude, or c'est pas comme d'habitude puisqu'elle tombe du ciel. Comme un ouragan qui passait sur moi l'amour a tout emporté. En général le type du guichet actionne la sirène pendant le dernier refrain de la chanson crachée par les grosses enceintes. Je ne saute toujours pas dans l'autotamponneuse. C'est parce que c'est pas une auto-tamponneuse, c'est un traîneau dont dépasse un buste qui glisse sans bouger, comme une reine d'Angleterre en plus jeune et moins accessible. Plus ça va et moins je me lance. Le mieux serait d'être un chien de traîneau et de tirer l'engin à l'écart de la piste, il s'échouerait dans le sable de l'allée et on pourrait avoir une conversation, je lui dirais mon horoscope du jour annonce que je vais rencontrer la femme de ma vie et c'est toi. Elle dirait mon horoscope du jour annonce que je vais rencontrer l'homme de ma vie et c'est toi et j'ai envie de coucher.

La chanson agonise, la tempête en moi, la sirène retentit, elle ne bronche pas dans le grouillement général, souveraine d'Angleterre, les mots les mots, que de la gueule, que la gueule pour parler et pendant ce temps le siège demeure libre, je le peux il le faut je le veux je m'élance et Joe s'assoit à ma place.

Take my breathe away. Elle ressemble à la présentatrice de Star Quizz en plus jeune et moins présentatrice.

Je ne pourrais pas vivre avec quelqu'un qui anime un jeu télévisé sur une chaîne privée, de quoi on discuterait? Joe lui a laissé le volant et parle tout le temps. Il a humilié la version blonde, il veut conquérir la version brune, tant de cruauté donne le vertige. Elle sourit par politesse. Par politesse oui c'est évident. Elle tourne peu la tête vers lui, elle ne vérifie même pas s'il est l'homme de sa vie qu'elle doit rencontrer aujourd'hui, elle sait que non. Elle est concentrée sur sa conduite, elle évite les tampons pour tracer des grandes courbes régulières en inclinant la tête comme un enfant qui dessine. Si la voiture bavait comme un escargot, ça laisserait un grand cœur sur la piste, c'est ce que je me dis. Joe pose le bras sur le dossier de la conductrice et relève un index pour caresser sa nuque. Elle donne un petit coup de tête comme pour refouler une mouche qui chatouille l'épiderme. Si c'était pas Joe je penserais bien fait pour ta gueule. Yes it's true. Leur trajectoire s'incurve souverainement, elle maîtrise. Loyal à l'échec, Joe attend la fin du tour en se roulant une clope. Un refrain plus tard il la coince sur l'oreille de la conductrice façon crayon de charcutier. Elle la porte à sa bouche. Joe l'allume pendant la sirène et enjambe la portière qui n'a plus été ouverte depuis au moins la fabrication en usine. Sans jeton et sans tousser elle est repartie pour un tour, la roulée entre les lèvres. Un filet de fumée s'étire dans son sillage comme une traînée d'avion, on y revient. I'd be happy to be stuck with you.

Joe jette un coup d'œil mécanique et indifférent à Greg qui squatte une espèce de cousine scandinave de

Kate Bush. Joe ne s'occupe pas des autres. Chacun sa vie et les vaches seront bien gardées. Dans un dictionnaire de citations j'ai lu que l'homme supérieur doit rester secret. Pourtant il faut que je lui soutire des informations.

— Elle est pas commode j'ai l'impression cette fille Joe.

— Elle a un mec.

— Qu'est-ce qu'elle fout toute seule alors ?

— Elle a un mec là où elle habite.

— Elle habite où ?

— Loin.

— Genre ?

— Genre Jupiter.

— T'es con.

— T'as qu'à lui demander.

— J'vais m'gêner.

— Qu'est-ce que t'attends ?

Un miracle.

Sirène, grouillement, elle s'extirpe de la voiture sans hâte, elle est en short de jean et grande comme il faut. Elle saute de la piste puis s'éloigne dans l'allée au nougat. Joe applaudit pour signifier le contraire d'applaudir, et dit bien joué pour signifier le contraire de bien joué.

— Ta gueule.

— T'es nerveux toi.

— C'est toi là tu débarques comme ça en milieu d'après-m'.

— J'ai bouffé chez le cinéaste.

À côté du marchand de barbe à papa elle libère son

vélo en composant le code de l'antivol puis l'enfourche. Longues jambes lisses mais je ne m'intéresse pas trop aux jambes en général. Je suis très visage. Et un peu seins.

— Il est même pas cinéaste j'suis sûr.
— Sa femme m'a caressé sous la table.
— Il bosse dans le cinéma, nuance.
— Elle a le feu au cul.

La brune de Jupiter passe la guirlande Luna Park toute terne sous le soleil absolu. Elle emprunte un quart du rond-point de L'Aiguillon et le quitte direction La Faute. J'en déduis qu'elle va vers La Faute.

10

— Comment ça le feu au cul?

Secoué trop tard de ma rêverie sidérale. Sans répondre Joe s'éloigne vers le stand de tir en sifflant The final countdown. Est-ce que ça signifie qu'à la base le cul des filles est froid au toucher? À vrai dire, je n'en ai pas touché énormément; aucun, à dire vrai. Juste bon à parler dans ma tête, grosse activité des turbines linguistiques intérieures et pendant ce temps elle s'éloigne à vélo.

Sirène, grouillement, Greg revient d'une autre virée bredouille et hilare. Une fille de Nœux-les-Mines.

— Elle a dit que j'avais une haleine de vache alcoolique.

— Pas faux.

La vache donne des veaux, le bœuf est un taureau castré. La mère Baquet dit que le père Hervé se touche les parties pendant la traite. Si on ne la croit pas, elle assure qu'elle l'a surpris trois fois, et toujours le 17 du mois. Si on persiste à ne pas la croire, elle raconte que le père du père Hervé mettait le doigt dans le cul des chèvres et parfois beaucoup plus, et un jour une chèvre a mis bas un biquet avec une tête d'homme à moustache. La famille l'a tout de suite étouffé dans un sac à patates parce que ça accusait le père du père Hervé qui avait une moustache semblable, avec des petits brins de paille dedans. Ils ont enterré la bête au milieu d'un champ sur la route de Saint-Thomas, et en 76 le maïs y a poussé l'épi en bas et la racine vers le ciel. Le village a pensé que c'était à cause de la sécheresse, la mère Baquet a expliqué que les hommes qui couchent avec les bêtes c'est le monde à l'envers et voilà pourquoi le maïs sens dessus dessous.

Sur le balcon du train fantôme, cri de fille aussitôt aspiré par les portes battantes. Un peu plus que ludique, un peu moins qu'effrayé. Une excitation globale. Le feu au cul sans doute.

Joe casse le fusil un peu moins que vrai pour y remettre des plombs et allumer les mini-ballons de baudruche qu'un souffle artificiel agite dans leur case. À chaque tir il en raconte un peu plus. Après le café-calva, le cinéaste s'est retiré faire une sieste, sa femme a dit qu'elle le rejoignait après un coup de vaisselle. Un ballon en moins. Elle a commencé à plonger les mains dans l'évier, et comme ça elle se penchait pour que Joe voie sa culotte. Elle a demandé à Joe s'il la trouvait belle. Il a dit plutôt. Elle a demandé s'il voulait voir ses seins. Il a dit plutôt. Elle a demandé si ça l'excitait qu'elle se les caresse comme ça devant lui. Il a dit plutôt. Un seul ballon dans la case. Elle a demandé si ça le durcissait. Il a dit plutôt. Pour vérifier elle s'est mise à califourchon et puis tant qu'elle y était a commencé à faire des trucs.

Le dernier ballon est un bout de caoutchouc pathétique au fond de la case. Joe refile la peluche de lion à une Italienne qui a suivi l'exploit en faisant des bulles de Malabar fraise. Elle embrasse le lion sur le museau et c'est comme si elle embrassait Joe qui me propose les trois prochains plombs. Je refuse. Parce que je suis nul en tir et parce que j'ai des questions.

— Et le soi-disant cinéaste vous a pas entendus?
— Il était bourré au calva.
— Ça rend pas sourd.
— Il ronflait.
— Comment je peux te croire?
— T'as qu'à venir bouffer avec nous, tu lui demanderas.
— OK, demain.
— Demain ils ont un aller-retour à faire à Paris.
— Comme par hasard.
— Pour un tournage j'sais pas quoi.
— Comme par hasard.
— Quand ils reviennent je t'incruste là-bas.
— Comme par hasard.
— Tu verras comment elle est chaude. J'arrivais pas à suivre.

En voiture à dos d'âne à pied ou couché, je passe la fin de la journée et un bout de nuit à consulter mon répertoire mental d'images pornographiques pour en trouver une propre à illustrer l'idée pour l'instant théorique de l'homme qui n'arrive pas à suivre. Une fois, dans Cocoboy, Claire Nadeau se frottait en nymphomane contre Stéphane Collaro affublé de lunettes en promettant de lui faire plein de choses. On suppose qu'en l'occurrence les choses équivalent aux trucs que la femme du soi-disant cinéaste a faits à Joe. Par exemple la fellation est à la fois un truc et une chose. Mais dans les pornos cryptés c'est plutôt le mec qui dirige l'opération en tirant la fille par les cheveux. Et même quand elle avale le sperme c'est une initiative du mec, à moins qu'elle recherche ce goût. Je trouve peu d'odeur à mon sperme, on ne perçoit pas davantage sa propre odeur que Greg son haleine. Jadis Mylène Caillaux tout le monde savait qu'elle puait sauf elle. Les garçons la molestaient sans raison et aujourd'hui ils l'emmènent derrière une grange pour qu'elle leur fasse des choses et des trucs qu'ils n'arrivent pas à suivre. Moi elle ne m'a jamais rien fait si ce n'est à la maternelle le dessin d'un poney volant qui s'est perdu dans le déménagement à Nantes. En fait on ne s'adresse plus la parole, il y a comme une gêne, la honte d'avoir grandi. Mémorise l'enfant que tu fus et sois-en digne. Tout à l'heure j'ai été surpris qu'elles me prennent en stop avec sa mère, et surpris que Mylène me sourie dans le rétro alors qu'on venait de passer le virage de Joséphine qui s'est jetée sous un camion militaire par désespoir d'être privée de son amoureux Robert parce qu'il fréquentait l'école publique. J'aimerais que ce soit un sourire qui m'invite à la suivre derrière une grange. Il ressemble plutôt à celui qu'on s'est adressé un jour d'un bout à l'autre de la cour de récré. Ce jour-là, elle a instantanément remplacé dans mon cœur Mme Laffite l'institutrice. Le lendemain à la récré on s'est associés pour déterrer des vers et les pêcher avec une brindille. Elle n'avait pas d'odeur, mon sperme non plus, on était amoureux, c'était clair comme l'éclair de la foudre. Je ne crois pas aux coups de foudre, superstition de fille. Je n'y crois que s'il y a une étincelle.

Thérèse Caillaux reste muette, menton collé au volant de sa Citroën Visa. À la campagne les parents sont aussi vieux que des grands-parents. La mère Baquet dit que dans le temps Thérèse a été aussi coureuse que sa fille, et qu'elle aussi découchait plus souvent qu'à son tour. Elle ajoute que le vrai père de Mylène n'est pas le père Caillaux mais un médecin de Champagné-les-Marais aujourd'hui à la retraite. En août 1970 Thérèse a poussé jusque là-bas en Trois Chevaux pour se faire avorter loin des cancans. À peine le médecin de Champagné l'avait-il débarrassée d'un fœtus qu'il lui en fabriquait un autre, et neuf mois plus tard le fœtus devenait une fille que sa mère épouillait à quatre ans et giflait à treize quand elle découchait. Si on ne la croit pas, la mère Baquet invite à rouler jusqu'à Champagné voir les yeux du médecin, les mêmes yeux de vice que ceux de Mylène. Aujourd'hui 13 juillet 86 ils sont maquillés de bleu dans le rétro.

Ils sont également maquillés de bleu hors du rétro. En 76 ils ne l'étaient pas, normal, on naît pas avec, ni avec la malice qui empêche l'amour.

— Tu le fais où le 14?

— Je sais pas encore.

Le 14 juillet on peut le faire à Triaize, à Saint-Mich, à L'Aiguillon, c'est pas les bals qui manquent. Du moment qu'il y a un endroit où s'isoler pour déterrer des vers, faire des trucs et éventuellement des choses.

Les Caillaux mère et fille me laissent devant l'Inter-marché de L'Aiguillon où sourient en rang d'oignons les mousquetaires de la distribution. Elles vont à gauche vers le marais, au risque d'une embuscade de moustiques, de rapaces ou de fantômes de pirates. En me dépliant j'aperçois entre les sièges un bout de cuisses de Mylène.

— On s'voit demain soir alors?

— Ouais! Merci madame Caillaux.

Sans saluer, Thérèse lance sa Visa et sa fille en quête d'huîtres pas malades. L'an dernier une bactérie danoise a salopé la moitié du parc. Encore aujourd'hui c'est tout juste convalescent, les gens se méfient. Quelque chose de pourri au royaume de l'ostréiculture. Par extension un soupçon pèse sur l'eau dont tout découle. La mère Baquet dit que le bon Dieu a empoisonné le sel de la mer pour punir les poissons et les hommes qui les mangent. S'ils ne se repentent pas, il excite les méduses contre eux.

Bientôt elle voit ça d'ici le bon Dieu nous balancera l'océan dans la goule et ce sera bien fait.

Parking bondé, pleurs d'enfant, mouettes, vent chaud iodé mais c'est pas la question. Je vois rien, je rêvasse. Tête dans les nuages sous une jupe géante. Mylène écarte ses cuisses furtives et me demande si je la trouve belle. Je dis plutôt. Elle demande si je veux voir ses seins. Je dis plutôt. Elle demande si ça m'excite qu'elle se les caresse comme ça. Je dis plutôt et derrière moi un double klaxon imite un canard. C'est la mob de Thierry avec Thierry dessus qui retire son casque pour me le tendre. Thierry préfère mourir lui-même que tuer son passager. Il a raison, après le crime les assassins souffrent beaucoup plus que leurs victimes.

Il va à la salle de jeux ?

Je veux mon neveu.

À sa mort Thierry ne sera pas sanctifié. Longtemps après non plus. Sa mère mourra frustrée de ce juste retour de bonté. La jovialité indéfectible de Thierry sera demeurée cendre. Alors que vraiment rien ne l'y poussait, aucun intérêt. La société dénaturée a soufflé l'égoïsme dans l'oreille des hommes, pas dans celle de Thierry.

Embarqué avec lui j'ai envie de poser mon front sur son dos, mais ça ferait drôle avec le casque.

On est des hommes quand même.

L'enfant qu'on fut l'homme qu'on est.

Bol d'air, vitesse, je devrais me réjouir de ce moment de mob et qu'il m'épargne un kilomètre de marche sous le soleil de 14 heures. Pourtant ça ne m'enthousiasme pas, ça ne m'emballe pas, presque ça me contrarie. Comme si l'embarquement vers la salle et les parties de flip constituait une entorse à un programme. J'ignore quel programme mais je suis contrarié.

Cédric nous prend au saut de la mob et retire sa sucette coca pour dire qu'ils ont alpagué trois meufs. Il ne dit pas alpagué. C'est en remarquant que Cédric est sans Céline que je remarque que Thierry est sans Stéphanie. Renseignement pris d'un air empli d'un minimum de loyauté, elle a accompagné sa sœur piquée par une méduse à l'hôpital de Luçon. Comme ça au moins je ne serai pas tenté de trahir mon ami Thierry qui au passage a les mains libres aujourd'hui ce salaud.

— Dis-donc mon salaud t'as les mains libres aujourd'hui.

— Tu m'étonnes John.

Les oreilles de 86 entendent immédiatement Elton John, sauf celles de Greg totalement hermétique à la variété et surtout très occupé à retenir à la salle de jeux les trois filles. Il les invite à regarder de près l'intérieur de son huître porte-bonheur pour l'amour. Dans le reflet produit par le blanc de la coquille, il déchiffre à haute voix qu'elles vont chacune rencontrer l'homme de leur été cet après-midi. Qu'entend-il par homme de leur été? Eh bien mesdemoiselles c'est comme l'homme de votre vie mais juste pour l'été. Celui que vous allez rencontrer cet après-midi est tellement gentil, tellement beau, tellement attentif, il s'appelle tellement Greg que vous n'aurez plus envie d'en changer de tout l'été, je dis bien tout l'été, juillet et août avec un bonus de vingt et un jours en septembre, ne ratez pas l'occasion mesdemoiselles c'est une offre exceptionnelle.

Les demoiselles sont en tee-shirt long ceinturé et moyennement convaincues par l'oracle. Elles vont aller à la plage plutôt. Thierry les met en garde contre les méduses, depuis hier elles attaquent tout ce qui bouge. Surtout les jambes de sirènes comme les vôtres, ajoute Cédric en jetant son bâton de sucette pour se préparer à un baiser inopiné. D'où il sort cette poésie lui ? Chacun ses capacités on avait dit. Les demoiselles décident que tant pis elles se baigneront en pantalon. Elles se marrent. Les filles se marrent tout le temps je comprends pas, Cléopâtre était pas comme ça.

En plus elles n'ont pas de pantalons.

Elles présentent un niveau de beauté assez homogène comme souvent les groupes de filles. Une moyenne de 11 sur 20, dans ces eaux-là.

Originaires d'Auxerre elles tracent vers la plage. On les suit à distance. Sans nous cacher. Au contraire. Prédateurs éhontés. On rend désirable le désir, ni plus ni moins.

Thierry n'y croit pas, les deux autres y croient pour quatre.

— Laisse tomber Roger.

— Cache ta joie. Tout à l'heure quand on était sur le Rambo II elles nous mataient.

— Tiens regarde elles se retournent comme des gorettes.

Dans le chouan approximatif de Cédric, la gorette n'est pas seulement la femelle d'un cousin mal poli du cochon. C'est aussi un bipède à station verticale de sexe féminin qui se déplace parfois à trois en tee-shirt long ceinturé et se retourne en effet vers nous en rigolant comme une gorette. C'est une preuve indéniable, c'est du tout cuit, c'est du servi sur un plateau. J'entrevois une première prise de l'été, il y en a une qui ressemble à Évelyne Leclercq ça fera largement l'affaire, bien qu'Évelyne Leclercq ne soit pas ma speakerine préférée. Nous sommes un de trop, mais attendu que Greg se prendra un râteau je suis sûr d'avoir ma part.

Pourtant je suis contrarié.

Soufflé à l'intérieur par un vent contraire.

Je me vois traîner les pieds, freiner insensiblement la marche collective, m'arrêter dénouer et nouer mes lacets de Kickers pour provoquer une halte générale.

C'est pas la trouille. La trouille je connais et c'est pas ça.

C'est le sentiment à la fois irréfutable et flou qu'aujourd'hui ça ne se passe pas ici. Je m'entends leur annoncer que j'y vais pas à la plage moi, puis expliquer que je le sens pas bien, que je me sens pas bien, qu'il faut que je rentre.

— Arrête tes conneries.

— Cool Raoul.

— Touche mon huître ça ira mieux…

Je m'entends préciser que j'ai mal au bide avec une conviction qui finit par me donner un peu mal au bide, au point que je ne sais plus si j'ai mal au bide. C'est du premier degré et demi de mal au bide. Je suis un peu moins que sain et un peu mieux que douloureux. Du coup les copains me croient, et même s'ils ne me croyaient pas ils n'insisteraient pas et se remettraient en marche pour garder en ligne de mire les gorettes. Ce qui confirme qu'on mourra seul mais en l'occurrence ça m'arrange.

Je me vois faire demi-tour, contourner la baraque à gaufres sans renifler fort, passer la salle sans tâter mon caleçon en quête d'une pièce de 1 franc convertible en partie de flip. Je n'ai pas l'intention de claquer le Dirty Dancing, je n'ai pas l'intention d'un billard japonais, je n'ai pas l'intention de vomir, je n'ai pas l'intention de rentrer, je n'ai pas idée de mon intention. J'ai l'impression discutable d'avoir moins mal au bide. Je suis moins contrarié. Je ne sais pas où je vais mais je vais où je veux. Je ne sais pas où je vais et je passe sous la guirlande éteinte du Luna Park.

11

J'espère qu'elle ne sera pas là. L'après-midi s'en trouvera plus léger. Le ciel vide mais du coup limpide. Je serai malheureux mais du coup tranquille. J'espère qu'elle sera là. Je préfère une existence avec de l'amour et des soucis à une existence sans amour ni soucis. Je ne veux pas mourir vieux et médiocre, je veux mourir jeune et héroïque sauf si c'est avant cinquante ans. Je veux bien n'être qu'à moitié héroïque pour mourir à moitié jeune. Gagner un seul Wimbledon et mourir à cinquante et un ans, de toute façon après on a moins goût à tout. Vers la fin pépé Robert disait je vois pas l'intérêt de continuer.

Si elle n'est pas là je serai malheureux et tranquille et malheureux.

Elle est là.

Sous la perche étincelante.

C'est un signe. Elle n'aurait pas dû y être. La première fois qu'on est passés au Luna Park elle était absente, la deuxième fois présente, donc la troisième fois elle devait être absente. Elle a rompu la suite logique S1, elle a commis un impair statistique parce qu'elle savait que je reviendrais. La Nasa de Jupiter lui a communiqué ma localisation précise sous le soleil et le récit de ma journée heure par heure : les cuisses de Mylène, les mousquetaires de la distribution, la coquille d'huître astrologique de Greg, mes maux de ventre en pleine filature de gorettes, les trois minutes à me planquer pour la regarder elle, brune toujours et prolongée par la perche qui monte vers le très haut. Elle savait à quelle heure je poserais une fesse sur la barre d'appui, elle est venue dans sa plus belle voiture, la rouge avec une virgule jaune sur chaque aile. Les poèmes que je t'écrirai n'auront pas assez de virgules pour rythmer le texte à la mesure de mon cœur qui bat fort pour toi. Les poèmes que je t'écrirai / n'auront pas assez de virgu / les pour rythmer le texte à la mesu / re de mon cœur qui pour toi fort battait.

Quand on médite d'aborder une fille, on ne sait pas si c'est elle qui nous impressionne ou juste la perspective de lui parler.

C'est les deux. Une fille dont tu te fiches tu lui parles sans problème. Véronique Plogoff en cinquième je lui parlais autant que je voulais, ses lunettes à gros verres la maintenaient hors du champ de l'amour et de la gêne afférente. On avait des conversations. L'amitié entre filles et garçons. On rigolait sur le prof de physique d'origine vietnamienne qu'on appelait bol de riz.

Il y a beaucoup plus de chemin à faire jusqu'à elle qui habite Jupiter que jusqu'à Véronique Plogoff qui habitait place Bouhier à Nantes, cinq ou six pauvres mètres au-dessus du niveau de la Loire.

Elle m'attend sans le savoir. Moi c'est pareil je l'attendais sans le savoir, ça semble étrange mais ce qui est incompréhensible ne laisse pas moins d'être (Blaise Pascal). Un arc-en-ciel c'est étrange, ça fait dessin animé, et pourtant il s'en voit parfois. Parfois même on les touche.

Une sorte de tension. Si je fumais, je fumerais. Dans deux ans je ne me priverai plus de cet auxiliaire, je vois ça d'ici. Je te donne ma vie et je te donne mes mots quand ta voix les emporte sur son propre tempo. Sirène, grouillement mou d'un 15 h 23 propice à la plage. Normalement c'est là que j'interviens dans le film qui attend depuis quinze ans trois mois et vingt-deux jours l'apparition de son héros. Qu'est-ce que ça coûte putain ? Trois secondes pénibles à passer, trois minuscules poussières de temps que l'éternité aspirera instantanément, slurp, comme un tapir sans pitié. On est une merde. Une merde vaniteuse qui pense qu'elle a quelque chose à perdre alors que ses pieds reposent sur du néant et ont tout à gagner à parier. On pleure d'être mortel et on vit comme un immortel, comme un petit bourge pourri gâté d'immortel qui pète plus haut que ses pauvres soixante années vouées à s'écouler dans l'indifférence générale jusqu'à l'égout d'un cimetière sans croix.

Je parle tout seul.

Dans ma tête tous ces mots ça ne cessera jamais.

Elle glisse un jeton plastique rouge dans la fente.

Assis sur le dossier de skaï, une jambe frimeuse pendue à l'extérieur, le forain de service range d'une main une voiture bleue. Au passage il lui fait un clin d'œil dont elle accuse réception en souriant. Peut-être qu'elle a accepté de sortir avec lui en échange de tours gratos. Un baiser un jeton, c'est le deal. Sauf que c'est impossible parce qu'il est gitan et que les Françaises n'embrassent pas les Gitans de peur qu'ils leur décrochent le collier à leur insu.

Il peut toujours y aller avec son serpent tatoué dans le cou. Elle est souverainement indifférente. Elle lui sourit parce qu'elle sourit à tout le monde, elle sourit de vivre, sur Jupiter les petites filles qui naissent sans sourire on les noie dans le Yang-tseu kiang. S'il approche encore j'interviens. S'il s'incruste à bord je le ressors par le col je le jette sur la piste une voiture lui passe dessus ça fait une marmelade de couilles écrasées sur le bois vernis. Ses frères la récupéreront dans un bocal, les Gitans font de la cuisine avec tout, la mère Baquet dit qu'ils cuisent à la poêle leurs pneus de caravane crevés. L'inconvénient c'est que je les aurai tous sur le dos, une fois qu'ils auront englouti la marmelade de couilles aux pneus. Ils voudront m'étrangler avec leurs cordes de guitares. L'an dernier Greg a offert une Kro à l'espèce d'Esmeralda qui officie comme cible du lanceur de couteaux. Ils l'ont coursé à quatre sur la promenade des Hippocampes. Heureusement Greg court vite il écoute du punk-rock.

Walk this way, le tour s'éternise, just gimme a kiss like this, c'est le Gitan qui fait durer vu qu'elle est presque seule sur la piste de 15 h 31, patineuse artistique à l'entraînement.

Elle m'attend. Quinze ans qu'elle m'attend. Peut-être quatorze. Joe me dirait son âge s'il était là, ces choses-là il sait.

L'absence de Joe libère la voie et me handicape. Si je fumais j'aurais déjà fini ma cigarette, je l'écraserais d'une torsion de pied comme lui et je me lancerais.

Je me lance.

Au même moment les voitures se figent, elle s'extrait de la sienne, j'ai l'air d'un cake, je lui fais signe de se rasseoir, elle joint un pouce et un index incurvés pour symboliser un jeton, je dis que j'en ai alors qu'en fait non et dans deux secondes ça se saura, je serai pris la main dans le sac de mon amour sans jeton, elle me répudiera, l'armée de Jupiter descendra me désintégrer en place publique, ils me sangleront sur un siège relié à un émetteur de gaz mortel, je serai coincé fini foutu la pire fin pour un claustrophobe et c'est alors que le Gitan dépose dans ma main démunie un jeton jaune.

C'est un Gitan gentil.

Le venin de son serpent dans le cou est un philtre d'amour.

C'est un Gitan qui ne vole pas les colliers des Françaises, au contraire il les fait apparaître au bout de son poignard en or, il est pour qu'il y ait la paix sur Terre, il est pour les mariages interplanétaires, il sera le parrain galactique de nos quatre enfants.

Yes it's true I am happy to be stuck with you. Je m'hyper-concentre sur la conduite en chantant pour me dispenser de parler. Je pourrais traduire, elle comprendrait le message, mais c'est trop d'un coup, elle ne doit pas s'imaginer que je tiens à elle, Joe n'a jamais l'air de tenir à une fille et c'est pour ça qu'elle s'accroche à son short en nylon et alors il lui laisse le short et part en slip s'occuper du cul en feu de la femme du soi-disant cinéaste.

Je suis quand même gêné je vais parler. Je vais lui poser des questions, les questions c'est la bande originale officielle des conversations gênées.

Pas son âge, trop tôt.

Pas son leader communiste préféré, trop facile.

Pas le dernier concert qu'elle a vu, toujours le risque de tomber sur Simple Minds.

Je lui demande son prénom, c'est une bonne approche je trouve.

– Devine.

Sous couvert de chercher le prénom dans ses traits je m'autorise à la regarder. Qu'est-ce qui fait qu'un visage est beau ? Le nez fin, mais il y a des moches au nez fin comme Marie-Laure Augry. Les pommettes marquées, mais il y a des moches aux pommettes marquées comme Margaret Thatcher. Les boucles brunes, mais elles ne vont pas toujours aussi bien qu'à Fantômette qui le jour se fait appeler Françoise, ça me parle. Les losanges rouges clipsés aux oreilles, mais elle ne les avait pas au tout début. On ne naît pas avec des pendentifs, on naît en pleurant. Après on se mouche un bon coup et c'est parti.

— Ton prénom commence par un J.

— Ah bon?

— Dans mes poèmes toutes les filles commencent par J.

J'ai adopté un ton décontracté pour me décontracter. Cela produit une décontraction au premier degré et demi. Je crois ses seins petits mais je sais jamais trop avec les seins.

— Je suis pas dans un poème.

— T'y seras bientôt.

— Pourquoi?

— Parce que je mets en vers tout ce qui m'arrive de marquant.

— Je suis marquante?

— Je sais pas encore.

Je voudrais rembobiner cette réplique avec le magnétoscope Mitsubishi. Ou faire avance rapide jusqu'au moment où elle m'embrasse sur la plage. Tout pour conjurer l'instant T déjà enfui où j'ai ouvert ma bouche.

Je sais pas encore.

Quelle tache. Alors que je sais très bien, et qu'il faudrait juste le dire, simplement, tendrement, sans malice tue-l'amour.

— Il racontera quoi le poème?

J'y vais comme ça vient, tant pis, de la connerie au kilo plutôt que le silence ça m'est resté.

– C'est un type beau comme le prince Andrew qui rencontre une nana belle comme Sarah Ferguson au milieu d'un parc lunaire.

– Je suis moins moche que Fergie.

– Et moi moins beau qu'Andrew.

J'attends cinq secondes qu'elle dise mais non mon chéri pas du tout. Or elle dit autre chose, tout ne se passe pas comme tu l'aurais écrit mon gars, mets-toi bien ça dans le crâne.

– Sarah ça commence pas par un J.

– Ça c'est ton nom de scène, dans la vie tu t'appelles Julie.

– Avec un J.

– Comme joie.

– Comme jouir.

J'éclate de rire pour justifier le rougissement immédiat d'au moins deux joues. Stuck with you. Un rire beaucoup moins que vrai et à peine plus que faux, un rire périssable à proportion de sa vacuité. De même qu'une poussière de chevaux découvre un cadavre en se dissipant, une fois le rire retombé le rougissement se retrouve tout nu, les mains jointes sur l'entrejambe. Heureusement la voiture a de la compassion, c'est une voiture gitane, elle ralentit d'elle-même à la sirène corne de brume. L'animateur radio nasille dans les enceintes le titre de la prochaine chanson, Julie saute sans attendre l'immobilisation totale. Yesterday I got so young I thought like I could die. Le short de jean moule ses fesses et je les regarde à peine, sonné par mon infinie petitesse. J'ai commencé les

Pensées de Pascal, je suis communiste tendance léniniste et je rougis quand une fille dit jouir.

Faut rebondir, comme Yannick après le désastreux Roland-Garros 82. Voir le côté positif. Une fille qui dit jouir a déjà couché et couchera plus facilement. Mais si elle a déjà couché elle verra que moi pas, elle me guidera si je ne trouve pas le trou et ce sera très embarrassant car c'est l'homme qui dirige. Il faudra que je lui dise que je l'ai fait dix fois déjà, comme ça elle mettra ma maladresse sur le compte de l'émotion, elle se dira que je suis transi d'amour et elle écartera davantage les jambes et ça entrera mieux. Les filles préfèrent quand il y a de l'amour dans le sexe, la psychologue de C'est encore mieux l'après-midi le martèle toutes les semaines. Y en aura.

Cinq fois, plutôt. Dix c'est trop. Elle va penser que je mens. Je ne veux pas mentir à la femme que j'aime. Il faut qu'entre nous la confiance soit totale, sinon dès qu'on perd une pièce de deux francs on accuse l'autre de l'avoir dépensée au flip, ça met une sale ambiance et nos quatre enfants s'en rendent compte, ils sont perturbés psychologiquement et ils meurent d'overdose avant d'avoir le bac.

Est-il entendu que je la suive et qu'on marche côte à côte le long des manèges et des baraques à confiserie? Je choisis de penser que oui. Je la suis et on marche côte à côte le long des manèges et des baraques à confiserie. J'hésite à lui payer un sucre d'orge rayé, elle m'en paye un. Elle a un temps d'avance, peut-être une ère, en tout cas j'ai du retard.

– Citron menthe?

– Non, l'inverse.

– Menthe citron?

– Non, l'inverse.

– OK, rien.

Cette manie de faire le zouave en lieu et place de la tendresse élémentaire. Tu as voulu le rire et l'amour, tu auras les bides et la solitude.

Je tâche d'oblitérer son tee-shirt Chipie. Elle récupère son vélo appuyé sur un groupe électrogène. Elle doit rejoindre ses parents à la plage. Normalement elle est censée rentrer au camping juste après le marché où elle travaille le matin, mais tous les jours elle les pipeaute sur l'heure de débauche, comme ça elle peut passer aux autotampons. Elle dit autotampon, je trouve ça génial. Elle dirait voiture-tampon je trouverais ça génial aussi. Ou voiture-caramel. Tout génial.

– Tu fais jamais d'autres manèges?

– Jamais.

– Jamais jamais?

– Non, quand même pas.

– Juste jamais, quoi.

– Voilà. Jamais.

– Mais pas jamais jamais.

– Non, quand même pas.

Dès le premier jour on a une conversation. C'est un signe. Elle me regarde peu quand elle parle, elle se dit que je suis moins beau qu'elle c'est sûr, elle m'évalue à au moins cinq points au-dessous d'elle. Je n'ai aucune chance, je suis triste, je ne sortirai jamais avec une belle fille que je pourrai montrer chez Gaga, je ne sortirai jamais avec personne, je finirai puceau comme l'oncle de Cédric qui s'est tiré une balle de fusil de chasse dans la bouche le soir du France-Autriche du Mundial 82, 1-0. La mère Baquet dit que sa femme a dû bien l'aider à viser vu l'assurance-vie qu'elle a touchée et moi j'aurais dû comprendre dès ce moment, le fusil de chasse et tout. Ça m'aurait épargné bien des ennuis.

Bien des blessures.

Je rebondis, je reprends les choses en main, Roland-Garros 83.

— Moi conduire et toi porte-bagages.

— C'est Jane ou Julie?

— Peu importe, montez toutes les deux.

— J'aime autant pas.

— Ça va aller vite, j'ai gagné Paris-Roubaix quatre fois de suite.

— Je vais le pousser et marcher à côté plutôt.

Je ravale volontiers ma fierté de cycliste professionnel. Cette configuration est une invitation à l'accompagner, à l'accompagner longuement, en prenant le temps de la marche. À l'exact moment où mon cerveau livre cette conclusion analytique la totalité du vivant se renverse en bénédiction.

Les voitures du rond-point sont des bénédictions sur roues.

Leurs klaxons des cloches de Pâques.

Je n'ai plus qu'à entretenir la flamme naissante, c'est-à-dire concrètement la conversation. Pour ça je la questionne, ce qui permettra incidemment d'étoffer la page du 13 juillet dans le journal intime que je reprendrai en septembre, pour l'instant je vis les choses plutôt que de les raconter, en gros c'est le contraire du reste de l'année. Là c'est de la vie extérieure. De la vie très extérieure, ciel soleil mer, éternité.

Elle habite dans la banlieue de Tours à Saint-Pierre-des-Corls, ses parents ont un magasin de photocopieuses, ils sont à La Faute depuis dix jours, c'est comme une longue escale avant d'aller à Málaga rejoindre des cousins, elle fait du hand-ball niveau régional, cet hiver elle s'est foulé un genou au championnat d'Indre-et-Loire, elle aime les frites bien grasses, une fois elle les a trempées dans du miel, elle a fini par détester ses deux canaris Rox et Rouky, et aussi sa sœur de douze ans mais comme elles ont cinq ans de différence ça va elles se voient peu.

Et donc là forcément je suis tétanisé sur place.

La totalité du vivant n'a été une bénédiction que pendant quatre minutes. Toute la vie ce sera le même pain noir. La grâce au compte-gouttes.

Douze + cinq = dix-sept. Dix-sept-quinze = deux.

J'ai deux ans de moins qu'elle.

Les voitures-carrosses redeviennent des citrouilles, les klaxons des klaxons.

C'est comme si j'étais Cathy Meunier et qu'elle était moi.

153

En fait elle me laisse la raccompagner comme Blanche-Neige ferait avec le nain Joyeux. Le nain Grincheux.

— Ils ont fait une faute à lait

— Mais non c'est le nom de la rivière.

— J'ai l'impression que tu me prends pour une mongole.

— Ah oui non pardon bien sûr.

Je pensais à autre chose, à ma déconvenue, à ma disgrâce. Les mouettes virevoltent en essaim au-dessus du pont mais c'est pas la question. À dix-sept ans c'est sûr elle a couché au moins quinze fois, ce qui fait l'infini fois de plus que moi. Elle est complètement expérimentée, elle place la barre du sexe très haut, elle a des exigences, pas le genre à se contenter de la pénétration, elle veut toutes les choses et tous les trucs. J'arriverai pas à suivre.

La route vers le camping des Crevettes fend un bois de pins assez compétent dans son boulot de sentir la résine. Parfois une habitation rompt la monotonie des troncs minces et droits. J'aime bien l'expression rompre la monotonie, je l'ai placée dans ma rédaction du Brevet des collèges ressuscité cette année après quarante ans de sommeil. Les habitations sont des maisons de pêcheurs construites sur des terrains plus bas que le niveau de la mer. Un jour les eaux les engloutiront, la mère Baquet et moi on voit ça d'ici. Pour amadouer les dieux les pêcheurs les font rire en donnant à leur maison des noms comme Sam Suffit ou Charles Atant peints sur le portail.

Avant j'aimais les jeux de mots, maintenant je trouve ça lourd, de toute façon présentement je trouve tout lourd, j'ai deux ans de moins qu'elle.

En plus avec un peu de malchance elle est du mois de janvier. Je demande comment se fait-il qu'elle passe les vacances avec ses parents, à son âge. Elle explique qu'on l'aurait autorisée à partir avec des copines en Bretagne si elle avait eu son BEP secrétariat.

Les aiguilles craquent sous nos pieds et je ne vois pas du tout en quoi peut consister un BEP secrétariat. Moi j'entre en seconde générale et indéterminée où tous les élèves auront eu un premier rapport sexuel sauf moi si je ne me vieillis pas de deux ans là immédiatement. Elle va me demander dans quelle classe je passe, je vais dire en terminale, prenant le risque de devoir justifier mes à peine deux poils au menton et pourquoi j'ai pas lu tous les Molière. Sans compter la gaffe possible devant les copains. Je les mettrai au jus, ils sont solidaires, les amis se serrent les coudes dans l'adversité, à force de le croire cela deviendra vrai. De toute façon on parle strictement jamais d'école avec Joe ou Greg ou Cédric ou Thierry. De son pied en tong Julie écarte une pomme de pin.

— C'est vrai que t'écris des poèmes ?

— Ouais, histoire de.

— Avec des rimes ?

— Et je fais gaffe aux pieds aussi !

À tribord, une maison de pêcheurs Marie Bambelle.

— Aux pieds ?

Ça fait ma ribambelle.

— Les pieds c'est comme les syllabes. J'écris en alexandrins ou en décasyllabes.

— Ça fait combien de pieds ça?

— Douze et dix.

— Ça doit être dur.

— Suffit de faire une phrase sans réfléchir et après t'écourtes ou tu rallonges.

— Bonjour la migraine.

À bâbord, une maison de pêcheurs Paul Hochon.

— Dis une phrase pour voir.

Ça fait polochon.

— Je marche au bord des pins.

— Six syllabes. Je marche au bord des pins et ça sent la résine, douze syllabes.

— Putain t'es fort toi.

En 1994 elle dirait t'es trop fort toi, on aurait huit ans de plus, les deux ans d'écart se seraient estompés à proportion, on aurait couché ensemble trois mille fois, elle serait ma partenaire en tout, elle corrigerait les épreuves de mon troisième recueil.

— Après on peut faire une rime.

— Avec résine?

— Ouais.

— Camping!

— Ouais, à peu près.

— Je marche au bord des pins et ça sent la résine, je vais bientôt rentrer au camping.

— Je vais bientôt rentrer au camping, neuf syllabes. Faut en ajouter trois.

Elle ramasse une pomme de pin qu'elle commence à déchiqueter pour réfléchir.

— Je vous aime.

Essayer de ne pas rougir fait rougir.

— Je vous aime, OK. Très bien, nickel, cool, perfecto.

— Mais ça fait quatre. Je-vous-ai-me.

— Non, ça se prononce je-vous-aim.

— Et je t'aime aussi ?

— Oui. Donc ça pourrait donner je vous aime mais je vais bientôt rentrer au camping, du coup y en a deux de trop à cause du e muet qu'on prononce devant une consonne.

— Ça craint.

— T'en fais pas je vais nous sortir de ce pétrin, petite.

— Oui sauve-moi, Andrew.

Une villa Jean Bonnaud.

— Donc par exemple on enlève bientôt et en début de vers on met oui.

— Oui ?

— Oui.

— J'essaye.

— Oui.

Ça fait jambonneau.

— Oui je vous aime et je vais rentrer au camping.

— Si vous m'aimez il faut pas rentrer au camping.

— Je suis obligée, j'vais m'faire tuer par mon pater.

— C'est pas un alexandrin.

— J'vais m'faire tuer quand même.

— Hexasyllabe.

Un ULM tirant une banderole Manpower passe dans le ciel sans nuages. Deux voitures à caravane se font face entre les plots de pierre marquant l'entrée du camping des Crevettes. Elles s'intiment mutuellement l'ordre de reculer. Je voudrais rester avec Julie et je voudrais la quitter pour courir à fond en slalomant entre les pins. Libérer ma joie totale, à la différence d'âge près. Content et pas content à la fois. Le content pur c'est rare. Elle se dresse sur la pointe des pieds pour me faire la bise car elle mesure 1,63 m. Je ne sais jamais s'il faut biser ou se laisser biser, elle non plus, du coup c'est joue contre joue, faudra qu'on soit plus habiles avec nos langues, tous les deux dans le sens des aiguilles d'une montre on aura qu'à se le dire avant et ce sera la grâce. Oh Julie bientôt nous nous hisserons à hauteur de cet ULM. Elle enfourche son vélo pour rallier vite l'emplacement familial. Oh Julie et l'ULM nous hissera à hauteur de lune. Elle disparaît dans un à-plat de toiles de tentes dominé par le bleu marine et le jaune, ça forme un maillot géant du FC Sochaux-Montbéliard. Oh Julie nous serons ultras, nous serons légers, nous serons motorisés.

12

Je n'appartiens pas à la mesquine entité France mais à
la communauté sans frontières des insoumis. Je suis pour
boycotter la fête nationale, comme les Soviétiques les JO
de Los Angeles. Et puisque les Américains en profitent
pour rafler les médailles, le mieux est encore d'y aller
pour faire dérailler la machine de l'intérieur. Ça s'appelle
l'entrisme, je l'ai lu dans le Que sais-je L'extrême gauche
en France. On va pas au bal du 14 Juillet pour fêter la
nation, on y va pour rencontrer des femmes qui nous
soutiendront dans nos luttes en préparant des spaghetti
les soirs de doute, car parfois le doute gagne les Justes.
Un révolutionnaire doit avoir une compagne fidèle, des
déséquilibres affectifs le rendraient moins opérationnel.
La femme du révolutionnaire épouse sa cause en même
temps que lui. Julie a des prédispositions pour ça, elle
refuse d'avoir son BEP secrétariat quitte à ne pas aller
en Bretagne avec ses copines alors qu'elle s'était acheté
un maillot de bain échancré exprès, elle me l'a raconté
hier dès notre premier échange, entre nous pas de

secrets, transparence totale sinon l'ennemi de classe se glissera dans la brèche de nos malentendus. On votera à main levée les sorties au cinéma, on se dira tout, on aura des conversations. Un seul préalable : qu'elle quitte son copain de la banlieue de Tours avec lequel elle ne trouvera jamais à épanouir sa fibre insurrectionnelle. D'ailleurs elle ne m'a pas parlé de lui.

Au réveil ma sœur m'informe doucement qu'une Émilie a appelé à 11 heures pour dire qu'elle arrivait dans la soirée finalement. Je dis qui ça? alors que j'ai très bien compris. J'ai très bien compris que je manquais ontologiquement de bol. Sept jours de pénurie de filles et soudain un afflux, tout qui se précipite. Le monde est mal fait, et si ingrate cette Terre que je m'étonne que des légumes comestibles en poussent. D'autres au contraire s'étonnent que la nature regorge de choses pas mangeables, de serpents plus venimeux que celui du Gitan, de moustiques de marais inhospitaliers, d'huîtres toxiques. Ils se croient encore au paradis alors que le paradis s'est achevé ce matin avec Émilie qui dit j'arrive en fin de soirée après s'être annoncée pour le 15. C'est du révisionnisme. C'est la Restauration et ça va pas s'arranger pendant les vingt-cinq ans à venir, je vois ça d'ici.

Foin de colère, le bolchevik est pragmatique, il s'adapte aux données objectives, comme Yannick au revers lifté de Wilander. Il examine le nouveau rapport de forces et ajuste sa stratégie.

Les voitures dépassent la pancarte barrée, indifférentes à mon pouce car doublement bondées par le caractère à la fois férié et dominical du jour. Ça me donne le temps de réfléchir.

Situation. Mettons que dans la soirée, c'est l'expression d'Émilie telle que rapportée par ma sœur, mettons que dans la soirée veuille dire 22 heures. Le temps de déballer les affaires, de se doucher maquiller habiller pour me plaire, Émilie sera à 23 heures sur la place du marché où a lieu le bal de Saint-Mich. Le feu d'artifice viendra de s'éteindre, je n'aurai pas encore eu le temps de suggérer à Mylène Caillaux la bonne idée de nous isoler derrière les préfabriqués et d'enlever tous nos vêtements y compris sa gourmette Milène, avec un i oui c'est un mystère. Je me remettrai avec Émilie et ce sera reparti pour un été asexué, sauf subite conversion au sexe de Mlle Durand. Or cet été n'est pas n'importe lequel, c'est l'été 86, attention on est passé aux choses sérieuses, on a pris neuf centimètres, on a mûri, on a eu le Brevet des collèges.

Solution à la situation. Pour demeurer hors d'atteinte d'Émilie, troquer le bal de Saint-Mich contre celui de L'Aiguillon. Après quatre cent cinquante bornes, ses parents refuseront d'en faire six supplémentaires pour y déposer leur fille. Surtout qu'ils ne verront pas bien l'intérêt de la manœuvre. Émilie n'osera pas dire qu'elle entend me rejoindre parce qu'elle est folle de ma droiture politique et de mon courage dans les grandes occasions comme l'an dernier à la fontaine quand j'ai chassé un bourdon.

Condition de la solution à la situation. Mylène n'acceptera d'aller au bal de L'Aiguillon que si les copains suivent, Greg Cédric Thierry Icham Eddy + les grands. Sinon ça se verra trop, sans compter le ridicule d'aller jusqu'à L'Aiguillon pour coucher alors qu'on est d'ici, de Saint-Michel-en-l'Herm, qu'on y a fait la maternelle ensemble, qu'on déterrait des vers et qu'on les glissait dans nos cous mutuels.

Condition de la condition de la solution à la situation. Trouver le moyen de convaincre le chef Stéphane Poitou d'orienter tout le monde vers L'Aiguillon. Idée provisoire : lui signaler que le disc-jockey du bal de L'Aiguillon passe beaucoup de reggae, que même il est jamaïquain, ou carrément éthiopien allons-y gaiement, plus c'est gros plus ça passe.

Objections à la condition de la solution à la situation. D'une part, grosse probabilité que le disc-jockey ne soit pas de Jamaïque mais plutôt de Chaillé-les-Marais. Les boules pour moi quand le Ras Poitou s'en rendra compte. D'autre part, si Julie part le 17 au matin à Málaga comme elle me l'a annoncé hier, on se dit tout on a des conversations, il lui reste trois jours à La Faute, c'est-à-dire trois nuits, normalement c'est la nuit qu'on couche, le jour il fait trop jour et les amants sont tout penauds comme Ève devant Adam et réciproquement. Le mieux serait de l'embrasser aujourd'hui sans coucher, histoire de pas passer pour un obsédé. Pour ça il restera les 15 et 16. Or si je l'embrasse cet après-midi et que je dis que je fais le bal à L'Aiguillon, elle voudra me rejoindre ce qui compromet la possibilité d'une intimité avec Mylène. Néanmoins si Julie me rejoint au bal c'est qu'elle est très amoureuse, et quand on est très amoureuse et qu'on dit jouir, on couche dans les deux jours donc c'est du sexe assuré et Mylène perd de son intérêt. Sauf qu'un précédent avec mon amour d'enfance me fera de l'entraînement pour coucher dans les règles de l'art avec Julie ma nouvelle amoureuse, laquelle trouvera dès lors très crédible que j'aie dix-sept ans et non pas quinze, ne sera plus tentée de m'interroger sur Molière, n'aura pas à me guider dans l'accouplement, me trouvera formidable, renoncera à Málaga pour passer tout l'été 86 dans mes bras, dût-elle rompre avec ses parents. L'omelette de l'amour ne se fait pas sans casser des œufs.

Reformulation de la solution à la situation après assimilation des objections à la condition de la solution à la situation : ce soir trouver un moyen autre que la Jamaïque pour convaincre le Ras Stéphane d'entraîner la bande au bal de L'Aiguillon ; cet après-midi revoir et embrasser Julie sans lui dire que je serai au bal de L'Aiguillon tout en m'assurant qu'elle ira plutôt à celui de La Faute.

Ça s'appelle jouer serré.

Un gros chameau dans le chas d'une mini-aiguille.

Je le prends comme une épreuve.

Je reconnais cette Diane caca d'oie et ce klaxon aphone. Émile Bodin se tord pour pousser la portière passager. Ça pue le chien et autres animaux qu'aurait touchés le chien. Né avec une Gitane maïs dans la bouche, Émile élève des porcs sur la route de Saint-Émile ça s'invente pas. Il en perd chaque année un dixième à cause des épidémies de varicelle porcine. À mon âge il a sauvé une cousine de la noyade. Elle se baignait dans le Lay, près de Saint-Maurice, et soudain on ne l'a plus vue depuis la berge. Émile a plongé sans savoir nager, le savoir de la nage lui est venu dans le flux de sa décision, imposé d'autorité par son courage et la nécessité vitale d'en avoir. Aveugle dans l'eau sombre il a fini par buter contre la cousine déjà évanouie, et il l'a ramenée sur la berge en adoptant la nage indienne sans en connaître le nom. Le courage donne des nageoires a dit la mère Baquet, et quand on le rapporte à Émile il sourit édenté et propose un verre de rouge pour changer de conversation. J'aimerais bien qu'il me raconte. Qu'il me dise si l'héroïsme c'est juste une question de volonté, ça pourrait me servir. Je trouve une ruse pour venir au sujet, je lui demande s'il a renagé depuis. Il rallume sa Gitane et dit depuis quoi ?

— Depuis le sauvetage et tout.

— Comment qu'tu dis ?

— Ben le sauvetage quoi. De la cousine.

— T'as été au feu d'artifice de Luçon ?

Négatif. Pourtant c'est fait pour. La municipalité de Luçon l'organise le 13 pour attirer les villages alentour qui donnent le leur le lendemain. Hier à 21 heures une R 14 vibrante d'infrabasses de reggae est partie de chez

Gaga direction là-bas. Il restait une place, j'ai dit non j'y vais pas, j'ai un truc à faire, et ce truc c'était rester tout seul à me lover dans mes pensées d'amour.

La Massey-Ferguson est garée inactive au bord d'une parcelle de blé. Une sorte de torpeur fériée. On avance à 45 km/h, Émile a tout le temps de me raconter le grabuge entre les gars de Saint-Michel et ceux de Saint-Marcel. Équidistant des deux villages, le parking de la cathédrale de Luçon est un idéal terrain neutre. Un des fils Meunier s'est fait taillader la cuisse avec un tesson de bouteille, à ce qu'il paraît. Je demande la raison de l'embrouille. Émile dit que la mère Baquet dit que les jeunes de Saint-Marcel ont hérité du vice de leurs ancêtres qui faisaient des virées nocturnes pour égorger les bêtes michelaises. Ils prétendaient que ça désenvoûtait les leurs.

C'est peut-être un gars de Saint-Marcel qu'a égorgé le petit Favraut en le confondant avec une bête. Avec un agneau.

Émile ignore quel fils Meunier a été blessé. Il sait juste qu'à ce qu'il paraîtrait les médecins se demandent s'ils vont pas l'amputer d'un bras.

— Ça a quand même pas désenvoûté une bête de Saint-Marcel ?

— Faut croire que si.

Dans le virage de Joséphine, ladite s'est jetée jadis sous un autocar par désespoir d'être privée de son amoureux parce qu'il fréquentait l'école publique de Saint-Marcel. Émile rallume sa Gitane, le village dit qu'il fume la même

165

depuis vingt ans, depuis le sauvetage. À la surprise générale la mère Baquet n'infirme pas. La circulation engorge l'entrée de L'Aiguillon où flotte un drapeau tricolore de circonstance. Bleu comme à peu près la mer, blanc comme les royalistes, rouge comme moi. Émile insiste pour me déposer au tennis club, ça lui fait juste un détour pour filer vers le bar des sports après. Sa cousine sauvée de la noyade a fini par se marier avec le garde champêtre qui pue qui pète qui prend son cul pour une trompette et qui lui foutait des roustes sans justification. Bats ta femme tous les matins elle sait pourquoi. La mère Baquet dit que dans ces moments la cousine maudissait Émile de l'avoir tirée du fond du Lay où elle serait tranquille au moins, bouffée sans douleur par les truites.

Antoine Lamoricière a déjà expédié son match, son père lui tend la serviette-éponge qu'il se passe sur la nuque pas du tout en sueur pour faire comme Borg. Chez les libéraux la gagne est une entreprise familiale. Riches de père en fils, bel artisanat. La mère est dentiste, le père radiologue, le fils sera radiologue pour dents, avec comme eux un cabinet dans un quartier d'Angers où y en a dix au mètre carré, après tout rien ne les oblige à aller s'enterrer à Trifouillis-les-Oies où il y a pénurie de centres de soins. Il faut le leur imposer à la baïonnette. Renverser le rapport de forces. C'est pourquoi je ne me laisserai pas perdre aujourd'hui non plus. Ça me donnerait plus de chances de toper Julie au marché avant la débauche mais pour l'honneur des mal-nés je dois battre Lamoricière en demi-finale afin de créer la condition objective pour envoyer son père exercer dans la campagne autour de Roubaix ou Dijon sous peine de déclencher contre lui et sa caste une insurrection mondiale.

Je mets 6-3/6-3 à un type de Valenciennes assez proche, physiquement s'entend, de Bernard Menez. Le père Lamoricière a suivi le match et me dit qu'apparemment les fêtes nationales me galvanisent. Si j'avais le temps, je lui dirais que seul le 1er Mai me galvanise, que j'appartiens à la communauté sans frontières des insoumis qui se soignent à la gnôle dans des coins délaissés par la médecine libérale, que le 14 juillet 89 célèbre une révolution bourgeoise alors que les choses sérieuses commencent en 93, quand on outrepasse le consensus mou des droits de l'homme, quand le grand Maximilien impose le règne de la vertu afin que les hommes vivent dans la paix et l'amour entre moi et Julie qu'incessamment je m'en vais rejoindre, monsieur le radiologue.

Les citrons du premier étalage rutilent sous Le Homard. Le cinéma de L'Aiguillon s'appelle ainsi à cause de la légende du Homard que personne ne veut jamais raconter. La mère Baquet grimace rien qu'à l'idée et dit juste qu'Orson Welles a voulu en faire un film. Elle prononce Orson Vels, Orson comme nourrisson. Au programme ce soir, Les Aventuriers de l'arche perdue 2, 19h30 et 22 heures. Mieux à faire.

Comme le professeur Indiana Jones j'ai la tête et les

jambes. La tête pour l'amour, les jambes pour le vivre en retrouvant le stand qu'elle doit être sur le point de quitter. La tête pour penser que le coin poissonnerie se trouve côté port, les jambes pour slalomer entre les consommateurs en short. Les yeux pour l'apercevoir, céleste et qui emballe un crabe dans une feuille de Vendée-matin.

Je me planque pour mettre au point mon entrée en scène. Que ce soit comme une apparition. À son insu je remplis d'une demi-douzaine d'huîtres un pochon en plastique rose que je lui tends à peser. Elle s'exécute machinalement et n'identifie le client qu'en me le redonnant. Elle sourit de surprise puis entre dans le jeu. Elle est digne de la Loire-Atlantique et de devenir ma femme.

— Ça fera 3,50 francs monsieur s'il vous plaît.
— Voilà mademoiselle.

Et la mère de mes enfants Karl et Vladimir.

— J'ai fini dans cinq minutes monsieur.
— Je vous attends mademoiselle.

J'ai l'air con maintenant avec mes huîtres. N'était la bactérie danoise je les mangerais sur place même fermées. Elle en pèse une douzaine d'autres pour un Anglais rouge comme un rosbif et apparemment peu au fait du privilège d'être servi par elle. Elle est moins connue à Londres. Elle disparaît derrière la toile de fond orange et réapparaît sur le côté en poussant son vélo. Je refuse sa bise pour signifier qu'on chemine déjà vers l'étape suivante sur le parcours fléché de l'idylle. L'étape abouchement. Elle entre dans le jeu, elle bise dans le vide, juste pour ce moment j'aimerais être le vide.

— Porte-bagages cette fois, je l'impose.

— OK, j'suis crevée.

Je lui confie les huîtres.

— Perds-les pas, j'y tiens, je les ai achetées à une fille qui me plaît beaucoup.

Je me demanderai plus tard si c'est une phrase de blaireau ou de gentleman, et si l'un et l'autre ne reviennent pas un peu au même. Pour l'instant je nous extirpe de la fourmilière du marché. Oranges, poireaux, portants de caleçons colorés mais c'est pas la question.

— J't'emmène où?

— Les parents m'attendent à la plage.

— Ils sont flics tes parents?

— Ils vont au docteur, ma mère s'est fait piquer par une méduse. Faut que je reste avec ma petite sœur.

La tête pour réaliser qu'on va se quitter à la descente du vélo, et que d'ici là perché sur la selle et lui tournant le dos je ne vais pas pouvoir l'embrasser. Les jambes pour pédaler moins vite, faire durer, dilater, jouer la montre, réfléchir bolchevik, stopper net.

— On va marcher. C'est mieux.

— Comme tu veux mais speed.

Plan d'eau à gauche, restaurants fruits de mer à droite, mouettes partout. Je m'aveugle volontairement sur son tee-shirt Chevignon qu'il faudra quand même retirer quand on ira aux réunions de cellule.

— Tu vas au bal de La Faute ce soir?

169

– On ira faire un tour en famille oui.

Tout me rend content et pas content. Une bonne note en rédaction : satisfaction et gêne. Un tournoi gagné : fier et une sorte d'amertume. Noël : heureux et des larmes dans la gorge. Elle ne sera pas au bal de L'Aiguillon : content parce que j'aurai les mains libres pour Mylène Caillaux, pas content parce que chaque minute loin de l'être aimé est une minute cédée au néant, je l'affirme.

Oh Julie si tu veux je pique les chevaux d'une roulotte du Luna Park là-bas et je passe te kidnapper à 23 h 15, et à minuit la roulotte se transforme en TGV et on part habiter Moscou. Ou alors je t'embrasse tout de suite et on se transforme mutuellement en crapauds pour échapper à la surveillance parentale.

Une fanfare défile sur la berge goudronnée du Lay, applaudie par les vieux et les enfants. Julie et moi ne sommes ni vieux ni enfants. Au trombone je reconnais le cordonnier de L'Aiguillon sous sa casquette où est cousue une ancre dorée. Pendant les premières mesures de La Marseillaise, il s'essuie les lèvres avec un mouchoir accroché à l'instrument de cuivre. Le rythme est enjoué, une mini-fléchette de tristesse me pique le foie comme toujours les fanfares. Content pas content.

Pourquoi c'est triste la résurrection par exemple.

On reprend la marche. Les jambes pour flageoler, la tête pour tourner un discours préliminaire à un baiser.

Une technique possible déjà utilisée avec Émilie l'an dernier : glisser l'amour dans la conversation qui du coup glissera vers le baiser.

Mais comment glisser l'amour dans une conversation qui pour l'instant porte sur les escargots qu'ici on appelle lumas je l'en informe, elle s'en amuse, moi aussi ça m'amuse parce que dans ma tête persiste une confusion avec l'organe central du PCF, on s'amuse simultanément, on est synchrones, on est pareils, on était un seul corps au début du monde avant la fatale division entre sexes. Je serais aux anges si ma pensée de derrière ne s'activait pas en vain.

Je sèche.

La nuit dernière je lui léchais les seins sous un pin et maintenant y a plus personne. Le jour c'est pas la nuit. On peut se considérer comme une star à partir du moment où les jours ressemblent aux nuits, par exemple en gagnant Wimbledon qui se joue le jour. Parfois le finaliste fait le match dans sa tête la nuit qui précède. C'est peu recommandé. La nuit dernière j'ai fait le match dans ma tête avec Julie et maintenant je n'ai plus l'influx nerveux pour tout lui dire, pour extérioriser l'intérieur, rabattre une tête de renard sur l'autre.

On n'est pas malheureux pourtant. On devrait exulter de franchir avec la femme de sa vie un pont qu'on a franchi tant de fois sans la femme de sa vie. On est né dans un pays sans pénurie d'eau bien au contraire, on n'est pas éthiopien, on n'a pas été torturé par Pinochet, et on panique d'avoir à se déclarer à une fille. On marche sur la tête.

Du coup on est gêné on fait l'andouille. On saisit

le sac d'huîtres et on le balance dans la vase des berges. Ça fait pas de bruit.

— Il faut qu'elles retrouvent leur famille.

— Si leur père est aussi chiant que le mien c'est pas un service à leur

— et sinon je me demandais si tu allais garder ton copain de Saint-Pierre-des-Cols à la rentrée.

— Des-Corps.

Pardon Julie mais c'est pas la question.

— Alors?

— Quoi?

— Le copain, la rentrée.

— Ça dépend.

— Ça dépend de quoi?

— Ça dépend.

— Si ça dépend c'est pas de l'amour.

— Personne a dit que c'était de l'amour.

Content.

— Vous sortez ensemble sans amour c'est dégueulasse.

— Tu sors jamais avec une fille sans amour toi?

— Si ça arrive c'est pas exprès.

— Ben voyons.

— Même si y en a pas avant, le but c'est qu'y en ait après.

— Ça oui d'accord.

Mouettes. Les mêmes qu'au plan d'eau, elles ont suivi, elles veulent voir ça, elles se disposent en rang sur le toit de la salle de jeux, elles en rient d'avance.

– Mais des fois la question se pose pas puisque y en a dès le début.

– Quoi ?

– De l'amour.

– Ça s'appelle un coup de foudre.

– Ouais.

– C'est rare.

– C'est pour ça qu'il faut pas gâcher l'occase.

– Faut profiter.

– De l'été.

– De toutes les saisons.

– Mais surtout de l'été.

– Oui surtout.

S'il y avait dans l'après-midi du 14 juillet 1986 un moment opportun indiqué idéal pour embrasser Julie de Saint-Pierre-des-Corps ce serait là, plantés sous le panneau informatif de la plage aux cases renseignées à la craie, marée haute 14 h 45, marée basse 20 h 51, fait du jour : attention aux méduses, température extérieure 23°, température de l'eau 19°, température de moi 103°, ce serait maintenant oui, avec entre nous le vélo que je retiendrais tout en me penchant pour déclencher à la demande un baiser sans les mains comme Gérard Lanvin dans Marche à l'ombre, on en saliverait d'avance, on serait totalement disposés à mettre notre oxygène en commun pour avoir de quoi respirer cent cinquante ans, un ULM Manpower passerait, ce serait un grand moment de puissance, ce serait une plénitude inégalée par la suite, Cédric ne sifflerait pas doigts dans la bouche depuis le bout du remblai, il ne s'approcherait pas, il n'aurait pas de tee-shirt Def Leppard strié d'un éclair rouge sang, le hard rock n'existerait pas, Monsieur dix-huit dents écouterait les Clash comme tout le monde, il ne se planterait pas là main dans la main avec Céline, je ne leur présenterais pas Julie comme une copine plutôt que comme ma copine, je ne la sentirais pas un poil vexée par cette désignation, elle ne me saluerait pas en agitant une main ambiguë, ne se déchausserait pas pour engager son vélo sur le sable, ne rapetisserait pas vers un arrière-plan de planches à voile boostées par la mer montante. Cédric et Céline ne me scruteraient pas en pouffant comme des débiles.

— Envolée, la cycliste!

— Tu veux un râteau pour jouer dans le sable?

S'il continue de chambrer je vais parler des gorettes d'hier. Céline sera ravie, ils adorent l'infidélité à Metz, c'est une recette locale, ils la cuisinent au charbon.

— C'est pas la peine de pouffer comme des débiles.

Silence lourd. Mouettes, les mêmes.

— Dis donc t'es susceptible toi aujourd'hui.

— Il est amoureux ma parole.

Sur la plage des Langoustes flottent côte à côte le drapeau vert de la baignade sans danger et le drapeau tricolore de la fête nationale. Bleu comme à peu près la mer, blanc comme les royalistes, rouge comme moi.

13

– Une dix-sept ans elle veut pas d'un mioche comme toi le Nantais.

– Tu la connais?

– Et toi tu connais la Kronenbourg?

Tee-shirt Quand c'est trop c'est Tropico, Tony tire les dix boules dont au moins neuf finiront dans le but du gogo au tee-shirt Gone with the windsurf qui le défie inconsidérément. Un Mulhousien, je parierais.

Le comptoir ne bruit que du grabuge de la veille. La thèse officielle c'est que les types de Saint-Marcel se sont réfugiés dans leurs bagnoles comme des pucelles vu qu'ils commençaient à sérieusement dérouiller. En partant ils ont crié qu'on entendrait bientôt parler d'eux. OK, très bien les gars, on vous attend. Ça tombe bien ce soir c'est bal. On vous paye un coup, sans problème. On sait accueillir, à Saint-Mich.

Gaga qui n'était pas à Luçon raconte à Thierry qu'un rougeaud de Saint-Marcel a commencé à provoquer Rudy Boisseau, l'apprenti mécano, parce qu'il l'avait vu draguer sa cousine à la foire de Fontenay-le-Comte début juin. Rudy a dit que les Michelais draguent les femelles qu'ils veulent, et au moment où il disait ça il a reconnu le type en face comme étant le neveu du boucher de Saint-Marcel qui avait foutu une rouste à son père Ursule à l'édition 1967 de la fête de la Bouse. Rudy a vu rouge, on peut le comprendre.

— Mais le fils Meunier il avait rien à foutre là-dedans.

— Faut croire que si.

Gaga ravitaille son interlocuteur en Ricard, sans oublier lui-même, sans oublier Greg qui me raconte comment s'est terminé l'après-midi avec les gorettes, en sourdine parce que Stéphanie et Céline partagent une Menthol à trois mètres de là. Dans l'eau ils ont commencé à s'éclabousser et Cédric a dégrafé le haut de la plus canon qui ne l'a pas remis tout de suite, c'était clairement une autorisation que Cédric l'a invitée à finaliser sur le sable. Thierry qui a un minimum de loyauté envers Stéphanie a proposé une gaufre à la semi-canon. Elle a dit cool, il a dit Raoul, ils sont partis vers la baraque en se donnant la main. Dans l'eau restait la gorette aux dents baguées. Greg s'est dit tant pis, c'est le moment, les copains ont créé une dynamique qui va me profiter. Il s'est approché en sous-marin, les yeux en périscope, elle bougeait pas, elle était d'accord, il s'est remis à niveau, elle bougeait pas elle était d'accord, il a fait un pas aquatique en avant, elle bougeait pas elle était d'accord et là elle a crié mais alors crié mais alors comme une tarée, et longtemps en plus, un cri d'au moins sept minutes qui a réveillé la plage des Langoustes, tout le monde a cru à un requin j'te jure. Elle avait marché sur un truc gélatineux qu'elle était sûre que c'était une méduse. Greg a eu beau lui assurer que c'était un retour de vase, beau examiner le pied en la prenant à témoin que pas de bobo, elle a foncé se faire désinfecter à la cahute des surveillants de baignade. Greg l'a accompagnée en espérant que tout ce dévouement finisse par payer mais il a vite compris qu'elle ne quitterait pas de sitôt les deux malabars qui lui chatouillaient exprès la plante en passant un coton sur sa piqûre inexistante.

– J'aurais dû emballer la méduse tiens.

– Paraît qu'y a Los Gominos en concert ce soir.

Eddy Vilar salue toujours par une vanne.

– Avec Los Cocottos en première partie.

Puis il t'examine de la tête aux pieds pour en trouver une autre. Je m'éclipse avant qu'il trouve.

D'un seul œil à cause de sa mèche, Cathy postée devant la cible de fléchettes me regarde regarder les jambes de Mylène Caillaux en jupe courte sur les genoux d'Icham qui raconte à la cantonade comment un client l'a traité de fainéant parce qu'il débarquait chez lui avec une minute de retard, deux minutes pas une de plus je le jure sur la tête de ma grand-mère finlandaise. Alors moi je lui dis pardon mais il faut me comprendre, j'ai beaucoup de chemin à faire pour venir. Il me dit c'est facile comme excuse. Je lui dis tu sais, homme blanc au fauteuil éventré, pourquoi j'ai beaucoup de chemin à faire pour venir ? Parce que je suis un nègre, homme blanc au fauteuil éventré. Et tu sais ce que ça veut dire être un nègre? Ça veut dire que mon papa est un singe, homme blanc au fauteuil éventré. Et tu sais où habite mon papa singe? Il habite dans un arbre, homme blanc au fauteuil éventré. Et tu sais ce que doit faire son fils le gros sale nègre deux fois par semaine pour honorer son papa chimpanzé? Il doit dormir dans l'arbre, homme blanc au fauteuil éventré, et c'est pourquoi certains matins il me faut le temps de descendre de l'arbre et sortir de la forêt et récupérer ma 4 L break et venir jusqu'ici, et d'abord appeler mon papa singe car c'est un singe d'une espèce particulière. Tu sais à quelle espèce particulière de singe appartient mon père, homme blanc au fauteuil éventré? Mon papa singe, homme blanc au fauteuil éventré, est de l'espèce des paresseux. Tu n'en es que plus légitime pour me tancer, homme blanc au fauteuil que je m'en vais rempailler si tu as l'immense civilité de me montrer dans quelle pièce de ta belle demeure aux poutres mitées il moisit.

Icham a sans doute déjà couché avec Mylène, mais ça n'a pas de rapport avec sa race de fornicateurs, c'est juste que tout le monde a couché avec Mylène à part moi jusqu'à dans quelques heures, si les yeux de Cathy veulent bien nous lâcher deux minutes. Me revient une blague de Richard Douin qui en contrebande laissait entendre qu'un rapport sexuel normal dure deux minutes. Dans les pornos c'est beaucoup plus, mais les pornos ne sont pas la vraie vie car ils se passent en Californie. C'est du sexe impérialiste qui a mis Marcos au pouvoir avec l'aide de la CIA. Le sexe bolchevik est sobre et juste, il satisfait des besoins authentiques et non pas ceux créés artificiellement par l'engeance profiteuse de Georges Besse qui méritait de mourir, je le dis comme je le pense.

Je prends Joe à l'écart pour lui demander d'occuper Cathy pendant deux minutes quand je lui ferai signe. Mais c'est lui qui parle le premier. Le cinéaste nous invite à déjeuner demain.

– Il est pas cinéaste j'suis sûr.

– Putain sa femme tu verrais ça.

De fait, depuis qu'il traîne chez eux Joe se fait rare.

– Si ça se trouve il est réalisateur sur la Cinq et basta.

– Elle est déchaînée j'te jure…

Je porte son demi à Tony au moment où il empoche le billet marron misé par le Mulhousien.

– Ils sont sur la rocade de La Roche.

– Qui ça?

– Des gens qui sont censés arriver ce soir à Saint-Mich.

– La famille d'Émilie?

– Trop chaude, la Kro.

La Roche-sur-Yon est à quarante-sept kilomètres. En roulant en moyenne à 90, la voiture Durand entrera au camping de Saint-Michel-en-l'Herm dans une demi-heure, et Émilie ici dans une heure. Soudain la météo s'obscurcit. Il faut faire quelque chose. Bouger tout le monde en vitesse. Vider les lieux. Qu'Émilie trouve une ville fantôme avec les portes battantes qui grincent dans le silence.

Les grands trinquent leur rosé en terrasse à la table des grands. Pascal Meunier se tripote son bandage au coude. S'il a un coude c'est qu'il a un bras. Ils devaient l'amputer mais faut croire que non. Il écoute Stéphane Poitou raconter qu'en début de soirée un type de Saint-Marcel lui a dit qu'en Jamaïque ils parlaient le babouin, alors il lui a mis un pain histoire de lui expliquer que les brothers jamaïquains parlent anglais pour organiser la lutte non violente avec les brothers du ghetto de Brixton. Mes trois Ricard me donnent le cran de m'engouffrer.

— Les Clash en ont fait une chanson, même.

Stéphane se tourne vers moi pour identifier le bourdon qui agace son oreille. Je complète.

— Guns of Brixton elle s'appelle. Ça veut dire les armes de Brixton. Ou les fusils de Brixton.

— Les Clash à part Sandinistas y a rien de potable, le Nantais.

— Carrément Stéphane et d'ailleurs je repensais à un truc Stéphane c'est qu'on m'a dit que les gars de Saint-Marcel seront au bal de L'Aiguillon ce soir. Stéphane.

Dans les westerns une seule réplique fait taire tout le saloon qui la seconde d'avant dansait autour d'un violon irlandais.

— Comment tu sais ça ?

— Une copine me l'a dit.

— Une copine ou ta copine ?

— Ma copine.

Mon amour pardon de te
— Elle aime le reggae ?
— Elle adore.
Mon amour pardon de te mêler à ça mais
— C'est comment son petit nom ?
— Euh… Julie.
Mon amour pardon de te mêler à ça mais c'est aussi
pour toi que je le fais, pour moi donc pour toi puisqu'on
a fusionné. Stéphane tire fort sur son joint, s'aspire en lui-
même comme s'il examinait la situation sur un schéma
intérieur, et que de cet examen dépende sa décision de
lancer la troupe vers L'Aiguillon, et de cette décision la
possibilité de semer Émilie, et de cette possibilité celle de
coucher avec Mylène et d'arriver mieux armé pour faire
l'amour avec toi mon amour.
— Julie ?
— Avec un J.
— C'est pas avec un G ?
— Ça ferait Gulie.
— T'es sûr ?
— Ouais. G devant U ça fait Gu.
— Sinon ça ferait L'Aijuillon ?
— Carrément.
— Alors on y va.

Depuis le coin baby-foot, Tony regarde les seize qu'on
est se répartir dans les trois voitures à disposition, la R 5
Alpine de Stéphane Poitou, la R 12 de Pascal Meunier qui

peut conduire malgré son bras anciennement amputé, la Simca 1000 de Lucas Belveau où je me serre entre Mylène et Greg. Juste avant j'ai dit à Joe de coller Cathy dans la R 12, il a dit seulement si tu viens déjeuner chez le cinéaste. Dans l'urgence j'ai dit OK. Pourquoi il y tient tellement ? Qu'est-ce que j'en ai à battre de la femme d'un cinéaste même pas cinéaste. Moi j'ai déjà Julie pour l'amour et Mylène pour coucher, avec ses cuisses nues le long des miennes dans la Simca, puis carrément sur les miennes une fois qu'on s'est tassés pour embarquer Icham que tout le monde avait oublié, les bagnoles vendéennes sont interdites aux négros ou quoi ?

Ça sent le mouton. Mylène le verbalise, Greg bêle pour lui donner raison. Au stop du gymnase le visage de Tipaul se colle contre la vitre arrière, des yeux de bête blessée supplient qu'on l'emmène, j'aimerais suggérer qu'on le prenne et je rigole avec les autres qui lui font des grimaces qu'il reproduit, y compris le geste de la fellation de Mylène, avec la langue qui gonfle et dégonfle la joue. Tipaul est amoureux de Mylène depuis toujours. Parfois il l'attendait à la sortie de l'école. On le refoulait à jet de cailloux. En ce moment elle lui échappe encore. Il la regarde s'éloigner dans la bylette à quatre roues. Elle sent forcément que je suis dur. Nous dans l'autre sens on peut pas vraiment savoir, le désir chez les filles c'est pas un truc qui dépasse, c'est très intérieur, c'est un système opaque comme la mafia sicilienne. Mylène chante sur la musique émise par un magnétophone à piles. Une marque d'excitation je veux le croire, je le crois, de belles choses s'annoncent. It's just a question of time. Émilie aussi adore Depeche Mode, par lettre elle m'a raconté le concert au Zénith où elle a réussi à toucher la cheville de Dave Gahan, ça m'a poursuivi longtemps cette image. And it's running after me. J'ai douté d'elle, je me suis dit qu'elle trouverait aussi bien son compte avec un minet à monter sur un Chappy. Pourtant les Depeche Mode sont communistes, sur une pochette d'album un paysan fauche du blé et un ouvrier bat du fer chaud, ça fait faucille et marteau. Mais un bon communiste ne joue pas de la musique synthétique. Il joue de la guitare électrique. À l'heure qu'il est Émilie arrive chez Gaga et ne trouve que Tony qui lui propose une partie, elle accepte pour dissiper son dépit, elle perd 9-1, Tony magnanime s'est mis un but et elle pleure mais c'est pas pour la défaite au baby, c'est l'amertume sentimentale, la grande déception toujours reconduite.

Dont en l'occurrence je suis seul responsable.

Suis-je du côté du problème ou de la solution? C'est une question.

Dans le virage de Joséphine, ladite s'est jetée jadis sous un camion de l'armée par désespoir d'être privée de son amoureux parce qu'il fréquentait l'école publique de Saint-Marcel et n'allait jamais au bal de Saint-Michel.

Mylène a passé un bras derrière mon dos au prétexte de s'accrocher car la voiture zigzague, Lucas Belveau est plus ivre que tous les passagers réunis. À vingt-huit ans il peut s'honorer de trois retraits de permis, la dernière fois il a percuté un sanglier et sa Peugeot 204 a fini dans le fossé de la laiterie. Les mois suivants un sanglier se pointait dans sa chambre toutes les nuits, Lucas prenait son fusil et il le tirait, et ça le faisait même pas fuir, alors il tirait encore jusqu'à ce que son oncle René le libère de son somnambulisme et lui montre les impacts de plomb dans l'armoire à linge. Comme Lucas ne démordait pas d'avoir vu le sanglier, la tante Madeleine a fini par l'emmener chez l'équarrisseur Jean-Michel Biroteau qui guérit les bêtes et les hommes sans les toucher, la mère Baquet dit qu'il ferait mieux de commencer par se guérir le foie. Jean-Michel a suspendu son pendule au-dessus du crâne de Lucas agenouillé sur un prie-Dieu récupéré à la décharge, le pendule s'est balancé option gauche, dans la direction du vaisselier en chêne. Alors Jean-Michel a pensé vaisselle, a pensé assiettes, a pensé manger et diagnostiqué qu'il fallait manger la bête pour l'éjecter des cauchemars. De la forêt de Saint-Octave l'oncle René a ramené un sanglier que la tante Madeleine a cuisiné avec des mojettes, et la nuit suivante Lucas a dormi comme une biquette, et deux mois plus tard il récupérait son permis en échange de l'engagement de rouler à jeun sauf ce soir.

Dérogation dont je suis seul responsable.

Du côté du problème.

C'est moi qui ai demandé qu'on aille à L'Aiguillon, Lucas jusque-là il enfilait les rosés avec la conscience tranquille, vu qu'il n'aurait qu'à marcher trois cents mètres jusqu'au bal de Saint-Michel où Émilie va s'attarder trois minutes puis rentrer se coucher en maudissant la vie. It won't be long until you do exactly what they want you to. De ces fautes en cascade je répondrai. J'assume la responsabilité de tout ce qui va suivre. Parfois le conquérant initie de grandes manœuvres collectives pour réaliser des desseins personnels. Napoléon a fondé La Roche-sur-Yon pour séduire une chouanne au sang noble.

Ça pétarade au loin.

Dans le ciel étoilé une fusée blanche s'émiette en quatre satellites rouges qui explosent à leur tour.

Et retombent en traînées comme des branches de saule. On est juste au-dessous maintenant, mais pas de danger les pastilles incandescentes s'éteignent avant atterrissage. Le bon millier d'estivants rassemblés au bord du plan d'eau ne craint rien. Menton relevé comme pour boire des gouttes de pluie, on fait des oh la belle rouge à moitié parodiques. À moitié seulement. J'élucide mal mon envie de pleurer. Accordéon fanfare feu d'artifice même tarif. Mélancolie à proportion de la gaieté. Content pas content. Enjoué perplexe. Posté stratégique à côté de Mylène. Nos têtes en l'air font diversion. Je laisse traîner ma main des fois qu'elle aurait l'idée de la prendre.

L'idée ne lui vient pas.

La vie n'est pas exactement un feu d'artifice.

Sitôt après la grande pétoire du bouquet final péta-radant le disc-jockey active son sound-system dressé en surplomb du terrain de hand bétonné à ciel ouvert qui tiendra lieu de piste. Les garçons les plus bourrés et les filles entrent dans la danse. Je rêvais d'un autre monde où la terre serait ronde. Les grands de Saint-Michel ont adopté la buvette comme QG depuis quoi étirer le cou pour repérer des rougeauds de Saint-Marcel dans la foule. Pascal Meunier se prépare à taillader quelques membres. Je rêvais d'une autre terre qui serait moins terre à terre. Si tu as un ami à Saint-Marcel tu n'as pas besoin d'ennemi, proverbe michelais. Eddy me tend un gobelet vide que je saisis avec une seconde alcoolisée d'avance sur mon cerveau.

— Il est con en plus.

Paye ton coup couillon. Nos regards un poil strabiques se croisent pour trinquer à la Vendée. Living in America, eye to eye. À la Vendée royaliste précise Cédric déjà en route pour le coma. Living in America, station to station. Je voudrais vivre en Amérique et dresser dans chaque gare un kolkhoze pour rationaliser la production de McEnroe et des Ramones. Mylène n'a pas besoin d'alcool pour lancer une danse allumeuse. Elle carbure à elle-même. Il va falloir faire vite avant que tous les types du bal lui sautent dessus passé la stupeur devant ses ondulations de playmate du samedi soir. Greg vient d'apercevoir la gorette baguée, il se recroqueville derrière Stéphanie Lemercier face à qui je me trémousse avec un minimum de loyauté. Seins impudiques, Loire-Atlantique, ça rime, je pense n'importe quoi. Greg me demande d'aller dire à la gorette qu'il est très amoureux d'une cousine donc il s'excuse il est pas libre et il espère que ça va mieux la piqûre de méduse.

— T'es malade on sort pas avec une cousine.

— Justement je peux pas l'avoir inventé.

Plus c'est faux, plus c'est vrai. La vie est exactement un feu d'artifice. Je m'approche de la gorette qui clame qu'elle vit en Amérique en agitant les bras. Je transmets le message en remplaçant cousine par sœur, comme ça c'est encore plus faux c'est encore plus vrai. La gorette trace une trajectoire rectiligne et coléreuse vers la buvette où Greg se croit invisible. Autant pas voir ça, je pivote vers Mylène qu'une langue pendante de mec à chemise bleue rêve de lécher partout.

— T'as beaucoup de succès!

— Quoi?

— T'as beaucoup de succès!

— Avec toi?

— Non!

Avec une seconde alcoolisée de retard sur ma réponse je mesure le malentendu qu'elle va créer, qu'elle crée, qu'elle a créé. Mylène se détourne et clame qu'elle vit en Amérique. J'ai loupé mon tour. Je l'ai loupé en 1976 à la grande époque des vers de terre. Après ç'a été la dégringolade. Mylène a renoncé à son enfance et redouble d'ondulations comme une vraie playmate cette fois, pas une métaphore de playmate. Il ne faut pas confondre l'image et la métaphore, pour une raison incompréhensible même à jeun. Tant que je me rends compte que je suis bourré je le suis pas complètement. On the way you might find out who you are. Stéphane Poitou vient me demander de dissiper un doute qu'il a. Je dis oui bien sûr Stéphane quel doute? Il dit on est bien au bal de L'Aiguillon là? Je dis oui Stéphane. Il dit c'est bien le bal où les rougeauds de Saint-Marcel devaient débarquer? Oui Stéphane c'est bien ça le bal de L'Aiguillon Stéphane. Non parce que c'est bizarre pour l'instant on en a pas vu un seul, comment t'expliques ça le Nantais? Je comprends pas Stéphane c'est très très bizarre en effet Stéphane. Pascal Meunier me sauve en agrippant le bras de son chef. Il vient d'identifier le mec qui l'a planté hier soir. Un mensonge fermement tenu donne des idées à la vérité. Ils se précipitent vers l'agresseur. Pascal n'a plus de bandage et pas de balafre dessous. Légitimée par son frère, Cathy s'est insensiblement rapprochée. Je lui souris. Faudrait pas. Elle me regarde regarder Mylène qui s'extrait de la masse en aimantant le mec à chemise bleue. Ils zigzaguent vers le plan d'eau en contrebas du terrain de hand. Pour ne pas les perdre je contourne la buvette d'où Eddy me signale qu'il y a Los Voyeuros en concert ce soir. Musique sourde soudain. Mylène et la chemise bleue passent une rangée de pédalos et s'allongent sur le sable artificiel à deux mètres du bord. La mère Baquet dirait qu'ils s'apprêtent à chier dans l'eau et la mère Baquet se méprendrait. Ils ont mieux à faire. Ils s'allument chacun une Camel qu'ils posent dans le sable pour s'embrasser. La lune tremble dans les vaguelettes mais c'est pas la question. Un peu plus haut sur la plage artificielle, Joe passe la main sous le tee-shirt fluo rose d'une fille indistincte d'ici, on apprendra plus tard que c'est la nièce du comédien Christophe Malavoy. Un peu plus haut encore, au-delà du muret qui sépare le sable du goudron du parking, une voiture break s'immobilise sans couper le moteur. Je connais cette marque, c'est une Peugeot. Je connais le modèle de cette Peugeot, c'est une 504. Je connais le propriétaire de cette Peugeot modèle 504 de couleur bordeaux, c'est le père d'Émilie. Je connais sa fille qui en claque la portière passager et va bientôt entrer dans le bal.

Il faut acheter français car sinon on achète aux Américains et avec l'argent ils braquent des Pershing sur l'URSS depuis la RFA. Pour les voitures il y a Renault ou Peugeot point à la ligne.

Une Renault ou une Peugeot vous fait arriver à la bonne heure et à bon port. Ivry-sur-Seine-L'Aiguillon-sur-Mer en un après-midi.

C'était bien la peine tiens.

Si Émilie me voit seul, on reprend notre couple là où on l'a laissé l'an dernier et je ne peux plus emmener Julie en ULM.

Tant que je me rends compte que je suis coincé je le suis pas complètement.

Une solution serait la fuite.

La fuite est toujours une solution. Pas demander son reste. Pas insister. L'intérêt bien compris du perdant définitif.

Dans la même situation Joe flirterait avec la première venue pour désespérer la collante. La première venue n'est pas loin, elle attend, il suffit de la retrouver. Depuis la buvette Eddy me signale qu'il y a Los Groproblemos en concert ce soir. Il parle de moi ou de l'altercation entre Pascal et son supposé agresseur d'hier qui gueule qu'il n'est pas du tout de Saint-Marcel mais de Sochaux. Parmi les danseurs je retrouve sans peine Cathy qui réclame Indochine à grands cris suraigus. Je la tire par le bras jusqu'au mur d'enceintes, dans l'enfer des basses je l'embrasse avec la langue, pas de gêne puisque c'est pipeau, le faux rend léger c'est bon à savoir. La vie est exactement un feu d'artifice. Elle a une haleine de Menthol et moi de Kronenbourg j'imagine. Je sens ses dents et elle peut-être les miennes. I found out what it takes to be a man. On a fermé les yeux mécaniquement pour faire tout comme en vrai. My mum and dad will never understand what's happening to me. Quand je les rouvre Émilie tourne le dos et s'éloigne après avoir attendu que je les rouvre et la voie tourner le dos et s'éloigner en espérant que je la rejoigne sous le but de hand et c'est ce que je fais parce que je ne suis pas aussi cruel que Joe.

— Tu pourrais dire bonjour.

— Parle pour toi.

— Je pensais pas que t'étais ici.

— T'es vraiment un salaud.

Les mots libèrent des larmes maintenues jusqu'ici sous la cloche de la colère. La colère n'est pas le fond. Le fond

190

c'est la peine. Elle est encore plus jolie que l'an dernier, plus du tout d'acné et toujours ses beaux cheveux châtains tout lisses mais c'est pas la question. C'est le contraire de la question. Il ne faut pas la trouver jolie, il ne faut pas que je reste là planté devant elle. Joe serait déjà parti, il ne l'aurait même pas rejointe, il n'aurait pas le scrupule de l'adoucissement, j'ai envie de lui essuyer une larme d'un revers de main tendre et je tourne les talons en disant que je reviens. Je ne sais pas si je vais revenir. Ce que je fais a un verre de moins dans le nez que ce que je sais. Je récupère Cathy et je l'entraîne derrière la buvette pour étayer le mensonge de notre couple. On passe les pédalos, Mylène et la chemise bleue n'y sont plus, ils sont derrière une grange, j'embrasse Cathy sous la lune. Le plan d'eau nous regarde sans réagir. Ça dure un peu moins que du vrai et un peu plus que du faux. Ça durerait peut-être si l'envie de pisser ne me décollait pas, je m'isole face à l'eau, pour rire elle s'exclame non non t'en vas pas, pour rire je réponds il le faut chérie, je ne sais plus du tout à quel degré on est, pourtant mon jet d'urine en arc ne ment pas, je le regarde retomber très lentement en pensant à des choses éternelles comme les pyramides ou les écrivains qui écrivent pour l'éternité. Un jour je raconterai la soirée du 14 juillet 86 et ce sera pour l'éternité. Quatre silhouettes grossissent à gauche de mon champ de vision brouillé, m'obligeant à rentrer prématurément le jet et son émetteur. Il y a un adulte homme, une adulte femme, une fillette, et une fille moins jeune. Dans l'axe du long reflet de lune leurs visages se précisent. Les deux adultes et la fillette me sont inconnus. La jeune fille un peu moins.

Brune bouclée.

Comme Fantômette.

La fantômette est un petit fantôme féminin qui apparaît au moment le plus délicat de la nuit.

— Bonsoir.

— Bonsoir.

Ses parents et la petite ont repéré quelque chose dans le sable et remontent pour l'exposer aux réverbères du parking. Une étoile de mer je dirais. Ça doit être une fausse dans ce sable qu'on rapporte des carrières de Luçon. Un feu d'artifice la vie, et Julie très réelle devant moi.

— La bière ça fait pisser on dirait.

— T'es venue au bal de L'Aiguillon finalement?

— Non, on fait juste un crochet après la pizzeria.

Dans la nuit elle ressemble à la princesse de la nuit.

— T'as pris quoi comme pizza?

— Fruits de mer. Pour changer.

Dans la nuit son sweat jaune fluo est un phare qui guide tout un tas de bateaux.

— C'était pas bien le bal de Saint-Michel?

— C'est les potes ils ont voulu venir là au dernier moment.

On me chatouille les côtes, c'est Cathy qui dans l'élan de sa farce et de sa bonne humeur m'étreint par-derrière.

— Bon ben je vous laisse entre potes alors.

De dos son sweat jaune fluo est un phare qui s'éloigne.

Ses parents lui crient que l'étoile de mer est en plastique.

Un jour je raconterai la soirée du 14 juillet 86 et personne me croira. Même l'éternité me croira pas.

Je m'arrache à l'étreinte de Cathy et la plante sur place pour me faire oublier dans le troupeau de la buvette. Pour me faire oublier que j'existe et que je marche à l'envers et que voilà on est bon à rien c'est de naissance. Je ne suis pas gracié efficacement, je suis insuffisamment gracié et en plus j'utilise mal mes points libre arbitre. Paye ton coup couillon. Pas plusieurs lièvres à la fois on nous avait prévenus. McEnroe à un bal du 14 il y va avec un seul objectif nana. Il a lu Que faire? de Lénine. Une chose après l'autre. Quatre Michelais dont Pascal font face à trois Sochaliens qui sont pas de Saint-Marcel mais faut croire que si. When the going gets tough. Stéphane décapite une bouteille de Kro sur le comptoir et brandit le tesson en appelant tout le monde à respecter les sisters qui sont toutes les filles du Ras. Personne ne voit le rapport, lui non plus. The tough get going. Dans les deux camps les volontaires pour la baston enlèvent leur chemise. Je me ferais bien casser ma petite gueule inutile. Je demande à Greg de m'en coller une mais il est plongé dans le bac à disques que le DJ dégoûté par l'ambiance tribale a délaissé pour se rouler un joint. Greg cherche un morceau qui va réconcilier tout le monde. Cédric lui réclame Hell's Bells et part vomir en me laissant un gobelet plein que j'engloutis de rage contre la société dégénérée. Si on vivait à l'état de nature, Émilie n'aurait pas les sens corrompus et ne se laisserait pas étreindre par un rustaud pour se venger de moi. Au contraire elle me tendrait l'autre joue, je la biserais, d'amoureux on deviendrait amis, elle passerait souvent dîner à la maison, Julie lui préparerait des spaghetti moscovites. Greg a trouvé le morceau qui va réconcilier tout le monde. Je le connais le rustaud en plus, il fait la tournée de moules avec sa mère dans leur Méhari vert militaire. Je le décolle d'Émilie pour lui demander si les vendeurs de moules connaissent la chanson qu'on entend là? Hein, est-ce qu'ils la connaissent cette chanson les vendeurs de moules? T'as entendu le rustaud je te demande si les vendeurs de moules connaissent la chanson que vient de mettre Greg mon frère d'armes? There's no return from eighty-six. Je crois que je me suis mal fait comprendre j'aimerais savoir si les putains de vendeurs de putains de moules connaissent cette chanson je vais pas poser la question toute la nuit je préfère te prévenir j'ai autre chose à faire figure-toi que de poser une putain de question très simple à un vendeur de putains de moules. There'no return from eighty-six. Évidemment que non ils la connaissent pas, comment veux-tu que des putains de vendeurs de putains de moules connaissent les Clash et qu'ils comprennent qu'une chanson de 79 arrive à raconter l'année 86, l'art ça les dépasse complètement les pauvres, leur enfance c'était pas l'enfance de l'art c'était des soirées à manger des moules pourries et à boire de la vase pleine de rats des marais. Tant que je m'entends crier c'est que je ne crie pas complètement sinon je ne m'entendrais même plus sous mes cris. There's no return from eighty-six. Émilie calme le rustaud en lui faisant des signes de laisse tomber ça va aller il est bourré c'est tout. Comment j'ai pu aimer une condescendante pareille. Il s'arrache à elle pour me dire qu'il va m'en mettre un dans le cul de rat des marais. Don't even try. J'éclate de rire. Je me demande pourquoi j'éclate de rire. J'arrête subitement d'éclater de rire. Je pointe un index sous son nez rustre. J'entends ma bouche prendre constamment de la vitesse comme un avion kamikaze. Tu comprends les paroles ou pas? tu comprends pas l'anglais? tu veux que je traduise en langage des moules? moi j'ai 17,1 de moyenne annuelle alors tu ferais bien de te mettre à genoux et de me lécher les pieds en m'écoutant te dire que la chanson c'est une prophétie pauvre ignare elle raconte l'été 86 exactement comme il s'est passé jour après jour heure par heure minute par minute mon pote elle raconte que le 14 juillet à 1 heure et 15 minutes pile j'en mets une belle dans ta tronche de rustaud tu l'as pas vue venir celle-là mon pote avoue et que toi tu restes de marbre et tu te déplies en arrière pour m'envoyer un coup de boule que je ne vois ni partir ni repartir, ni l'aller ni le retour ni rien de ce qui suit, ni Icham qui t'assomme et me porte jusqu'à la R 12, ni l'odeur de vomi du siège ou est-ce la mienne, ni le moteur ni Bob Marley dans l'autoradio, ni les panneaux phosphorescents, ni Joséphine ni son amant prohibé ni mon lit, rien du tout, je suis dans le néant, je suis au fond du trou, je suis au point mort, huit jours de Vendée et pas avancé d'un poil, d'un chouïa, d'une cacahuète, un surplace pur, un surplace de chez blocage, pas bougé, rien infléchi, pas un souffle d'air ne s'est déplacé quand je suis entré en scène, et depuis non plus, et toutes les années qui ont suivi même chose, rien bougé rien changé, toujours le même bordel joyeux pas joyeux, content pas content, immense et nain dans le vide sidéral, la même sidération mélangée, il y aura d'autres étés et toujours les mêmes étoiles, bonnes et mauvaises toujours les mêmes, elles travailleront en alternance et ce sera le même dosage, le même destin, le même programme, ça ne changera plus sensiblement, c'est déjà fixé, ça se cimente là, on ne revient pas de 86, on ne revient pas de 86, on ne revient pas de 86.

N'essaie même pas.

14

Au début il y a un arbre et dedans des fruits de toutes les couleurs. Un premier homme s'avance et dit que le Créateur a accroché les fruits haut dans cet arbre pour les maintenir hors d'atteinte de nous autres les hommes. Un deuxième homme s'avance et dit que si les fruits sont bons ils sont aussi bons pour nous autres les hommes. Un troisième homme juche un quatrième sur ses épaules de sorte qu'il puisse cueillir un fruit et le goûter au nom de nous autres les hommes. Ce qu'il fait et s'en délecte. Les fruits sont à la portée des hommes si les hommes s'élèvent les uns les autres, conclut un cinquième, et un sixième l'approuve, et tous ceux qui viennent après lui. Des siècles passent où s'élevant les uns les autres les hommes subviennent à leur faim. Puis vient le jour où fatigués de se porter ils veulent n'avoir qu'à se pencher pour ramasser de quoi vivre. Désormais ce qu'ils mangent vient de la terre. Il y a des tomates, il y a des carottes, il y a largement de quoi, l'homme n'a qu'à planter et attendre que ça pousse, et tant il attend qu'il finit par déclarer sien le lopin où il végète. Sur la sienne terre il pose des bêtes qui s'en repaissent et grossissent pour nourrir qui les nourrit. Comme les bêtes sont grosses et petit l'estomac de l'homme, Jacky Moulineau en donne quelques-unes à ses compagnons de village en échange de blé. Les compagnons vivent puis meurent, qui d'un cancer, qui d'un irritable sabot de jument, qui d'une mort toute nue, bientôt il ne reste personne pour manger les bêtes, inutile d'en faire grossir sur la terre qui recèle assez de carottes et de tomates pour gagner au marché de Saint-Maixent de quoi mettre de l'essence dans la Peugeot 104 et partir direction L'Aiguillon avec calé sur le tableau de bord un transistor diffusant un reportage de France Inter sur la culture graffiti dans le métro de New York.

À la pendulette de la Peugeot 104 de Jacky Moulineau il est midi, à ma montre Seiko à quartz étanche il est 12.30. Dans les deux cas je suis en retard sur Julie, mais plus ou moins. Jacky ne me dira pas si c'est lui qui est à l'heure ou moi. Jacky ne dit mot depuis mai 1978. Avant cette date il ne parlait déjà qu'à ses bêtes. Quand la dernière charolaise a été vendue, il n'a plus parlé qu'à ses biquettes. Quand la dernière biquette a été vendue, il n'a plus parlé du tout. La mère Baquet dit qu'il s'est tu du jour où son père Marcel Moulineau l'a puni d'une gifle pour avoir juré contre un âne aussi têtu que sa race. Comme Jacky ne savait pas distinguer entre les jurons et ce qui n'en est pas, il a préféré se taire car il n'avait pas beaucoup aimé la lourde et calleuse main paternelle sur sa joue innocente. Les premiers temps, le père Jean que nul n'appelle frère est souvent venu le voir dans sa ferme désœuvrée. Pour lui offrir des mouchoirs et rappeler que la parole est un don de Dieu qui est Verbe. Jacky n'en a pas démordu. Il ne s'est même pas donné la peine d'ouvrir sa bouche cousue pour signifier qu'il ne l'ouvrirait plus. Il ne l'a pas ouverte à l'enterrement de sa sœur Martine. Ni au baptême de sa nièce Monique à qui on a toujours préféré dire que tonton Jacky était muet de naissance. Ni pour me saluer quand je suis monté tout à l'heure, ni maintenant pour me prévenir qu'il ne va pas jusqu'à L'Aiguillon mais tourne à droite vers Sainte-Marie, et que je n'ai plus qu'à me planter au milieu de la patte-d'oie en attendant un bon Samaritain à quatre roues.

Entre deux voitures filantes s'impose le chœur des sauterelles mais c'est pas la question.

Si on ne m'embarque pas dans la minute, je raterai à coup sûr la fin du marché et par conséquent Julie et par conséquent ma vie. Elle n'aura plus de sens, je pourrai l'offrir à la révolution. Je serai en première ligne pour défier les blindés que le ministre Pasqua et son cerbère Pandraud braqueront sur les insurgés.

Le soleil tape sur mon front déjà endolori par le coup de boule du rustaud. Si mes souvenirs sont bons. Gant de toilette dans la bouche. Perchée sur une borne L'Aiguillon 3 km une vierge de plâtre ouvre des bras ambivalents, magnanimes et impuissants. Viens dans mes bras mon petit désolée je ne peux rien faire de plus pour toi. Tout est foutu tout ira bien.

La vierge était vierge et pourtant quelle postérité. On l'adore partout dans le monde, et notamment à Sainte-Marie où tous les 15 août un jury municipal élit l'étoile vierge. Comme quoi.

Au-dessus du blé mûr passe un nuage en forme de cœur percé d'une flèche, ça s'invente pas.

Ce 15 juillet Joc s'est levé à 7 h 30, est passé à 8 heures chez la mère Lourmeau prendre le tas ficelé d'Ouest-France édition Sud-Vendée, s'est fait engueuler à cause de mon Motobécane qui encombre le garage, a casé la distribution entre 9 heures et 11 h 30, apparaît à 12 h 30 ou 13 heures à la patte-d'oie Sainte-Marie / Saint-Joseph / L'Aiguillon. Sur le cadran d'une montre, Joe ne considère pas les graduations intermédiaires. La mère Baquet dit que c'est parce qu'il est tombé d'ovni et que les ovnis se posent sur Terre à demi-heure fixe. Joe tombe bien, je le bénis, je m'excuse auprès de la Vierge d'avoir douté de son omnipotente bonté, je vais trouver Julie derrière son étal et lui acheter un kilo de tourteaux, nous irons les manger crus sur une plage vide de l'île de Ré, nous nous désirerons comme au premier jour, nous nous laverons à l'eau salée, nous mangerons des étoiles de mer pas en plastique, nous regarderons des films engagés en branchant le magnétoscope sur la foudre celle-là même qui a présidé à notre rencontre, nous pêcherons des poissons nous chasserons du gibier, Joe fait demi-tour pour orienter la mob et son attelage vers Saint-Michel.

– Monte.

Des feuilles de journaux résiduelles couvrent le fond de la carriole.

– J'vais dans l'autre sens.

– J'crois pas.

– On m'attend à L'Aiguillon.

– Cathy Meunier?

– T'es maboul.

– Tony dit que tu l'as emballée.

– Comment il peut savoir?

– On bouffe chez le cinéaste.

– C'est même pas un cinéaste.

– Monte.

Pourquoi il y tient tant.

Je ne me pose pas la question.

J'aurais dû.

Une vie au conditionnel passé, le temps des perdants.

Je me plie dans la carriole comme dans une voiture d'enfant. Nous roulons le dos tourné au soleil et à Julie.

Contrariété.

Je rebondis je m'ajuste je pense bolchevik. Je vais expédier le déjeuner du cinéaste, juste les crudités et je m'éclipserai pour la rejoindre où qu'elle soit, pour lui dire qu'hier soir était un feu d'artifice, que je ne connais pas la gamine qui m'a chatouillé les côtes par-derrière, tu es la seule femme de ma vie, je t'achèterai un stand d'autotamponneuses tu feras des milliers de tours gratos avec nos enfants qui hériteront de tes bouclettes brunes et de mon revers slicé.

À la une d'Ouest-France Sarah Ferguson en robe blanche sourit au prince Andrew nuque raide entre ses galons dorés de la Royal Air Force. Joséphine a donné son nom au virage parce qu'elle s'y est jetée sous un camion militaire par désespoir qu'on lui impose de rompre avec le prince de l'école publique de Saint-Marcel. On le franchit dans le mauvais sens. On fait tout à l'envers. Si on faisait tout à l'endroit y aurait pas d'histoire. J'aurais couché avec une fille le 7 juillet à 14 h 40. Un poème et tout serait dit.

J'aimerais quand même autant qu'on ne passe pas devant le camping d'où Émilie peut m'apercevoir et me jeter des graviers. Je le crie à Joe dont le dos reste impassible mais qui de fait contourne par l'hôtel des Abbés. Il faudra que je pense à me masturber avant de retrouver Julie, sinon la première fois on jouit trop vite c'est connu. Mais si Julie ne sait pas que c'est la première fois je finirai par croire que ce n'est pas la première fois et donc je ne jouirai pas trop vite. Ni trop tôt ni trop rapidement. Une fois dans Psyshow Marc Lavoine a dit qu'il aimait bien quand les deux viennent en même temps. Comment on peut savoir ? Peut-être que tout le monde fait semblant. Si tout le monde fait semblant à vrai dire personne ne ment. Mais je préfère que Julie ne simule pas. Je veux qu'on soit sincère et qu'on se dise tout, même sur des sujets à potentiel conflictuel comme la part de lopins privés à accorder aux travailleurs paysans.

C'est la maison la plus reculée du lotissement poussé cet hiver sur la route de Saint-Jules. Le goudron neuf de la route s'arrête là tout net, attendant que d'autres constructions légitiment son prolongement. Elles seront habitées par des riches des villes qu'on essaie d'aimanter jusqu'à l'enclave du marais vendéen. Au conseil municipal l'opposition socialiste a objecté qu'il y avait d'autres priorités que mettre du fric dans des résidences de luxe. Le maire et directeur de la laiterie Bernard Delhommeau a dit que les taxes foncières des estivants fortunés financeront les travaux de voirie. Tout le monde a tort. Blanc bonnet et bonnet blanc. S'il n'y avait plus de riches la question ne se poserait pas.

Joe laisse la mob au pied d'un poteau télégraphique, le dernier. Ensuite, plus de communication. Une sorte de bout du monde. En me dépliant hors de la carriole mon genou s'écorche au rebord en métal rouillé. Ça saigne. Je vais expédier le déjeuner et réaliser mon programme du jour avant que le tétanos se déclare. La maison a des volets verts et un balcon à l'étage comme toutes les autres. Pas de nom genre Guy Yotine. Bon goût bourgeois. À droite un petit espace entre le mur et le grillage en plastique permet de la contourner et de déboucher sur une pelouse plantée d'arbres jeunes, un portique rouge sans balançoire, une mini-piscine gonflable, une terrasse dallée, un transat à toile vert pomme, des seins nus dans le transat à toile vert pomme.

Elle passe une chemise sans précipitation pour se lever à ma rencontre. Elle me tend une main légèrement grasse

203

d'ambre solaire, embrasse Joe sur le front, remarque mon genou, revient avec du Mercurochrome.

— Faut pas laisser s'infecter.

La quarantaine, par là. Elle ressemble à Pamela Ewing de Dallas, y compris les seins qu'on a pu mieux voir dans la pub Cœur croisé de Playtex. Personne n'a jamais compris que ce soit Sue Ellen plutôt qu'elle l'ex-miss Texas. Sa main gauche se tient à ma cuisse pendant que l'autre applique le coton à la frange de mon bermuda en jean. Elle fredonne l'hymne américain.

Joe attrape une bouteille de Jack Daniel's plantée au milieu de la table de jardin déjà dressée.

— Te gêne pas surtout, salopard.

La voix tonitruante a précédé de peu son propriétaire, un type frisé poivre et sel en chemise hawaïenne deux fois plus gros que Bobby Ewing. L'interpellation a suspendu le geste de Joe. Ils se toisent pendant trois secondes plutôt longues. On croit entendre un harmonica lancinant dans le lointain. On l'entend. Ils éclatent de rire et se servent un verre.

— Il en prend pas le copain ?

Du whisky maintenant non merci.

— Allez reste pas là comme un pingouin, assieds-toi boire un coup.

J'aime bien qu'on dise que je suis le copain de Joe. J'aime bien la vie sauf les maux de foie. J'aime bien ce jardin mais je ne vais pas rester longtemps, juste les crudités et éventuellement une bière pour éponger celles de la veille.

– Tu vas voir au frigo Pam ?

Paméla va voir au frigo et rapporte une 1664 fraîche en même temps que le plat de langoustines. Les langoustines ne sont pas des crudités. Jamais comme c'est écrit. Page blanche. Le cinéaste agite ses doigts au-dessus du plat, cherchant sa victime comme une mouette son poisson du jour. Subitement il pique sur l'une et l'expose au soleil comme un trophée.

– Vous savez que les langoustines comprennent l'italien ?

Depuis ma place à table j'aperçois un portrait grandeur nature d'Orson Welles encadré sous verre au mur de la salle à manger. Je ne l'ai jamais vu dans un film. Seulement dans une émission où il révélait face à l'objectif qu'il avait usurpé l'identité du vrai Orson Welles parce qu'il rêvait d'être obèse. Un rire d'ogre ponctuait cette révélation. Je demande ce qu'il fait exactement dans le cinéma en précisant que je visionne souvent des films enregistrés sur des cassettes TDK 180 minutes donc attention. Pas me raconter d'histoires. Il se ressert un whisky ainsi qu'aux deux autres.

– Plein de choses, pingouin, plein de choses.

Joe regarde le cul de Paméla s'enfoncer à nouveau dans l'ombre de la maison. Je suis son regard.

– T'as déjà vu Christophe Lambert en vrai, pingouin ? En vrai il a les cheveux bruns longs et qui tombent dans le dos. C'est moi qui les ai dressés en blond pour Subway. En plus il est tout petit, on voyait que son front à l'écran, on a dû lui agrandir les jambes pour le surélever, qu'on le voie mieux quand même sinon qu'est-ce que ça veut dire? On a dû tirer comme ça pendant deux heures. Une heure cinquante-trois pour être précis. Le film fait une heure cinquante-trois.

Paméla dépose une soucoupe de mayonnaise à côté de Joe qui la passe sans en prendre au cinéaste qui en avale une cuillerée comme ça sans langoustine.

— Comme il était content de mon job il a demandé que cc soit moi qui règle les lèvres en plastique dans I love you. Il fallait que chaque fois qu'on siffle, la bouche dise I love you. Ça a été des mois de boulot en amont du tournage. Il a fallu qu'on donne aux lèvres un amant anglais et qu'elles s'habituent à siffler quand il disait I love you. Comme ça c'est devenu mécanique. Un réflexe pavlovien. Sans le chien. L'amant anglais s'appelait Archibald. Sur le tournage on le plantait à côté de la caméra pour les gros plans du sifflet. Une doublure amour, quoi.

Il demande à Paméla de siffler, elle le fait, il dit I don't love you puis explose de rire. Elle rigole par contagion puis se rembrunit. Puis rigole. Puis se rembrunit. Une moue. Puis rigole. Les langoustines craquent entre doigts et dents.

— Après c'est moi qui ai fait tomber le char dans Ben Hur. J'ai empoisonné le cheval et j'ai coincé une libellule entre les essieux. Les chars romains sont pas habitués aux libellules, d'habitude ils mangent des loutres. Moi j'ai mis une libellule et vladadam, le nez dans la poussière les chevaux. Je veux dire : le nez vraiment dans la poussière.

Un vrai nez dans la vraie poussière. Pas un faux nez dans de la fausse poussière qu'on aurait fait venir de Pologne. J'te dis pas la gueule de Charlton.

Il éclate d'un rire semblable à celui de Patrick Sébastien quand il imite Depardieu. Joe rigole aussi alors qu'il n'a pas vu Ben Hur puisqu'il n'a vu aucun film contrairement à moi.

— Donc vous faites pas de mise en scène?

— Je fais pas quoi pingouin?

— De la mise en scène.

Il fait une grimace abêtissante genre Jerry Lewis.

— Qu'est-ce que c'est que ça la mise en scène pingouin?

Il engloutit une tête de langoustine et jette le corps par-devers lui. Ça gronde dans son ventre et soudain il tonne, comme tout à l'heure quand Joe a pris la bouteille de whisky mais pour de vrai.

— La mise en scène ça existe pas. Le metteur en scène il arrive quand tout est fini. Il arrive avec sa casquette de gogol il pose sa caméra il filme et c'est tout. Feignasse.

— Ben quand même le cinéma c'est filmé.

Grimace Jerry Lewis + il louche.

— Ah bon pingouin?

— Ben oui si on filme pas c'est pas du cinéma.

Il finit le whisky au goulot.

— Des conneries! Le cinéma c'est bien avant qu'on filme. Là cette bouteille elle a pas besoin d'être filmée pour être du cinéma. Est-ce que j'ai attendu une feignasse de metteur en scène pour me la siffler? Et celle-là est-ce que j'ai besoin d'une caméra pour l'ouvrir? Non pingouin j'ai juste besoin de mes mains.

De fait.

— Tu les vois ces mains au moins pingouin?

— Oui.

— Non tu les vois pas. Si tu les voyais tu verrais quelque chose que tu verras jamais si tu les vois pas. Et tu sais ce que tu vois quand tu les vois? Tu vois dix doigts. Dix! Pas un de moins. C'est pas du cinéma, ça, dix doigts d'un coup? C'est du cinéma oui ou merde?

— Oui.

— Tu vois l'étiquette là pingouin? Y a marqué quoi là sur l'étiquette?

— Pineau de Vendée.

— Et paf. Dans le panneau. Dans le panneau de l'authentique. T'aimes l'authentique pingouin pas vrai?

Il n'attend pas de réponse, ça m'arrange.

— L'authentique c'est du toc pingouin, enfonce-toi bien ça dans ta petite tête. Dans ta petite tête authentique en toc.

Il fait tictictic en prenant une voix aiguë, toctoctoc en prenant une voix grave. Après quoi pleine cuillerée de mayonnaise, en léchant bien à la fin pour exposer une pièce d'inox immaculée.

— Jamais le vrai sans le faux pingouin, tu ferais mieux de bien t'en souvenir. Le faux sans le vrai c'est du vent. Le vrai sans le faux c'est le fascisme.

— Non, le fascisme c'est

Il élève la voix.

– Il faut absolument, je dis bien absolument, je dis bien dans l'absolu, dans l'ab-so-lu, dans l'abssssssolu, je dis absolument qu'il faut absolument que cette bouteille de pineau qui en est une ne soit pas une bouteille de pineau tu piges pingouin?

Je ne réponds rien. Il s'assombrit. Le soufflé de son corps d'ogre retombe.

– Tu me désoles pingouin. T'es désolant. Je suis désolé.

Silence, vol de mouche. Il a une moue de dégoût. Il est contrarié. Il est déçu. Il s'adresse à Pam.

– Y a marqué pineau de Vendée alors le pingouin il lit pineau de Vendée, c'est pas triste ça Pam? C'est pas d'une tristesse infinie? Tu vas voir que dans deux minutes il va nous expliquer que c'est du pineau de Vendée. Il va monter sur la table avec son bermuda de plouc autrichien et il va crier que c'est du pineau de Vendée. C'est ça que tu comptes faire oui ou non pingouin?

Il avale une rasade de pineau de Vendée qui n'est pas du pineau de Vendée.

– Pour ta gouverne pingouin tu sauras que c'est justement parce que c'est écrit que c'en est pas. Si c'en était, y aurait pas besoin de l'écrire, hein, on saurait tout de suite, suffirait de boire, à partir du moment où c'est écrit pingouin je peux te le dire c'est louche, ah oui ça crois-moi, c'est comme la fourchette qui écrit son nom fourchette sur tous les murs, là tu peux te dire à coup sûr que c'est pas du tout une fourchette, tu peux te dire, ça oui tu peux te le dire t'auras l'air moins niais, tu peux te dire que si C'ÉTAIT une fourchette elle passerait pas le temps à l'écrire, ah ça oui crois-moi pingouin je parle d'expérience, quand une fourchette fait ça c'est qu'elle cache quelque chose, et ce qu'elle cache c'est qu'elle N'EST PAS une fourchette, quand des gens disent c'est une fourchette, alors y a plus qu'à se demander ce que c'est que ce truc qui à coup sûr n'est pas une fourchette puisque les gens disent que c'en est une, et alors c'est simple pour savoir il faut la prendre de bas en haut, exactement comme je le fais là présentement pour tes beaux yeux aveugles de pingouin, pingouin, et poser comme ça la main à plat sur la table, et enfoncer la fourchette dans la main d'un coup sec.

Il le fait. Paméla réprime une grimace en allumant une Peter Stuyvesant. Joe se penche pour saisir la fourchette plantée. Paméla fait quelques pas jusqu'à la piscine gonflable. Elle en ramène un crabe que le cinéaste prend dans sa paume comme un crâne. Libérée de la fourchette la main ne saigne pas. Il n'y a pas de stigmates.

— Et qu'est-ce que ça fait une fourchette enfoncée dans le dos de la main pingouin? Qu'est-ce ça peut faire, je te prie de me le dire, une fourchette enfoncée dans le dos de la main rien que pour tes beaux yeux aveugles de pingouin, pingouin? Ça fait tout, tout, absolument tout ce que tu peux imaginer pingouin, un bœuf une courgette un candélabre tout ce que tu VEUX SAUF une fourchette enfoncée dans le dos de la main. Parce que si c'en ÉTAIT une, je dis bien si c'en ÉTAIT une, si c'en était

210

une je saignerais pingouin, c'est des choses qu'il est temps que tu saches ça non ? Je saignerais parce qu'une vraie fourchette ça a des dents pingouin ça aussi il faut que tu le saches. Et comme en ce moment je ne saigne pas ça prouve bien que cette fourchette n'a pas de vraies dents, que les dents de cette vraie fourchette sont aussi vraies que les dents de ta grand-mère pingouin et si elle est morte paix à son âme, je veux dire si elle est VRAIMENT morte est-ce que tu es sûr qu'elle est VRAIMENT morte pingouin qui te l'a dit ? En vérité je te le dis les dents de cette fourchette sont aussi fausses que les ongles de ta grand-mère, parce que des vrais ongles, j'ai bien dit des vrais ongles pingouin, pas des ongles en poussière de Pologne hein ?, la gueule de Charlton fallait voir ça, des vrais ongles appartenant chacun à un des dix doigts de la main, j'ai bien dit les dix, je n'ai pas dit deux je n'ai pas dit quatre je n'ai pas dit sept je n'ai pas dit neuf, j'ai dit dix, des vrais ongles appartenant chacun à un des dix doigts de la main j'ai bien dit à dix ça ressemble à tout, à tout, tout, tout tout tout SAUF à CES ongles-là, les ongles c'est une autre affaire pingouin, une autre paire de manches, les ongles c'est un dossier bien plus immense que tes pauvres histoires de mise en scène pingouin tu peux me croire.

En se levant il chancelle et renverse sa chaise de jardin en plastique beige. Il va piquer un somme, ce sont ses mots, piquer un somme. La raie de ses grosses fesses dépasse de moitié de son short nylon aux couleurs des Lakers de Los Angeles. Paméla lui dit qu'elle le rejoint tout de suite, il marmonne mise en scène tu parles, elle se force à rire pour euphémiser l'ivresse de son mari alors qu'elle en tient une belle aussi.

— Qui c'est qui va dépecer le crabe ? C'est pas moi.

Voix de Titi pour la question, voix de Grosminet pour la réponse. Elle remet la chaise sur pieds, puis la renverse pour la punir, puis l'engueule parce qu'elle veut pas tenir debout la vilaine. Joe dit qu'on s'en fout du crabe, on n'a qu'à passer à la suite. La suite c'est qu'elle enlève sa chemise et se rejette en arrière pour offrir son torse au soleil. À trente ans ça commence à tomber. Elle ça fait dix ans qu'elle en a trente et ça tombe pas, comme dans une pub Playtex, une pub sans caméra, une pub pas filmée.

Dans les yeux du crabe flotte le souvenir récent de sa mort ébouillantée. Sans se détourner du soleil Paméla demande si les crabes ont une bite. Suit un silence que Joe altère en démembrant une pince. Je suis gêné je me sers un non-pineau de Vendée. Je bois cul sec, la gêne persiste, je dis que oui j'imagine sinon les petits crabes naîtraient jamais, du coup y aurait pas de gros crabes.

— Avec une bite.

— Voilà.

— Et toi t'en as une ?

— Je vais pas tarder je crois.

— Elle est grande comment ta petite bite de pingouin ?

Elle figure une taille entre deux mains.

– Elle est grande comme ça ?

Joe a reposé le crabe qui ne profitera pas de l'ivresse générale pour fuir. Elle agrandit l'espace entre ses mains.

– Comme ça plutôt ?

– Sinon je me disais que j'allais pas tarder.

Elle se lève d'un coup, passe la baie vitrée ouverte, ouvre un tiroir du buffet lourdement calé sous Orson Welles. Elle revient avec un couteau à pain à long manche taillé dans le même bois que le buffet, du chêne je dirais.

– Comme ça ?

Ou du merisier. Aucun intérêt. Je pense n'importe quoi. Joe roule une clope. Pam s'éclipse pour la onzième fois dans l'ombre. C'est une comédienne sans caméra qui disparaît dans les coulisses pour rapporter un accessoire. Joe relève vers moi des yeux que je ne déchiffre pas. Il m'échappe.

Elle revient avec un fusil de chasse. Une sorte de gun. Elle le tient entre ses mains, comme tout à l'heure l'espace vide, ça lui écartèle les bras. Elle pose la même question. Je ne peux pas répondre que oui et si je réponds non elle va revenir avec une kalachnikov.

– Je vais pas tarder, je me disais.

Elle braque le fusil sur le crabe. Elle pourrait tirer. Tirer lui est possible. Le crabe ne tremble pas. Elle entonne l'hymne américain, comme un rituel de cavalerie avant l'exécution. Je me ressers un pineau de non-Vendée mais a priori je vais pas tarder. Joe se lève pour enserrer le canon. Elle se démène comme une CM 1 à qui on pique son paquet de Pépito, puis s'en laisse déposséder dans un soupir outré de chipie. Joe disparaît pour aller le remettre à sa place. Elle renverse mon verre en s'asseyant sur mes genoux. Elle me mordille l'oreille. C'est malheureux mais je bande. À trois centimètres de mon nez son sein gauche sent le sel. Joe s'est figé en lisière de la terrasse et mime à mon attention quelqu'un qui lèche. C'est pour m'y inciter.

Du non-pineau coule sur ma plaie au genou.

Le sang et le vin se confondent.

Sur la page blanche de l'instant j'écris que je ne lécherai pas. Parce que je suis vertueux, parce que j'ai une dignité, parce que je sais pas faire, parce que je vais pas pouvoir suivre, parce que je sens que ça viendrait trop vite, trop rapidement, trop tôt, trop naze. Parce que je dois rejoindre une fille et lui dire que ma maîtresse mon épouse ma partenaire ce sera toi Julie et personne d'autre.

15

Cela dit le mariage est une institution inventée par les dominants pour additionner leurs richesses. Avec Julie on se mariera juste dans nos têtes, que la société aille pas s'imaginer qu'elle nous a récupérés de la même façon qu'elle a récupéré les Clash quand ils ont signé chez CBS. On passera dans la clandestinité, comme les membres d'Action directe et ils peuvent toujours courir pour les coffrer. La mère Baquet dit que les gens se marient parce qu'ils n'osent pas s'assassiner. C'est exagéré. Est-ce qu'elle voudrait assassiner le père Baquet? Bon depuis cinq ans c'est devenu compliqué, Fernand étant mort le 10 mai 81, ça s'invente pas. À l'enterrement le village ricanait sous cape parce que le dernier soir Fernand était sorti de chez Loulou Bory où ils s'étaient remplis à ras bord d'eau-de-vie, qu'il avait eu envie d'un dernier coup pour la route, avait plongé la tête dans l'auge à cochons et s'était noyé en s'endormant. Si Loulou n'avait pas vendu ses porcs aux frères Gaudin en 78, ils auraient bouffé la tête du père Baquet, on aurait seulement retrouvé ses oreilles parce que pour un cochon tout est bon dans l'homme sauf les oreilles a pouffé Robert Martineau en entrant dans l'église. Le père Jean a fait taire les ricaneurs pour dire son homélie. Il n'est de faute que le Seigneur ne pardonne. Tout ce qui se boit est Son Sang. Les paroissiens sont redevenus graves sauf Tipaul qui souriait en pleurant. Un sourire de bienvenue à Fernand dans l'éternité, des larmes d'adieu aux barres de chocolat Topset qu'il lui donnait chaque fois qu'il le croisait. Au cimetière la mère Baquet a dit qu'il ne fallait jamais croire les rumeurs et demandé à celui qui n'a jamais touché à l'alcool de jeter la première pierre sur la tombe de son époux. Au bout de deux minutes proba-toires elle est repartie à la quincaillerie, où on trouve tous les objets que Dieu a faits, c'est elle qui le dit. Un presse-purée uniquement pour les carottes, de l'essence de tondeuse, un livre de contes traditionnels soudanais. Le magasin est une pièce de sa maison. Elle ne le quitte que le 15 juillet pour le goûter d'anniversaire de sa fille Annick qui raccommode les filets de pêche à L'Aiguillon. À 15 h 30 elle ferme boutique, branche l'alarme anti-inondation, démarre la R 6 et la sort du garage en klaxon-nant une voiture éventuelle, passe par le gymnase pour éviter les stops, une fois qu'elle est lancée elle aime autant pas s'arrêter. Pourtant en me voyant sur le bord de la route elle se range. Je serre le poing comme Becker après un point gagnant, je vais retrouver Julie à temps, les dieux du sport sont avec nous, la mère Baquet est avec nous et se tord sur la droite pour baisser la vitre passager.

— Tu vas où ?

— La Faute.

— Tu veux te noyer ?

— Pas spécialement.

— Tu feras ton malin quand les digues sauteront ?

— Pourquoi elles sauteraient ?

— Parce que les humains le méritent.

C'est la mère Baquet qui le dit et qui redémarre aussitôt. Je regarde la R 6 toussoter vers l'ouest, mains sur les hanches et langue tirée comme McEnroe après une balle faute non signalée. Puis implorant le soleil envisagé comme juge-arbitre perché sur sa chaise et insensible à ma colère devant la cascade d'injustices que je subis alors que j'ai rien demandé. J'ai pas demandé à aller chez le cinéaste, j'ai pas demandé de langoustines ni de crabes, j'ai pas demandé à éjecter Paméla pour me lever, j'ai pas demandé que Joe tire la gueule, j'ai pas demandé que la mère Baquet s'arrête, et encore moins qu'à sa R 6 succède un véhicule de type voiture de marque Peugeot de modèle 504 de couleur bordeaux de ma connaissance.

À la rigueur j'aurais préféré qu'Émilie occupe le siège passager, tant qu'à faire. Ça nous aurait fait des retrouvailles mouchetées, elle aurait étranglé ses cris en présence de sa mère qui ne ressemble pas à sa fille sauf la gentillesse maladive.

— T'as frôlé l'insolation dis donc. T'as pas de bob ?

— J'évite.

En Vendée la gentillesse se transmet de mère en fille, sans sauter de génération comme l'asthme. À Ivry-sur-Seine aussi. Alors que moi si j'avais des migraines ophtalmiques je ne me gênerais plus du tout pour emmerder le monde. Le soleil m'entendrait me plaindre tous les jours.

— Émilie m'a dit que vous vous êtes ratés hier au bal.

— Elle y était ?

— Son père l'a déposée.

— Je savais pas.

Si Émilie et moi produisons le même mensonge ça devient une vérité.

— Il l'a ramenée, aussi.

— Sympa.

Joséphine s'est jetée sous un camion militaire dans le virage qui porte son prénom parce que son frère Bernard menaçait le prince de l'école publique de Saint-Marcel de venir le dérouiller au fusil de chasse s'il continuait à fréquenter sa sœur qu'il voulait pour lui tout seul dans la paille de la grange.

— Je vais la chercher justement.

— À L'Aiguillon ?

— Non, à Madrid.

— À Madrid ?

On comprend une blague si on est concentré. Là je ne suis pas du tout concentré je réfléchis. Je réfléchis à comment me sortir de ce guêpier. Coincé dans une voiture qui mène à Émilie. Mme Durand n'a pas remarqué ma gêne, absorbée par la sienne d'avoir sorti une repartie un poil cassante. Pas son genre. Oups ça lui a échappé. Le sentiment natal et définitif de ne pas être programmée pour faire l'intéressante. J'aime bien mais là je réfléchis.

— Remarque c'est beau Madrid.

— C'est la capitale.

Réponse mécanique, mon cerveau est tourné vers l'intérieur. Émilie s'est fait déposer à L'Aiguillon dès ce midi pendant que moi j'essayais de ne pas trop regarder les fesses de Paméla quand elle se levait chercher les langoustines le crabe le couteau le fusil de chasse. Du coup Émilie ne m'a pas trouvé. C'est logique. Il y a une logique en tout. Il y a un destin.

— Je suis censée la ramener mais t'en fais pas je vous laisserai causer deux minutes.

— Non ça va.

— Enfin... causer ou autre chose!

Elle rougit de son audace, comme sa fille parfois et comme la mémère à Joe quand elle dit un gros mot. La douceur de toutes ces femmes j'ai pas l'air comme ça mais j'ai remarqué.

— Je veux dire : faire des pâtés de sable, tout ça.

— Je peux pas aller jusqu'à la plage.

Pour appuyer ce décret je me gratte fort la plaie du genou. Pas trouvé mieux comme stratagème. Je gratte fort, je suis tellement convaincu que ça va me sauver que je ne ressens aucune douleur, plutôt l'inverse de la douleur qui ne porte aucun nom.

— Comment ça?

— Faut que je m'arrête à une pharmacie.

En guise de complément d'informations je montre une main maculée de sang sur laquelle son regard rebondit vers mon genou gauche. Un oh! de compassion effrayée sort de sa bouche, qu'elle réprime par réflexe maternel de rassurer l'enfant.

— Mais je vais t'y déposer moi à la pharmacie. Mon pauvre.

Au pays des humains il y a des méchants et des gentils et parfois les seconds sont beaucoup plus embarrassants que les premiers.

— Non non c'est pas la peine, je les connais.

— Ben oui mais qui c'est qui va te ramener?

— Les pharmaciens. C'est des amis.

— Mais comment tu t'es fait ça?

— Je suis tombé.

— Sur le bord de la route?

— Un camion est passé à toute vitesse et tellement ça a fait d'air que j'ai valdingué.

— Mais fallait me le dire, je t'aurais ramené dans Saint-Mich plutôt. Tu veux qu'on te prenne après avec Émilie?

Si les gentils disparaissaient de la planète la vie s'en trouverait beaucoup plus dégueulasse et beaucoup moins pesante dans certaines situations bien précises liées à l'été 86.

— Non, faut que je passe pêcher.

— Pêcher?

— Des crevettes.

Je me fais saigner encore, pour donner absurdement un minimum de crédit à une pêche aux crevettes prévue là maintenant à 17 heures. Elle me dépose sous la croix verte clignotante au bout de la rue commerçante de La Faute. À travers la vitrine elle fait un signe d'intelligence au barbu en blouse qui fait oui sans comprendre. J'attends qu'elle parte pour ressortir de la boutique. Le pharmacien se demande ce que je fabrique. Pas autant que moi. Quand même je lui ai soutiré un pansement que dans la course je ne prends pas le temps de m'appliquer. Deux pieds et deux jambes pour moi, les minutes et les secondes contre moi. Une course contre la montre, exactement. Fendant une foule de Hollandais et d'Allemands, comme un vélo champion au sommet d'un col.

C'est comme ça que ça a commencé la blessure.

La blessure et courir dessus.

Une recherche méthodique voudrait que je commence par la plage. Où je risque de tomber sur Émilie. La recherche méthodique se limitera donc au camping des Crevettes. Une sorte de va-tout. Je passe en courant devant la maison de pêcheur Alex Térieur. Ça fait à l'extérieur. Ça marche aussi avec Alain et de fait c'est depuis l'intérieur de la maison que quelqu'un s'exclame en ma direction. L'exclameur s'appelle Meunier, Cédric Meunier. Peu pourvu en dents blanches, il porte un débardeur Iron Maiden et une Kro issue de l'apéritif en cours chez Alex. Pour une raison insondable je suis content de le voir. Lui pas du tout apparemment, mâchoire tendue et bras croisés réprobatifs. Pourquoi je me suis arrêté est une des questions qui se posent à cet instant. J'en pose une autre, la première qui me vient.

— T'es pas avec Céline ?

— Connais pas.

En sept mots il m'explique qu'il l'a plaquée après l'avoir aperçue avec un Gitan à la plage des nudistes. Des mots comme plaquée, Gitan, ou nudiste.

— Celui des autotamponneuses ?

— Celui des montagnes russes.

— Alors qu'il est même pas russe, si ça se trouve.

— Bah… Tant qu'il sort pas avec ma sœur…

— Manquerait plus que ça.

En prononçant ces mots je comprends où il veut en venir. Stéphanie Lemercier surgie de derrière retire son chewing-gum pour me faire la bise, le restitue à sa bouche, glisse une main dans la poche arrière du short nylon de Cédric qui donc ne fait pas toujours preuve d'un minimum de loyauté vis-à-vis de Thierry, c'est ce que je déduis.

— Elle est bonne ma sœur ?

— J'sais pas moi.

— Sa langue est pas trop jeune ?

Un temps.

De réflexion.

— C'est compliqué comme question.

La bulle de Malabar abricot de Stéphanie éclate pour donner le signal à Cédric de me prendre par le col.

– La prochaine fois tu demandes.

Le col façon de parler. Il le lâche.

– Si on veut rouler des pelles à ma sœur on me demande d'abord.

Dans un clip d'Iron Maiden ils font exploser une chèvre au milieu d'un stade de foot américain. Je veux pas exploser comme une chèvre. Je me remets en route.

Dans le mouvement je me déleste du pansement, comme les coureurs de leur bidon vide avant d'aborder le sprint.

Donc Stéphanie n'a craint ni de sortir avec Cédric le meilleur pote de son copain, ni les chicots de Cédric. On est courageux en Loire-Atlantique. On n'a pas peur d'aller au-devant du danger, voire des emmerdes.

Et en réquisitionnant l'ensemble des pieds et des jambes disponibles, s'il vous plaît.

La course à la fois réveille et anesthésie le piquant de la plaie. Content pas content. Content de courir à Julie, pas content du reste. Content du plein soleil c'est la moindre des choses, mais le soleil en 86 c'est pas la question, ni la grâce de la santé, les jambes infatigables de quinze ans, toutes choses dont je regretterai la perte dans vingt ans je vois ça d'ici. Au bout de trois cents mètres les pins ombragent non plus des maisons Jacques Ompli ou Gérard Manvussa, mais des tentes, des caravanes, quelques camping-cars d'avant-garde. La barrière type passage à niveau se lève devant moi, c'est bon signe, la chance tourne, guidé par le septième sens de l'amant ou le sixième je vais retrouver l'emplacement de Julie.

En moins d'une minute, je m'y engage. Je vais contourner les sanitaires, remonter l'allée centrale, passer outre l'aire de pétanque.

Sentir que je brûle.

L'apercevoir assise sur un pliant bleu à l'écart de quatre adultes attablés autour d'une bouteille de pastis 51.

Ressentir instantanément une émotion de type amoureux. Autant que je puisse en juger.

Le pied droit repose sur une glacière en plastique. Elle en badigeonne les ongles de vernis rouge, comme dans un film de cinéma pas filmé. Ce sont des vrais ongles. La petite sœur roupille dans un mini-hamac. Julie prend acte de mon arrivée d'un regard suffisamment muet et bref pour me faire comprendre que c'est pas gagné mon gars. Que si ça se trouve elle va pas du tout desserrer les lèvres, elle sait pas encore, elle a pas rendu son verdict, elle attend de voir. Une fois que j'ai compris le message elle consent à me présenter à ses parents et au couple de la caravane voisine convié à l'apéro. Je m'applique à faire une bonne impression, je suis le futur gendre de la moitié des personnes présentes, même s'ils sauront jamais pour le mariage dans notre tête. Après bonjour j'ajoute madame ou monsieur, ça fait bonjour madame et bonjour monsieur, ça vous pose un gendre. La mère s'enquiert de mon genou que j'ai laissé sanguinoler pour épater Julie, et qu'elle sache ce qu'il m'en a coûté de venir jusqu'à elle, peut-être une embuscade de rougeauds de Saint-Marcel. Du auvent la mère rapporte une trousse à pharmacie. J'insiste pour me soigner tout seul. La volonté de sembler insensible à la brûlure devant Julie me rend insensible à la brûlure. Son silence s'est attendri, du reste elle le rompt à nouveau pour demander qu'on m'offre à boire. J'accepte une petite dose de jaune, pas plus, raisonnable le gendre, le démon du verbe agressif ne reprendra pas possession de moi.

Technique Gaga le voisin ressert tout le monde pour se resservir et lance une conversation pour que ça se voie moins. Là c'est le mariage princier, qu'illustre la photo de la page d'Ouest-France étalée en nappe sur la table de camping pour supporter un monticule de cerises où chacun picore. Il demande combien ça leur a coûté encore cette connerie aux Angliches ? Le père a moins une bonne tête que sa femme et répond qu'au bout du compte ils y gagnent, avec ce que ça fait venir de touristes. Le voisin objecte que oui mais il va où l'argent ? Au moins chez nous c'est un minimum redistribué mais là-bas ? Le père a la moustache de Victor Lanoux et remarque que oui ça on peut dire que chez nous y a des tire-au-flanc qui profitent bien de nos impôts. Je m'occupe la bouche en buvant par petites gorgées. Le père a un tee-shirt C'est bon pour le moral et ajoute qu'au moins les commerçants anglais ils sont pas étouffés par les charges, faut voir ça aussi. Le pastis fini je m'occupe la bouche avec une cerise puis le noyau. Le père coupe la parole à la mère et conclut qu'il faudrait exiger que les chômeurs cherchent du travail, tu verrais qu'y en aurait moins d'un seul coup. J'ai avalé le noyau, plus rien n'occupe ma bouche, le démon va me reprendre je le sens, je dis que bientôt y en aura beaucoup plus avec la suppression de l'autorisation de licenciement. Le père a créé trois emplois dans son magasin de photocopies et dit qu'on licencie jamais pour le plaisir, on licencie quand il faut, et quand il faut on aime autant pas avoir à rendre des comptes. Je dis qu'il y a des licenciements abusifs, comme dans la sidérurgie lorraine. Je ne devrais pas le dire. Je devrais me taire. L'ambiance a pris la température du bac à glaçons. La mère rassemble et fait glisser dans le creux de sa main les noyaux épars, le voisin ressert tout le monde pour se resservir, sa femme est muette de naissance faut croire, le père dit qu'il a pas fait deux cent quatre-vingts bornes pour recevoir une leçon de morale, que les socialos ont pas le monopole du cœur et que l'autorisation de licenciement c'est un gouvernement de cohabitation qui l'a lancée, Mitterrand il a signé non ? Je commence à dire que cohabitation tu parles et Julie m'interrompt, sciemment je pense, sagement je crois, pour dire qu'elle va faire un tour aux Berniques. Personne ne réagit, le voisin se ressert sans prétexte. Elle a posé le pot de vernis et s'éloigne, faussement sourde à son père qui la prévient qu'on mange dans un quart d'heure. Elle ne m'a pas pris par le bras, ni par l'épaule. Elle ne peut pas me laisser là. Cette cruauté n'est pas sa manière. C'est autre chose. C'est une leçon. On dirait qu'elle marche et en fait elle me parle. Chaque mètre supplémentaire sans se retourner me punit pour hier soir.

Elle me punit douze fois puis se retourne.

Je vais peut-être obtenir un pardon et un baiser. Peut-être un pardon et pas de baiser. Peut-être un baiser et pas de pardon, des fois qu'elle me trouverait à la fois embrassable et minable. Ça arrive. Klaus Barbie a une épouse. J'ai préparé les tournures pour battre ma coulpe, je les ai dans ma tête, prêtes à l'usage.

— Tu sais si t'avais été là je lui aurais même pas parlé à Cathy.

— À qui?

— Cathy, la fille du plan d'eau.

— Quel plan d'eau?

— De L'Aiguillon.

— Le petit de l'anguille?

— Oui, il donnait un bal hier soir.

— Pour?

— Pour le 14 juillet.

— Juillet, le mois?

— Non, l'animal.

— Le mâle de la juillette.

— Voilà.

— C'est réglé.

Voilà c'est réglé.

Les Berniques c'est la plage privée du camping des Crevettes. On suit un sentier de sable bordé de palissades de roseaux jusqu'à un mini-rempart de trois dunes. On les gravit en évitant les chardons et au sommet soudain la mer moutonne. Tout est oublié. Le sinistre feu d'artifice d'hier soir balayé par la brise de 18 h 15 incontestablement réelle qui joue dans ses boucles brunes. Il n'y aura pas de moment plus doux.

Il n'y aura pas de moment plus doux et pourtant je suis gêné je parle.

— Tu vois le mec là-bas en combi de planche à voile? Eh ben c'est un Irlandais de Vincennes qui s'apprête à plastiquer un surf.

Elle sourit sans comprendre. Elle sourit a priori. On dévale la dune direction l'Atlantique. La plage s'est vidée exprès pour nous deux. Un figurant suisse ramasse des coquillages.

— Tu sais que tu m'as collé une manie, andouille.

Elle va me dire laquelle. On s'arrête à dix mètres de l'eau. On reste debout ce sera plus pratique. Je suis moins gêné je me tais.

— J'arrête pas d'essayer de faire des alexandrins.

— Exemple?

— Je t'ai attendu pendant toute la journée.

— Oui mais là si tu comptes l'e muet devant consonne ça fait treize syllabes. Je t'ai attendue pendant TOUTE la journée.

— C'est faux.

— Quoi?

— C'est faux.

— L'e muet ou que je t'ai attendue?

On se parle mais on n'entend plus ce qu'on dit. C'est des mots réflexes. Les yeux ont complètement pris le dessus, et la trouille. On est figés face à face. La mer nous voit de profil.

– C'est faux.

– Je sais pas.

– Plus que moi.

– Autant qu'avant.

– Oui mais bon.

– Alors quoi.

– Non non.

Les yeux ont complètement pris le dessus sur les oreilles, on ne s'entend plus dire des syllabes, même la mer rugissante on l'entend plus, le lion est passé dans les yeux, c'est un lion caressant comme un chat, des choses sublimes coulent dans nos veines et elles nous font les yeux doux. J'incline la tête à droite, elle à gauche, on s'embrasse avec aussitôt la langue. Chacun dans le sens des aiguilles d'une montre, sans concertation. Une sorte d'harmonie. C'est mieux que le baiser de Cathy, avec les sentiments les langues ont plus de goût, elles ont goût de pastis et de cerise et d'amour. Au bout d'une minute ou une heure on se décolle les bouches mais pas l'étreinte. Le bruit de la mer est revenu. Elle me regarde qui la regarde. On ne peut pas voir les deux yeux à la fois, on passe de l'un à l'autre c'est tout ce qu'on peut faire. Pour tout dire on est béats. C'est presque trop, presque un poids, toute la vie ce sera comme ça, toute la vie l'inaptitude à la plénitude.

– Coupez elle est bonne.

Je suis un beau blaireau et ça ne changera plus, mais comme New York nous regarde avec des jumelles, elle ne montre pas qu'elle m'en veut d'ajouter un degré au premier degré de la joie d'être exactement là où on a rêvé d'être depuis trois mille ans. Elle fait bonne figure. Grâce à elle on est à peu près heureux. Elle tient la baraque. Elle fait même semblant pendant trois secondes de ne pas entendre son père moustachu l'appeler depuis le sommet de la dune. Son père qui vient la chercher parce qu'il flippe que j'entraîne sa fille dans la lutte armée clandestine.

Il peut flipper.

Le grand départ est imminent.

On expropriera les banques pour rendre au peuple son dû et acheter à Julie des robes rouges d'actrice pas filmée qui iront bien avec son vernis.

Elle a obtenu une minute de rab du père thatchérien que la dune a englouti. Je lui dis que je serai là demain dès l'aube pour profiter de sa dernière journée, que je ferai le marché avec elle, à nous deux on vendra toute la faune de l'océan. Elle dit qu'ils passent la journée à La Rochelle, qu'ils ne reviendront que le soir.

Je me marre.

C'est une telle catastrophe nucléaire que je me marre.

Un nuage atomique gonfle sur la ligne d'horizon.

Hiroshima, quoi.

Quelle idée d'aller à La Rochelle franchement. La Rochelle au bout de trois restaurants spécialité langouste aux champignons on a fait le tour. Elle dit que c'est pour faire du shopping. Je dis qu'il faut pas croire les gens qui vantent la multitude de boutiques sous les arcades de La Rochelle. Des boutiques y en a quatre. En plus c'est plein de Rochelais. Ville pourrie, je l'affirme. Ville la plus pourrie d'Europe, à égalité avec Málaga.

– Vous partez à quelle heure le lendemain ?

– À l'aube. Mon père veut éviter les bouchons.

– À l'aube ça veut dire 9 heures ?

– Tu connais pas mon père, l'aube ça veut dire l'aube.

Nagasaki.

J'imite le désespoir pour ne pas désespérer. Je m'agenouille et je demande aux vagues de m'emporter vers le large. Elle pige la comédie et la salue d'un sourire, on est sur la même longueur d'onde, on joue la même musique. Elle demande comment on va faire ? Je propose de la retrouver sur le port de La Rochelle, ville pourrie je le maintiens, et de voler un pétrolier pour traverser l'Atlantique. À Long Island on vendra tout le pétrole de la soute pour construire le premier kolkhoze de New York. Elle contre-propose que je la rejoigne dans sa tente après 11 heures. Je comprends 11 heures du matin, elle se fout de moi, du coup je réalise la teneur nocturne de l'invitation. Elle vient de dire, d'un trait comme ça sans respirer comme pour excuser l'audace, exactement ce que j'attendais. Ce que je n'osais attendre. Demain soir dans sa tente, direct. Un baiser furtif et elle remonte la dune en courant pour donner contenance à son embarras. Je ne mate pas tant que ça son cul. Voire je me détourne. La mer rugit à nouveau mais ça reste un bruit de fond, régulier, puissamment bienveillant, la totalité du vivant est une bénédiction. C'est comme ça et pas autrement qu'à ce moment précis, planté seul au milieu de la plage des Berniques de La Faute-sur-Mer, je le formule : la totalité du vivant, mort comprise, est une bénédiction.

16

Pour une fois je ne rêve pas que j'arrive au collège pieds nus, mais que la mer s'est ouverte pour nous permettre de marcher jusqu'à Cuba. Julie devient sage-femme dans les bas quartiers de La Havane et moi j'écris des poèmes pour soutenir la campagne d'alphabétisation. Une école construite trois prisons fermées, alexandrin. On est Yves Montand et Simone Signoret avant qu'il la plaque. On se nourrit essentiellement de crabes et parfois dans l'assiette le visage de Victor Lanoux avertit qu'il ne faut pas traîner à table car il est bientôt 11 heures. Je demande : du matin ? Mon frère répond doucement que quelqu'un veut me voir. D'une bouche lourde je lui demande d'inviter ce quelqu'un à repasser plus tard, il faut que je dorme encore, que je prenne des forces car dès ce moment je sais que le 16 juillet va durer deux jours. Il dit que c'est quelqu'une, je me lève instantanément, Julie est venue me prendre pour partir à Cuba.

C'est dans le jardin que ça se passe. J'y fais mon apparition. Comme elles ne se connaissent pas, ma mère dit doucement cette demoiselle est venue te voir, et non pas Émilie est venue te voir.

Je finis d'enfiler mon tee-shirt Camif et je fais signe à la demoiselle d'emboîter mon pas vers la route où passe en cahotant une remorque de paille que sur le moment je ne remarque pas. Je ne pense pas non plus à ma gueule hirsute. Je suis concentré sur la discussion qui nous attend sur ce macadam bosselé et troué. Je vais dire à Émilie que faut pas venir chez moi comme ça t'es folle. Émilie va me dire que je l'ai trahie et trompée et salie. Moi qu'elle s'est pas gênée non plus avec l'autre pouilleux de vendeur de moules. Elle qu'il a pas de poux. T'as dû t'approcher bien près de lui pour être sûre qu'il a pas de poux ! Et toi tu t'es pas approché très près de Cathy Meunier peut-être ? Cathy Meunier c'est pas le problème, si tu savais à quel point c'est pas le problème ma pauvre. Je suis pas ta pauvre et c'est quoi le problème alors ?

Or on. va rien se dire de tout ça. On va se taire et examiner avec attention nos pieds, moi nus, elle tennis rouges, incapables de regarder en face le fait désormais avéré que l'amour peut foirer même quand il existe. On va se prendre dans les bras et se serrer fort comme on serre les dents pour pas pleurer. On va se rendre compte qu'on ne s'aime plus mais qu'on aurait préféré, préféré s'en tenir l'un à l'autre pour toujours et traverser la vie avec en bandoulière ce seul amour dont les suivants porteront le deuil, réveillant chaque fois la mélancolie du renoncement à celui-ci le premier.

– J't'oublierai jamais.

— Moi non plus j't'oublierai jamais.

— Pourquoi on a raté?

— C'est toi, aussi, pourquoi tu veux pas coucher?

— Et toi pourquoi tu veux coucher?

— …

— Pourquoi tous les mecs vous voulez coucher?

— Parce que c'est comme ça qu'on fait.

— On pouvait attendre.

— Attendre quoi?

— D'être sûrs que c'est un amour authentique.

— Mais authentique on n'est jamais sûr.

— Moi j'étais presque sûre!

Le surcroît de volume de cette dernière phrase est l'intro musicale des larmes qui suivent, franches, et doublement irrésistibles. Elle n'y résiste pas, je n'y résiste pas. Pour la première fois la vie est grave. Je suis plombé, je me sens lourd. Elle se mouche, ça aussi c'est irrésistible. Plus que les larmes, les procédés simples pour les endiguer. Plus que la peine la pudeur qui la voile.

Elle déplie une lettre écrite cette nuit pour en citer juste une phrase. Ça parle de la princesse qu'on meurt de ne plus être, ça parle d'un royaume perdu, ça nous achève. Une tristesse agréable tant elle est limpide nous submerge. On n'entend pas le klaxon de la 4 L beige et sa conductrice édentée nous signifier vertement qu'on finira écrasés. Mais on finira pas écrasés, on a des ressources et la vie devant nous exilés du royaume. On finira éplorés à se partager un kleenex en cheminant côte à côte vers le bourg où j'ai à faire.

Comme le passage de la 4L l'indique, il est 2.35. Je dors de plus en plus tard et de plus en plus mal. Il va arriver quelque chose. Émilie s'arrête à l'épicerie Gobillaud acheter une Chupa Chups au coca qu'elle lèche une fois puis incline en micro sous ma bouche. Le temps est derrière nous où je prenais prétexte de ce genre d'ambiguïté pour l'embrasser. C'est un été cruel cruel. Je la laisse chez Gaga où Joe n'est pas, on se dit à ce soir tout en sachant très bien que les soirs aussi sont derrière nous. Allongés dans l'herbe elle m'invitait d'un chut à écouter la nuit livrée aux grillons et mon rire nerveux salopait le silence. On est comme ça, on ne se refera plus. On ne revient pas de 86.

Je profite de la voiture de Gégé Bodin pour me faire déposer au bout du lotissement de luxe. Les maisons récemment construites ne trouvent pas d'acheteurs, explique Gégé, parce que colonisées par des rats eux-mêmes porteurs d'une maladie issue des moules. Je lui demande si c'est vrai, il me dit que non en redémarrant dans un crissement de pneus.

Contournant la maison je trouve le cinéaste debout en slip sur la table de jardin. Bras levés il dévisse le globe de l'ampoule de la terrasse. Mon bonjour ne le détourne pas de sa tâche qui agite comme une gelée son corps adipeux. En changeant de point de vue on se rendrait compte que Paméla nous observe depuis le balcon.

— Comment il va le pingouin ?

236

Sans se retourner.

– Joe est passé, ce matin ?

Pas de réponse.

Parle à mon cul.

Slip rouge.

– Si la table disparaît il se passe quoi pingouin ?

Je sais pas trop.

– Si la table disparaît pingouin je tombe, alors que si je disparais la table bouge pas. La pesanteur c'est pas plus compliqué pingouin. Y en a qui te diront ah ah la pesanteur oui oui oui oh là vous avez sept heures devant vous j'espère parce que la pesanteur vous vous rendez compte quand même ça s'explique pas comme ça faut reprendre tout de zéro l'attraction terrestre la gravité ah là là c'est une longue histoire hou là là la longue histoire que c'est je vous dis pas. Y en a qui t'en feront des caisses mais c'est pas plus compliqué pingouin tu peux me croire.

– Par ailleurs je me demandais si Joe était passé ce matin.

– La gravité laissez-moi rire.

Il se laisse rire trois secondes puis stoppe net.

– Si le sol disparaît c'est la table qui tombe, alors que si la table disparaît le sol bouge pas et moi je tombe et je me pète un genou la voilà l'histoire. Les choses ont du poids pingouin faudra s'y faire. Les mouches se donnent l'air de pas avoir de poids, mais c'est juste qu'elles sont plus légères que l'air, le jour où l'air est moins lourd que les mouches elles piquent comme des pierres faut pas croire. Si l'air disparaît la mouche tombe sur la table et là pingouin je peux te dire que mauvaise ambiance pour sa petite gueule de mouche. À moins que le sol disparaisse et la table aussi, et là la mouche se retrouve à chuter dans un puits sans fond, comme les atomes même pas inclinés, condamnés au vide ouais pingouin au vide. Si les atomes tombent à la verticale sans se croiser rien ne se crée rien ne se perd, même pas le sol encore moins la table encore moins mon corps de rêve grimpé dessus encore moins cette ampoule de merde qui se dévisse pas tiens rends-toi utile pingouin ça changera attrape-moi le marteau au pied du transat.

Je ne vois pas le transat et encore moins le marteau. Je le dis.

Re-silence. Slip toujours rouge.

— Tu vois ton gros problème pingouin c'est que tu réfléchis pas. Je t'aime bien pingouin, t'es tout mignon avec ton short et je te lécherais bien le trou du cul mais sers-toi de ta tête nom de dieu pingouin. Comment veux-tu qu'y ait un marteau au pied du transat si y a pas de transat? C'est comme trouver un âne au bord d'un lac alors qu'y a pas de lac. Pour qu'y ait un lac il faudrait quoi pingouin? Il faudrait quoi nom de dieu pour qu'il y ait un lac et au bord du lac un âne de la même espèce que ta mère?

Ça non plus j'ai pas d'idée.

— Une montagne, roi des niais. Roi des pingouins niais.

Quand il s'étire la raie dépasse largement du slip.

— Tu vois une montagne ici pingouin? Non t'en vois

pas. Si t'es honnête t'en vois pas. Pas le moindre minuscule poil de couille d'une montagne à six cents bornes à la ronde, la voilà la vérité vraie. Et toi pingouin tu voudrais que je te dise que Joe est passé prendre un jaune et qu'il a filé à la laiterie? mais dis donc pingouin ça va vite d'un coup, oh là oui ça va très très vite, pfffffff tous ces mots d'un coup, le jaune, la laiterie, doucement pingouin, doucement doucement mon mignon, si le jaune tombe la laiterie tombe pas alors que si la laiterie tombe sur le jaune le verre de jaune se casse t'en prends un? c'est moi qui t'invite.

Débit en accélération constante. Débit de boisson. Toujours sans se retourner.

— Non merci j'y vais.

— Putain merde pingouin tu prends jamais le temps de discuter.

Il expectore son rire de Gérard Depardieu. L'ampoule est maintenant à nu, je rattrape le globe qu'il a lancé par-devers lui. C'est de la fausse porcelaine.

— Faudra revenir pingouin.

Ça c'est pas gagné. C'est pas dit. C'est pas écrit là-haut. Page blanche, libre arbitre.

— Non parce que si Joe baise Paméla et que Paméla existe pas, du coup Joe baise rien du tout, c'est embêtant quand même, on croit baiser et pffft! on baise rien du tout c'est embêtant oui moi ça m'embête beaucoup je suis embêté je suis très embêté.

Il extrait un marteau de son slip et brise l'ampoule.

Dans les années 60 la laiterie de Saint-Michel-en-l'Herm emploie cinquante ouvriers à plein-temps pour transformer en fromage le lait des vaches nourries à l'herbe locale. Dans les années 70 leur nombre double avec le succès du Petit Vendéen qu'on consomme dans tout l'Ouest. Au début des années 80 les paysans indigènes renoncent à l'élevage, on commence à faire venir le lait d'Italie. Du coup la laiterie perd la moitié de son sens. Du coup on met les ouvriers à mi-temps. Du coup ils ne gagnent plus de quoi vivre et démissionnent pour aller travailler dans les supermarchés de Luçon et de La Roche. Du coup la laiterie n'emploie que des intérimaires, particulièrement des jeunes réfractaires à l'idée de se casser les reins pour pérenniser à perte l'exploitation agricole de leurs parents. Du coup Sandrine Botreau s'est fait embaucher pour les matinées de juillet. Du coup Joe l'attend à 3.45 assis sur sa mob et allumant une clope avec la précédente. Du coup je lui demande s'il veut bien me la laisser ce soir à 10 heures, je la déposerai demain à l'aube au bureau de tabac.

C'est très très important.

– Où tu veux aller ?

– La Faute.

– T'y vas en stop et voilà.

– Y aura plus trop de bagnoles.

– Y en aura assez.

– J'peux pas prendre le risque.

– C'est important ?

– Très très.

Joe ne cherche pas, Joe trouve.

– T'as qu'à passer la prendre ce soir chez le cinéaste, j'y serai.

– Ah non je me retape pas votre cirque.

– Alors va te faire foutre.

Sandrine Botreau en blouse blanche sort du magasin de vente en gros de la laiterie. Je rebondis j'ajuste je pense bolchevik. Gros niveau tactique depuis une semaine, c'est le reste qui suit pas.

– Je peux passer à 10 heures et demie?

– C'est toi qui vois.

Ils se font un smack, elle me tend une joue en ramenant sa mèche blonde crêpée derrière l'oreille à laquelle pend une croix. Sous le Ouest-France Sud-Vendée où LeMond enfile un maillot jaune, Joe découvre un bouquet de quatre fleurs de la même couleur que le maillot. Il les tend à Sandrine sans la regarder. Dans ma tête s'écrit jonquilles car c'est le seul nom de fleurs jaunes que je connaisse, avec les pissenlits qui font pisser au lit et qu'on n'offre pas aux filles à moins de vouloir les faire pisser au lit mais quel intérêt. Sandrine n'en revient pas. Croit à une mauvaise blague. Essaie de repérer la caméra invisible de Jacques Rouland. Y en a pas. C'est une scène de cinéma sentimental pas filmée. Joe renverse la mob sur sa béquille et démarre sans se retourner. Je compte les peupliers qu'il dépasse jusqu'à l'entrée du village. Quatorze. Sept de chaque côté. Sandrine hume les jonquilles pour y retrouver l'odeur de son homme.

Du coup on fait un bout de chemin ensemble. Elle avise ma croûte au genou. Elle dit qu'en grande section de maternelle je m'étais moqué d'une croûte qu'elle avait sous le menton suite à une chute de balançoire. Je dis que c'était une façon timide de lui signifier qu'elle me plaisait. Je ne sais pas si c'était vrai à l'époque, mais ça l'est au moment où je le dis, comme tout le reste.

Elle propose un crochet par la fontaine. C'est pas pour coucher derrière le talus, c'est pour se souvenir de choses d'enfance en regardant les grenouilles percer les plaques de lentilles. Plonger des yeux dans la mare et évoquer sa vie d'avant Madonna, quand elle canardait des pies au lance-pierre avec ses frères, Anthony et Francis, devenus gendarmes au retour de leur service dans les paras au Tchad.

Je dis que j'ai à faire, ce qui n'est pas si faux. Il faut que je repasse me doucher. Elle n'insiste pas. Elle a assez de certitudes affectives pour lui tenir compagnie.

On diverge devant l'atelier fantôme du maréchal-ferrant. Dans la rue de l'Eucharistie je ressors la lettre d'Émilie. Il est perdu le royaume, il est retrouvé. Il est perdu et retrouvé le royaume.

Si je n'écoutais que moi je me laverais une fois par semaine, mais pour les filles il faut sentir bon comme une fleur, jaune ou autre, sinon elles vous font une réputation légitime de puer et dégoûtent de vous toutes les autres. Julie me prendra comme je suis, odeurs et léninisme et je suis allergique aux œufs, mais par respect pour elle je fais longuement mousser le Tahiti douche parfum menthe sur ma peau en faisant attention à pas décoller la croûte. Allongé au-dessus de Julie dans la tente, je reposerai sur mes genoux, rien ne doit fragiliser cette position canonique ni me déconcentrer de ma tâche qui consiste premièrement à trouver le trou de Julie, deuxièmement à bouger en elle sans lui faire mal et accessoirement en lui faisant du bien.

J'enfile mon jean acheté chez Leclerc en mai dernier et mon sweat rouge acheté chez Leclerc il y a deux ans. Trop court mais je relève les manches comme Rod Stewart celles de sa veste dans le clip de Baby Jane.

Dans la poche à zip de mon cartable j'ai une boîte de deux capotes avec LOVE écrit en capitales roses. Ils en ont donné une à chaque élève à la fin de la visite de l'institut de biologie de La Chapelle-sur-Erdre. Elle en contenait six mais j'en ai grillé quatre pour m'entraîner, sur une banane d'abord et après direct sur moi. Le sida frappe les homosexuels et les drogués mais il y a des accidents. J'hésite à prendre la boîte. LOVE. Ne pas en avoir me donnera une bonne raison de ne pas en utiliser, ça fera un souci en moins, je pourrai mieux me concentrer sur ce que j'ai à faire. D'un autre côté si je les ai sur moi je pourrai toujours dire que non. Mais je ne veux pas mentir à Julie sans quoi elle pensera que je suis capable de la dénoncer sous la pression des tortionnaires de la DST. J'en prends une seule, comme ça je gagnerai le droit de ne pas en utiliser si jamais j'emmêle celle-là.

Ce sera un mal pour un bien. Contre mauvaise fortune je ferai bon cœur et vivre en gros c'est toujours ça.

En gros.

Depuis la route je me retourne sur la maison comme Lucky Luke sur Oklahoma City. Tu as vu mes premiers pas, tu as vu mes un an, tu as vu mes cinq ans, tu m'as vu partir vers la grande ville pleine de pièges, tu m'as vu revenir bien des fois, au bout de bien des après-midi de vélo, de cabane, de drague vaine, tu m'as vu revenir ivre du bal-disco, tu m'as vu revenir inanimé du 14 juillet, demain à l'aube tu me verras revenir avec au cœur la joie d'avoir été à la hauteur. Ce sera fait. Ce sera fait depuis minuit, j'aurai débarqué une heure avant, j'aurai laissé la mob de Joe à l'entrée du camping et gratté la toile de tente pour me signaler, elle m'aura fait entrer, torse nu sous un duvet à motifs végétaux, on se sera embrassés dans le sens des aiguilles d'une montre, on se chuchote des choses, on se demande comment on a pu vivre l'un sans l'autre si longtemps, je siffle elle dit I love you, je suis tranquille serein cool, j'ai dix-sept ans je l'ai fait dix fois je sais m'y prendre, je suis pas maladroit, je fais glisser son short de jean jusqu'aux chevilles, elle agite les jambes pour s'en débarrasser, j'enlève mon jean neige d'où elle m'a vu retirer la capote, elle me dit que c'est pas utile, je dis que quand même le sida et tout c'est plus raisonnable, avec les autres je me suis pas toujours protégé tu sais, elle dit j'ai confiance en toi, on s'y remet, tout est souple et léger, il n'y a pas de pesanteur, il n'y a pas de gravité, on est couchés à même le sol qui ne se dérobe pas, c'est du sexe avec amour, elle a des orgasmes et aussi des coïts, ça dure toute la nuit, une fois dans un sketch du Petit Théâtre de Bouvard un homme disait qu'avec sa copine ils l'avaient fait toute la nuit, et sans doute qu'après l'homme en question avait retrouvé sa maison, celle qui avait vu grandir son frère sa sœur et lui-même, vu s'épanouir sa personnalité, vu pousser ses poils au menton et croître au fil des ans sa trouille des filles et de pas du tout savoir comment y faire.

17

Je me retourne aussi sur les copains et les copines.
Ils sont tous là. Un hasard ou un fait exprès les a réunis
chez Gaga ce soir. Pour m'encourager, aimé-je à penser.

Des poèmes dans ma tête, tout le temps.

Je me dis que je ne les verrai plus jamais de la même
façon qu'à ce moment précis, 16 juillet 1986, 9.15,
moins de deux heures avant ma bascule dans une autre
ère.

Stéphane Poitou agite lascivement la tête, l'oreille
collée à la radiocassette Pioneer gris métallisé qu'il a fait
acheter par Gaga pour en finir avec les hit-parades sans
reggae de Radio Sud-Vendée.

Lequel Gaga se sert une double dose de Ricard en
regrettant que pour l'instant l'appareil n'ait connu que la
musique jamaïquaine et de rares chansons d'Indochine,
quand Cathy Meunier court depuis le collège pour
arriver la première et glisser sa cassette.

Laquelle Cathy s'est éclipsée aux toilettes quand j'ai
commencé ma tournée de bises de bonjour, et goûte

maintenant la Gauloise sans filtre d'Eddy Vilar en me regardant à la dérobée entre deux toux.

Lequel Eddy me signale que Stéphanie Lemercier m'attend pour me dire quelque chose d'important sous le poster de l'équipe première de l'Association sportive michelaise.

Laquelle Stéphanie me voit m'approcher avec un minimum de loyauté vis-à-vis de Thierry ou vis-à-vis de Cédric on sait plus trop. Je lui demande ce qu'il y a. Elle me demande ce qu'il y a. On se demande ce qu'il y a et je me retourne vers Eddy qui m'informe que je suis con en plus.

Lequel Thierry nous regarde sans méfiance, je parierais qu'il ne connaît même pas le mot. Il ne peut imaginer avoir été doublé par son pote royaliste et fan de hard rock. Tranquille Basile, il écoute Greg lui raconter que la gorette est venue le relancer pendant qu'il explosait les scores du Flashdance.

Lequel Greg s'est efforcé de rester stoïque et de la laisser parler. Entre ses dents baguées elle a dit que c'était encore possible entre eux, alors il lui a payé une glace à la pistache. Ils ont remonté le remblai en silence, il était sur le point d'attaquer quand elle a commencé à se tordre en se tenant le bide. Il a cru à une blague pour solder l'affaire de la piqûre de méduse, mais elle vagissait comme une dingue. Elle criait aux mouettes de couper le courant. Coupez le courant les mouettes, qu'elle criait. Greg a dit qu'il allait couper le courant lui-même, ça irait plus vite, ça l'a pas amusée du tout la gorette, elle a sauté dans un camion de dépannage municipal pour se faire déposer au docteur. Là on lui a dit qu'elle faisait une allergie à la pistache. Greg promet que la prochaine fois il lui fait bouffer une méduse à la pistache.

Icham Hassani prend un accent noir type Michel Leeb pour conseiller d'assaisonner de poudre de guépard la méduse à la pistache, chez lui au bled on s'en sert pour terrasser le voisin malfaisant.

Mylène Caillaux assise sur ses genoux précise que dans le bled en question, Saint-Denis-du-Payré, vivent des léopards et non des guépards.

Sandrine Botreau songe qu'elle pourrait porter un pantalon léopard comme son idole dans le clip de Into the groove.

Cédric Meunier ne fait pas de distinction entre les deux fauves, il jetterait indifféremment dans leur gueule affamée le corps vivant de Céline Histrein qu'il a vue cet après-midi se faire expliquer la planche à voile par son Gitan de foire, qui l'accapare tellement qu'elle ne voit plus beaucoup sa grande copine Charlotte Deslauriers elle-même accaparée par un vendeur de gaufres de La Tranche-sur-Mer et on est surpris de la revoir après cinq jours. Je lui demande ce qui nous vaut l'honneur. J'aime à croire que c'est pour m'encourager, et comme elle répond exactement ça, c'est pour t'encourager, je me dis qu'on a au moins deux femmes de sa vie, qu'il faut juste choisir la bonne, moi c'était moins une, j'ai failli mal parier, comme en ce moment même le gogo originaire de Douai, tee-shirt Earth wind and surf, persuadé de battre Tony Moreau, tee-shirt Y a bon Banania et qui me tend son verre à remplir.

— Tu ferais mieux d'aller te coucher le Nantais.

— Moi?

— C'est pas toi le Nantais?

— Si.

— Eh ben tu ferais mieux d'aller te coucher, c'est ce que je dis.

— Il est 10 heures!

— Pas faux.

— J'ai un truc très très important à faire!

— Et moi j'ai dit ce que j'ai dit : il est encore temps de rentrer chez ta mère te cacher la tête sous ton oreiller à petits cœurs. Bien gentiment.

À y bien regarder il ne manque que Joe. Normal. Il est 10.24 quand j'arrive au bout du goudron du lotissement de luxe. Le bout d'un monde est le début d'un autre. Des poèmes dans ma tête, même quand il faudrait être dans la présence absolue. La mob tient sur béquille dans la lumière tapissée de moustiques d'un lampadaire. Pas de bruit mais le halo de la terrasse éclairée déborde du toit. Ils ont dû mettre une nouvelle ampoule, sans la manger. J'attends qu'en sortant Joe me dispense d'entrer. Un rire de femme perce un cliquetis continu de couverts. Ça vient de chez eux, la maison la plus proche est à cinquante mètres et ses volets sont fermés. Les locataires estivaux en ont été chassés par les rats porteurs d'une maladie issue des moules. Cette terre rejette ceux qui n'y sont pas nés. La mère Baquet dit qu'autrefois les candidats aux élections municipales devaient au préalable se baigner dans les eaux du marais. Celui qui remontait à la surface avec un ragondin sur l'épaule était élu. Si deux émergeaient comme ça, c'était aux ragondins de les départager. En cas de vote égal, le père Mathieu tranchait, ou son prédécesseur le père Marc.

À 10.35 le salon s'allume. Une ombre de femme suivie d'une ombre d'homme glissent sur le voilage. Leurs voix s'engueulent. Celle vociférante du cinéaste domine celle narquoise de Paméla. Évidemment s'ils sont tout à leur désaccord Joe ne regarde pas l'heure. Tant que ça parlera sur ce ton je pourrai me brosser pour qu'il sorte me donner le feu vert pour La Faute. De trois choses l'une, ou je m'introduis en pleine dispute et j'ai l'air d'un pingouin, ou je pars sans l'accord de Joe et il m'en voudra pendant les quarante-cinq ans qui me restent et mémère aura bien du chagrin de nous voir fâchés. Il y aura eu son Baptiste broyé à vingt ans, Jacqueline sa cousine polio, sa sœur Odette dernier cas de tuberculose en France, la vente de la grange à des artisans brocanteurs venus de Rennes, et maintenant ses deux petits chéris qui se boudent à cause d'une histoire de vélomoteur allons donc. Ou j'emprunte la R25 garée devant la maison. Je ne me fâcherai qu'avec le cinéaste, ce sera un moindre mal. Ne sachant pas conduire, il me vient la pensée que je pourrais au moins la pousser. Il me vient n'importe quelle pensée.

Tant pis je vais partir en mob sans l'accréditation de Joe. Julie est prioritaire. Mémère me pardonnera car elle a baigné dans la bonté d'ici. Elle sentira que j'avais des raisons légitimes. Elle m'accordera le bénéfice de l'amour.

À 10.55 les voix redoublent d'agressivité, s'emmêlent, forment un écheveau sonore indébrouillable. Comme ça d'un coup et pendant une bonne minute. Une fusée de feu d'artifice verbal qui retombe en des dizaines de mots anarchiques et incompréhensibles depuis la route où la mob attend son sort, raide comme une bourrique. Je n'ai pas regardé ma montre au moment où c'est arrivé, mais par déduction rétrospective je situerais la détonation aux alentours de 22 h 56.

Parfois un coup de feu troue la campagne et ce n'est pas un coup de feu, c'est un pétard d'enfant, ou un pneu de tracteur qui explose, ou une imitation de coup de feu en écrasant du pied un sac plastique gonflé, ou un fantasme de détonation que le cerveau assouvit. À 22 h 56 il est tard pour les pétards d'enfants, encore plus tard pour sortir les tracteurs, et je n'avais aucun fantasme de détonation. J'avais juste envie que Joe sorte de cette maison et me dise enfourche cette mob mon pote et file vers la femme qui t'attend.

Jamais comme c'est écrit.

Un coup de feu, plutôt.

Pas très sonore mais quand même.

N'importe quoi.

Je reviens sur mes pas car mon premier réflexe a été de courir, avant même de le décider, pas plus que je n'ai attendu d'avoir l'intention de revenir sur mes pas pour le faire. J'ai fui le coup de feu et maintenant je fuis la honte de fuir. Dans les deux cas le cerveau court derrière. Revoir Julie passe par cette maison de malheur, revoir Julie rend moins couard, comme sauver sa cousine de la noyade a rendu moins couard Émile Bodin. Revoir Julie dissipe la peur de contourner la maison pour regarder la nuit en face, la nuit déchirée par un coup de feu pas écrit que même les fantômes du marais n'ont pas entendu. Il n'était destiné qu'à moi.

La terrasse est vide. Un gémissement et revoir Julie m'aspirent vers la salle à manger où je croise le regard d'Orson Welles, puis vers la cuisine où le cinéaste est adossé au frigo, les mains jointes sur la braguette, tous les traits de son gros visage joufflu froissés par la douleur. Je ne me rends pas compte tout de suite qu'il s'affaisse, s'avachit, choit insensiblement. Ses grosses fesses glissent lentement contre le plastique blanc, l'atterrissage sur le carrelage soulage le blessé de son poids et d'une partie de sa souffrance semble-t-il.

Joe est devant l'évier, torse nu. Il passe un torchon sous l'eau chaude fumante.

— Il s'est tiré dessus ce con.

Paméla revient de l'étage avec une pile de draps qu'elle déplie sans but clair en geignant que c'est foutu c'est foutu. Elle ne m'a pas dit bonsoir. Le fusil de chasse gît au pied du lave-vaisselle encore ouvert. Parmi la vaisselle sale je remarque une bouteille qui a priori n'a rien à faire là. Joe demande au blessé de retirer ses mains, il refuse, Joe menace de lui dégommer l'autre couille, le blessé obtempère en geignant comme un nouveau-né et découvre l'entrejambe de son pantalon en lin maculé de rouge. Joe entreprend de le déceinturer, l'autre résiste, Joe attrape le fusil et le met en joue pour le forcer, Paméla crie que c'est foutu ils vont pas nous croire on a rien pour soigner c'est foutu. Elle ajoute qu'il faut qu'elle mange du poisson. Joe la gifle elle se tait d'un coup. Il ne reste que le bruit de fond du robinet d'eau chaude pas fermé. La tête du cinéaste tombe lourdement sur son épaule. Le geste de l'évanouissement ou de la mort. Joe ne s'en aperçoit pas, Paméla non plus. Je ne dis rien, je devrais mais j'ai l'impression qu'ils ne m'entendraient pas. D'une certaine manière je ne suis pas là. Joe pose le fusil sur la table encombrée de cadavres de 1664. La nuit est suspendue à sa réflexion et moi aussi, paralysé, attendant que ses mots me rendent ma mobilité.

– Va remettre ça à sa place.

– Où ?

– Dans le garage.

Revoir Julie passe par prendre le fusil et le raccrocher au mur du garage sur deux clous, parallèle à une arme semblable en plastique. Quand je reviens Joe a passé un bras du cinéaste derrière sa nuque et me fait signe de l'imiter. À nous deux on le traîne jusqu'à la R 25 blafarde sous la pleine lune. Son poids compensé par la force de la trouille qui vient de me tomber dessus. Très calme désormais, Paméla ouvre la portière arrière puis plutôt le coffre à la demande de Joe qui a changé d'idée. On bascule sur le rebord le cinéaste maculé. Depuis son coma il pousse un cri qu'étouffe la tôle en se refermant sur lui. Paméla prend le volant. Joe court à la maison et revient avec le fusil qu'il enterre dans le fossé à égout. Les rats malades le mangeront. Le torse de Joe luit une seconde sous la lune puis s'engouffre dans la voiture. Sans vraiment croire me faire oublier, je me suis posté près de la mobylette. Joe baisse la vitre passager.

– Monte.

Je monte. Sur le siège en skaï un numéro des Cahiers du cinéma est ouvert sur un photogramme de Body double. Je ne l'ai pas vu. Je n'ai pas tout vu. Je n'ai encore rien vu. Paméla joue peut-être dedans. Au moment où elle met le contact, les lampadaires s'éteignent. Un bizarre transfert d'électricité, ou alors l'extinction des feux municipaux car il est minuit. On s'enfonce dans le milieu de la nuit.

Au milieu de la nuit éclate la phosphorescence grise du silo de la coopérative agricole. On contourne le village pour éviter les deux endroits potentiellement animés, chez Gaga et le camping où tous les soirs des Allemands de l'Ouest jouent de la guitare autour d'un feu. Émilie. Au début du trajet Paméla a pleuré et maintenant elle accélère pour semer ses larmes. Silencieux je flotte dans la ouate de mon désastre. Joe explique que le cinéaste les a surpris l'un sur l'autre dans la cuisine. Il les a braqués en exigeant qu'ils continuent. Ils ont commencé à se rhabiller. Il a crié que s'ils remettaient un vêtement de plus il tirait. Ils se sont foutus de sa gueule. Il a retourné le fusil sur lui. Paméla pense que le coup est parti tout seul. Joe pense que tout est possible.

La R25 coupe la place de l'église et se gare phares éteints devant la maison couverte de lierre du docteur Grimaud. Le lierre continue à pousser après la mort. Joe demande de couper carrément le contact et fait signe que je descende aussi. Je confonds avec les cheveux. À l'ouverture du coffre le blessé n'émet aucun son. Joe lui prend le poignet et passe un doigt devant sa bouche sans livrer son diagnostic. Est-ce que ça souffle encore. Le corps inanimé et tout mou n'offre pas de prise, on peine à le tirer hors de sa boîte. La force m'a quitté en même temps que la trouille. Je flotte dans la ouate de mon désastre. On le dépose sur le seuil du cabinet médical contigu à la maison. L'église nous regarde de haut. Joe m'ordonne de remonter. À travers la vitre arrière et la ouate de mon désastre je le vois qui sonne puis court reprendre sa place dans la R25 qui démarre aussitôt comme dans un film d'action pas filmé. La gargouille du renard a tout vu. Elle tiendra sa langue. Elle tiendra ses deux langues.

Nous traversons un village totalement inanimé.

À un moment la voiture s'arrête. Les phares jaunes éclairent une R16 garée. Je trouve que les R16 ont une tête gentille. Joe descend sans rien dire et s'enfonce dans le noir qui nous dérobe le chemin de chez mémère et pépère. Paméla reste seule aux commandes, calme et déterminée, passant une vitesse après l'autre dans l'ordre croissant. Elle a plongé la tête dans une rivière fraîche puis a émergé résolue à vivre. Seul à l'arrière je panique sans raison. Je me plie pour basculer sur le siège avant. Les lierres et les cheveux poussent après la mort. Et les ongles, que j'ai sales. Heureusement Julie ne les verra pas. Je me rends compte sans émotion que Paméla est en culotte. La nuit est inodore et sans saveur. On passe par le bas du coteau pour aller je ne sais où. Tout est possible. Je pourrais tuer la conductrice et me tuer ensuite. Même dans l'ordre inverse je pourrais. C'est indifférent. À huit ans le somnambulisme me faisait le même effet. On me retrouvait coincé contre un radiateur en fer comme un zombie. On me disait recouche-toi et je me recouchais en me laissant porter sur un coussin d'évidence. Paméla est en train de me ramener à la maison, très bien. Ni réticence ni perplexité. Elle sait où j'habite parce qu'elle sait où j'habite.

Sa voix régente mon sommeil. Elle me fait promettre de ne rien dire à personne.

Je promets.

Elle dit que je suis passé à la maison à 23 heures, et que je les ai trouvés elle et Joe qui s'inquiétaient que Bruno ne soit pas rentré.

Je suis passé à la maison à 23 heures et je les ai trouvés elle et Joe qui s'inquiétaient que Bruno ne soit pas rentré.

Elle dit tu as pris trois calvas avec nous, tu as raccompagné Joe à pied, à minuit quarante tu es rentré chez toi et tu t'es couché bien gentiment.

J'ai pris trois calvas avec eux, j'ai raccompagné Joe à pied, à minuit quarante je suis rentré chez moi et je me suis couché. Bien gentiment.

18

L'horizontalité me réveille du songe somnambule. Me claironne dans l'oreille que c'est n'importe quoi. Le docteur Grimaud ne s'est pas réveillé, ne se réveillera pas. Il n'a pas entendu la sonnerie, Joe n'a poussé le bouton qu'une fois. L'entendant tout au fond de son sommeil, le docteur aura cru rêver d'une sonnerie et aura spontanément décidé de ne pas se gâcher la nuit. Le blessé va mourir sur le seuil. Une balle en pleine couille transperce au moins trois organes dans la foulée. Ou alors il est mort pendant le transport. Étouffé dans le coffre le malheureux.

Dans tous les cas de figure, c'est déjà fait.

Les éboueurs ramasseront le corps et le livreront à la gendarmerie. On y relèvera mes empreintes, et aussi sur le fusil de chasse que Joe m'a fait ranger exprès, je ne te comprends pas Joe, tu m'échappes, tu veux me faire accuser à ta place alors qu'on est comme des frères, j'invente rien. En plus ils trouveront aussi les tiennes d'empreintes, et tu viendras avec moi finir de bouffer ton capital temps en prison. Vingt années grillées, en sortant il nous restera une petite moitié de vie, et encore pas la meilleure, celle pleine d'enterrements d'amis.

Pour mémère ce sera le chagrin de trop.

Ils vont me cueillir au lit dès l'aube, au moment même où le père de Julie lancera sa famille vers Málaga. Ils ne voudront pas entendre que j'ai 17,1 de moyenne annuelle en anglais. Menotté je serai incapable d'aller battre Antoine Lamoricière en demi-finale, à moins qu'ils acceptent une libération sous caution comme dans les films américains filmés. Ils trouveront aussi les empreintes de Paméla mais pour elle ce sera normal, l'enquête établira qu'elle utilise le fusil comme instrument de mesure des sexes d'hommes, alors que Joe et moi qu'est-ce qu'on foutait dans cette maison ? Si c'est elle qui l'a tué elle sera encore plus prompte à nous accuser, ou pire à m'accuser seul pour innocenter Joe, à dire que je suis passé tuer son mari parce que je ne supportais plus qu'il m'appelle pingouin. Tout sera cohérent. Tout sera logique. Le cauchemar prendra la forme d'un destin.

Je m'éjecte du lit pour esquiver la chape de plomb qui va me tomber dessus. Je ne veux pas que le coffre se referme sur moi. Je veux percer des trous dans la tôle pour respirer, puis les élargir pour m'évader. Je me dose un grand verre de sirop Teisseire au cassis histoire de faire quelque chose. Il y a un papillon de nuit. Je me regarde dans la glace de la petite armoire à condiments. J'étais pas mal comme garçon c'est trop con, en plus ça allait s'améliorer je voyais ça d'ici, j'allais devenir moins joufflu moins rougeaud moins vendéen.

La télé pas éteinte et muette m'attire dans le salon. Antenne 2 rediffuse l'étape du Tourmalet, LeMond et Hinault chaloupent côte à côte en toute sérénité. Ils ont encore au moins trente ans à vivre. Hinault agrandira son élevage porcin en Bretagne. Moi je n'ai pas de ferme, aucune assise, strict prolétaire j'ai juste mes bras pour scander la marche et mes jambes pour traverser le jardin jusqu'à la route. Ma tête je l'ai perdue aux alentours de 22 h 56. Le corps fonctionne en autonomie, mû par des décisions musculaires, des décisions prises par la base sans consulter le sommet. Mes bras mes jambes ne vont pas se laisser faire comme ça. Ne mourront pas sans lutter. Ont leur dignité. Increvables. On n'est pas bien téméraire mais on n'est pas si couard, pas bien épais mais on a des litres de sang dans les veines et qui coulent encore. Je vais courir sonner chez le docteur, lui montrer le blessé sur le seuil et dire voilà je comprends pas je l'ai trouvé là en revenant de chez Gaga, il faut le sauver, c'est un type brutal, il avale des langoustines et des ampoules, mais chaque vie humaine est un infini, je ne vous apprends rien, vous êtes bien placé pour le savoir vous avez prononcé le serment de comment dit-on déjà. Le blessé est un cinéaste. Bruno il s'appelle. Comme Brian mais en français. Il s'est tiré dessus cet imbécile mais il ne l'a pas fait exprès, il ne voulait pas mourir, personne ne veut mourir quelle drôle d'idée.

Je marche pour ainsi dire les bras tendus devant. Tant que je marche je ne suis ni prisonnier ni mort. Je passe le verger du père Gaboriaud. Les arbres ont des formes banalement effrayantes. Hippocrate. Ça me revient. La vie sans autre considération. Soigner Le Pen. Un chien enroué m'aboie au passage, pauvre couillon, une existence pour rien, une existence sans les forces de l'Esprit, à la fin qu'est-ce qu'il restera de tes aboiements, à la fin qu'est-ce qu'il restera de tout? Il restera 86. Je suis probablement crevé tout au fond de l'épaisse ouate de désastre. J'aurai tout le temps de dormir quand je serai mort. J'arrive essoufflé au pied de l'église qui sonne 2 h 20. Pas chercher à comprendre. J'essaie de ne pas regarder le renard à deux têtes, les vertiges morbides ça va bien maintenant. On est passé à autre chose. On est au-delà. Le cabinet médical est éteint, et son seuil vide comme un cercueil avant l'usage. Pas de corps, pas de blessé, pas de corps blessé. Ils l'ont trouvé tellement mort qu'ils l'ont déposé dans un coin et sont rentrés se coucher bien gentiment. Ils ont reporté au lendemain le moment de cueillir le coupable et ce sera moi.

Si je sonne pour en savoir plus je signe mon forfait. Les coupables reviennent sur les lieux du crime parce qu'ils veulent être condamnés. Je ne veux pas être condamné, je ne veux pas perdre le petit lot de décennies qui m'est échu. Je pourrais réveiller le docteur au prétexte de troubles digestifs, ce serait crédible il m'a soigné une hépatite virale quand j'avais quatre ans et quelques crises de foie par la suite. Ou bien je rouvre ma plaie au genou, je la fais saigner comme le cochon qu'on vient de tirer à la carabine entre les deux yeux. Du sang tout chaud pour faire du boudin. Le docteur dira faut soigner avant que ça s'infecte, et pendant qu'il me bandera je lui soutirerai des informations mine de rien.

Le danger c'est qu'il prendra mon pouls et décèlera une palpitation suspecte voire coupable.

Sonner est aussi risqué que ne pas. Partir est aussi risqué que ne pas. Je ne peux pas parler au docteur, je ne peux pas ne pas lui parler. À ce moment précis vivre est rigoureusement impossible.

Je lève les yeux vers le clocher également assez démuni. Pourtant quelle force pour l'élever et combien de vertiges surmontés. Le grand courage des hommes leur grande folie. Construire une tour pour se hisser jusqu'au ciel et la cacophonie en châtiment de leur orgueil. Alors qu'à l'origine parler est fait pour éclaircir. Depuis lors parler obscurcit, parler embrouille.

Je hisse mon regard jusqu'au ciel. Parfois il en tombe des météorites, parfois des capsules éjectées d'une fusée, parfois Joe, parfois une solution. Là rien ne tombe que des secondes dans le puits sans fond du temps.

Je regarde au fond du puits à tout hasard.

Je fais bien.

On n'est pas bien malin mais on n'est pas si con.

En regardant dans le puits sans fond je comprends que la solution est qu'il n'y en a pas, qu'il n'y a que des poches de lumière dans la grande nuit englobante.

Dans la ouate noire de mon désastre Julie soudain se rappelle à moi.

Courir est le préalable. Courir précède le choix de la direction. Courir est une prière en attendant mieux. Courir donne le tempo à la pensée. Une foulée deux foulées je rebondis j'ajuste je pense bolchevik. Je passe en revue les issues de secours. Première idée : débile, comme souvent les premières idées. Le cancer c'était une première idée je suis sûr. Deuxième idée : récupérer le vélo Motobécane dans la remise aux journaux. Inconvénient de la deuxième idée : le bureau de tabac est à l'opposé de la route de L'Aiguillon. Perte de temps et d'énergie. Troisième idée, surgie en même temps que le Poilu rouillé de la place de la mairie : la mob de Joe. Il n'est pas repassé la prendre après le docteur, pour une raison que l'oisiveté carcérale nous laissera le temps d'élucider. Avantage de la troisième idée : proximité du lotissement de luxe, gros gain de temps et chance d'arriver au camping des Crevettes avant l'aube. Inconvénient : passage obligé par la maison de malheur, risque d'y trouver trois gendarmes, ou Paméla suicidée en culotte, ou Orson Welles sorti de la photo et attablé en noir et blanc devant un gigot-mojettes. Ajustement pratique de la troisième idée : arrivé à cent mètres de la maison on ralentit, on se planque derrière la nuit, on s'approche façon commando la tête rentrée dans les épaules. En même temps on observe de loin les fenêtres le balcon, on ne voit rien qui bouge, tout est calme et plat. Maison endormie ou livrée aux fantômes. Au bout de combien de temps les défunts deviennent des fantômes et tous le deviennent-ils? On le saura bien assez tôt. On est tout près maintenant. On distingue la R25 garée à sa place mais pas la mob de Joe.

Elle a été déplacée.

Pour effacer les traces de la présence de Joe et m'accuser j'en étais sûr.

Ou bien il ou elle ou ils l'auront rentrée dans le garage et calée sur sa béquille, sous le fusil en plastique suspendu au-dessus des deux clous dévolus au vrai fusil qui si tout est normal n'est pas accroché au mur.

Si tout est normal le vrai fusil est enterré dans le fossé à égout. Si tout est normal il repose comme un mort sous la terre aplatie par les soins de Joe. Je creuse pour être sûr. Tant pis pour les empreintes, j'ai besoin qu'une chose normale m'apparaisse, ça me revigorerait, le sang irriguerait à nouveau mon cerveau, je pourrais réfléchir efficacement au meilleur usage des heures de liberté qu'il me reste.

J'ai besoin d'une ou deux certitudes pour continuer, c'est pourquoi je sonde la terre qui ne ment pas. J'y mets du cœur. Quoi qu'il arrive on ne pourra pas dire qu'à l'ouvrage on n'ait pas mis de cœur. Même pour rien ça n'aura jamais cessé de battre, jusqu'à la fin. Une sorte d'espoir.

Si la terre ne retourne aucun fusil, c'est qu'à coup sûr

aucun fusil ne s'y trouve. On peut la croire elle ne ment pas.

Pourtant j'ai vu Joe y enfouir l'arme. Joe existe, c'est indéniable, je le connais depuis onze ans.

Je souffle je sue je suis confus.

J'ai de la terre plein les mains, un changement de point de vue établirait que j'en ai aussi sur la gueule, et je suis confus. Sous mes pieds un trou vide. Il n'y a plus rien ici-bas sur quoi des jambes qui ne demandent qu'à aimer putain puissent se reposer.

Il n'y a plus rien à faire que se casser d'ici en courant et dire au revoir à la maison, au revoir et merci pour tout, c'était très bien, formidable le déjeuner, le dernier soir encore mieux, du sexe du vin du sang beau programme, non vraiment merci je reviendrai, dans vingt ans je repasserai vous voir, on mangera du crabe, on se souviendra du merveilleux été ensoleillé où l'on s'est connu aimé excité embrouillé entre-tué perdu dans la nuit, vingt ans déjà on n'en reviendra pas.

Courir est le préalable et la conclusion. Courir est le début et la fin.

Huit kilomètres d'ici la côte. Au pas de course ça s'avale en une heure à peine. Sauf écroulement subit on y arrivera avant l'aube. Il restera juste assez de temps pour s'allonger sous la tente.

La lune toute ronde fait la nuit bleue. Qui me croirait si je disais qu'à ce moment précis courant vers Julie dans la nuit bleutée et sans espoir sur l'après je suis gagné par une furtive euphorie. Personne alors je me tais.

Je me retourne voir si une voiture miracle apparaît, qui m'emporterait à une vitesse quand même un peu supérieure à celle de mes pieds. Pas de phares évidemment. Le vide rural. Sinon le néant du moins son avant-goût. Quand je serai grand je vois ça d'ici je vivrai dans une grande ville, il y aura des taxis toute la nuit, on pourra rallier la plage à n'importe quelle heure.

Dans le virage de Joséphine ladite s'est jetée sous un camion de l'armée pour protester contre l'obligation faite au prince de l'école laïque de Saint-Marcel de ne pas la fréquenter, sous peine de se faire transpercer trois organes par son frère Dédé Martineau armé d'un fusil de chasse.

Je souffle je sue je suis confus. Dans l'autre sens ça roule davantage avec les retours de boîte de nuit. Je me fous de l'autre sens, l'autre sens ne peut rien pour moi. Pourtant une paire de phares qui a commencé par m'aveugler ralentit, s'immobilise, éclaire un fragment de champ de maïs pas encore fauché. Je ne distingue rien, même pas la marque. À sa voix c'est une voiture de sexe masculin.

— Tu vas à L'Aiguillon?
— La Faute.
— C'est pas ma direction, ça.
— Non.
— C'est même l'opposé.
— Oui.

– C'est dommage.

– Oui.

– Je vais vers Saint-Michel moi.

– Je vois.

– À l'aller j'allais dans ton sens mais là au retour je vais dans l'autre.

– Normal.

– On peut pas faire deux allers de suite.

– Non.

– Ni deux retours.

Il éclate d'un rire sardonique de méchant pas filmé et repart bien sûr en klaxonnant comme un blaireau.

Je ne m'énerve pas. Je ne donne de coup de pied enragé dans aucune boîte de conserve. Je ne cours pas après ce véhicule issu d'une vile engeance. Je ne me trompe pas d'adversaire. Je ne grille pas d'énergie dans des combats inutiles. Je reprends la course. Les jambes sont le préalable. Les jambes et serrer les dents. Les dents serrées ça oui je sais déjà, c'est ma première manière, la grimace séminale, je ne sais juste pas encore que ça ne s'arrêtera jamais, qu'il n'y aura jamais de paix, qu'il faudra ronger son frein toujours. Mordre fort le bout de bois pour supporter une extraction de balle ennemie. Mordre la branche de l'arbre pendue au-dessus du précipice qui m'engloutirait sinon. Serrer les dents pour s'accrocher à la vie sans autre but qu'elle-même, la vie. La vie et rester dedans.

19

Je compte les voitures croisées et les minutes entre chaque. Ça fait passer du temps que la course convertit instantanément en espace. L'une d'elles stoppe juste devant moi, une tête s'en extrait par la vitre pour vomir. Je crois voir une fille. Je souffle je sue je suis confus et surtout je pue. Julie me prendra comme je suis. Notre amour n'a pas d'odeurs. Notre amour est l'esprit qui souffle sur les odeurs pour les dissiper.

Parfois il déplace une montagne.

Parfois il fait apparaître une paire de phares au loin derrière moi. La moitié d'une paire, disons. Le Sud-Vendée est plein de véhicules borgnes. Un phare suffira largement pour me guider dans la nuit.

Le temps qu'il me rattrape j'atteins le carrefour en patte-d'oie qui marque la mi-chemin. Une pancarte L'Aiguillon La Faute orientée tout droit, une pancarte Hameau des crucifiés tendue vers la droite, une pancarte Sainte-Marie vers la gauche. Je suis sur la bonne voie. 3 km indique la borne. La vierge en plâtre en a chu pour se coucher dans l'herbe et dormir. Ses bras ambivalents ouverts sur le ciel. Pleure sur mon sein petit homme je ne peux rien faire de plus. Elle tient son nom de Madonna qui a tout copié sur Sandrine Botreau. Calé dans le faisceau je fais signe qu'on s'arrête en agitant des bras plutôt nerveux. Le phare est celui d'une mobylette, la mobylette celle de Tipaul mi-rire mi grimace. Content pas content.

— Des lapins.

— Tu m'emmènes Tipaul?

— Sainte Marie elle a des lapins.

À moitié compréhensible avec ses lèvres serrées sur la chaîne de son médaillon.

— Non, pas Sainte-Marie, Tipaul. La Faute. Tu dois me déposer à La Faute. C'est Goldorak qui l'a dit.

— Sainte Marie elle a p'tit zizi.

— Oui mais justement emmène-moi à La Faute.

— La faute.

— Voilà. Au camping des Crevettes.

— La faute.

— Oui, après L'Aiguillon on passe le pont et hop. Monstrueux et céleste sous la lune.

— La faute elle a un p'tit zizi.

— C'est pour ça qu'on va y aller Tipaul. On va aller lui dire qu'elle a un p'tit zizi.

— Sainte Marie aussi elle a un p'titi zizi.

— Oui mais elle elle le sait. La Faute, non. Faut passer par La Faute d'abord.

— La faute en bylette.

— Oui, avec moi derrière.

— La bylette elle a un p'tit zizi.

— Oui oui, aussi. Tout le monde.

Je me cale derrière doigts sous la selle et on est partis.

Un peu inconfortable mais ça va. Mal aux fesses moindre mal. Par contre rouler au milieu de la route en suivant la ligne blanche ne s'impose pas. Je n'interviens pas, je serre les dents sur mes mots comme Tipaul sur sa chaîne. J'enlace sa taille pour m'accrocher, pour ne pas tomber, ne pas retomber dans le puits de la nuit, et c'est aussi pour t'enlacer Tipaul. T'enlacer sans calcul. Je pose ma joue sur ton omoplate et je glisse des mots de gratitude sous la pétarade de ta bylette. Tu es venu pour me sauver. Tu es le dernier parmi les hommes et le premier dans mon cœur. Je l'ai toujours senti quand on te jetait des graviers. J'avais ce scrupule en moi, cette amertume prometteuse. Une graine de bonté qui germerait si la vie m'en laissait le temps, si la méchanceté ambiante m'en laissait la force. La force est la condition suffisante et efficace de la vertu, c'est une phrase. J'entrevoyais ta sainteté et des bribes de la mienne dans le miroir brisé de tes fesses mitraillées par nous. Joue contre toi je souffle je pue je suis confus et tu t'en fous. Tu ne réclames pas l'excellence en retour de ta magnanimité. Tu la dispenses à tous sans condition. Ta mobylette pourrait passer par la porte très étroite qui mène où tu sais.

Ou braquer à gauche dans un chemin, mue par une inspiration aussi soudaine qu'incompréhensible.

Incompréhensible.

Les voies de Tipaul sont impénétrables et pas du tout commodes pour une mobylette. Chemin d'herbe, ornières de tracteur profondes comme ça. À l'ouest les rares lumières de L'Aiguillon s'éloignent. On file par une traverse retrouver la route de Sainte-Marie. C'était pas du tout le programme. C'est pas du tout l'histoire. Je me déplie pour attraper le guidon et imposer un demi-tour. Tipaul s'arc-boute pour m'empêcher l'accès aux manettes. Il ne veut rien lâcher. Il veut aller à Sainte-Marie, sa mère y est peut-être. Par pudeur ses yeux se ferment pour pleurer. Il n'y a plus grand monde aux commandes. Nous allons nous prendre une gamelle. Nous nous la prenons. Ma plaie au genou se rouvre sur une pierre posée là par les puissances malfaisantes qui ont scénarisé cette nuit. Une roue de la mobylette couchée tourne stupidement dans le vide. Vautré dans l'herbe Tipaul paupières closes sourit ou grimace à la lune. Béat ou évanoui ou mort. Je prends son poignet puis passe un doigt devant sa bouche, comme a fait Joe avec Bruno. Ça pulse et ça respire. L'esprit anime Tipaul et nous voulons croire qu'il consent à ce que je le laisse et reparte avec la mobylette. L'esprit lit dans mon cœur vertueux, il sait que je repasserai par là entre le camping et la prison pour ranimer et ramener Tipaul. Il sait qu'une juste cause m'appelle à La Faute. S'il ne le sait personne ne le saura et je serai perdu perdu.

J'enlève mon sweat rouge, je le roule et le passe sous

la tête de l'évanoui, en la soulevant bien délicatement. J'arriverai suant et puant et torse nu aux pieds de Julie. Je lui dirai quelle épreuve ce fut d'arriver jusqu'à toi. Quel long chemin creusé d'ornières de tracteur. J'embrasse les lèvres de Tipaul pour lui dire ma gratitude et me ravitailler en esprit qui souffle. J'en ai besoin pour la suite, pour la course contre l'aube.

Je suis revigoré mais pas la mobylette. Quand je la relève elle retombe comme morte. Un corps de métal que la vie a quitté. Elle ne roule qu'impulsée par Tipaul. Il faut les mains de Tipaul pour lui imprimer le mouvement. Je souffle je sue je suis confus. Je secoue Tipaul pour le réveiller de son sommeil de saint. Il ne se réveillera plus tant que je n'aurai pas couché avec Julie, il s'est endormi pour que cela soit possible. Cela sera possible sans mob car il a été décidé qu'on finirait à pied et qu'ainsi seulement s'atteindrait le but, la course est le début et la fin, je n'ai plus qu'à me dresser et repartir.

Je ne bouge pas.

J'ai toutes les raisons de me remettre en marche et quelque chose me retient, une suggestion soufflée par un diablotin voletant à hauteur de ma tempe gauche.

Au cœur de ma vertu nouvelle s'insinue la tentation empoisonnée d'extraire le médaillon de la bouche de Tipaul.

N'importe quoi.

Complètement hors sujet, et pourtant je sens que je vais me le permettre, qu'il le faut, qu'en moi ça refusera de repartir sans avoir fait cela d'abord.

On choisit pas.

Sublime ou crétin on n'y est pas pour grand-chose il est temps de le dire.

Je tire la chaîne tout doucement, comme celle d'un fauve endormi. Apparaît l'arc inférieur d'un minuscule médaillon ovale, l'amorce d'une photo puis son intégralité, un portrait d'enfant en noir et blanc, le mien à quatre ans ça s'invente pas, tiré je m'en souviens au début de la deuxième année de maternelle en septembre 74. J'y souris d'exister. Au dos du médaillon des mots sont gravés que j'oriente vers la lune pour les déchiffrer.

Prévenir le père Jean.

Rien d'autre.

À peine ai-je lu ces dix-huit lettres formant phrase qu'une voiture s'annonce par son moteur et ses faisceaux dirigés dans le bon sens. Je cours vers la route pour me faire voir en criant comme un débile. Une sorte de naufragé. Le véhicule s'immobilise sans quitter la route. Au moteur roucoulant et aux phares ronds c'est une 2 CV. Tu ne me chercherais pas si tu ne m'avais déjà trouvé.

Ainsi commencèrent les pierres, les plantes, les singes. Le verbe les fit advenir. Les lettres d'arbre firent pousser un arbre. Les lettres de maison édifièrent une maison. Les lettres de père Jean ont assis le père Jean au volant, engagé son véhicule vers L'Aiguillon, posté devant ses phares une silhouette hystérique, la mienne.

Je souffle je sue je suis confus, c'est trois fois le contraire du conducteur.

– Tu n'as pas vu Paul?

– Tipaul?

Je gagne du temps, ma réponse n'est pas arrêtée, ça va se décider tout seul à ma prochaine réplique.

– S'il est en mobylette je crois que oui. Il filait vers La Faute.

– Il aurait pu te prendre.

Je l'entends murmurer vroum en passant la première. Les curés ont des 2 CV, elles leur sont offertes en fin de séminaire et roulent comme deux chevaux dont les vitesses s'additionneraient. Ça suffira pour précéder l'aube. Même pas mal au genou.

– Il fait des fugues nocturnes, c'est sa dernière trouvaille.

D'habitude le père Jean a des lunettes sans verres. Il dit que ça l'aide pour conduire. Présentement il conduit sans lunettes. Il y voit mieux dans le noir que dans le jour.

– Qu'est-ce que tu faisais comme ça torse nu sur la route?

– Moi?

Je gagne du temps, ma réponse n'est pas arrêtée, ça va se décider tout seul.

– Non, le pape.

Il rit de sa blague, ça me donne un bonus de trois secondes avant de répondre.

Trois secondes, pas une de plus.

— Je vais voir le soleil se lever sur la mer. J'avais envie.

— C'est une belle idée.

— C'est vrai quoi, on le voit toujours se coucher et jamais se lever.

— Je vais te déposer sur le rivage.

Pourquoi je me ligote en racontant des trucs pareils. Pourquoi je ne dis pas que je vais retrouver une fille que j'aime. Il serait ravi le père Jean, il nous bénirait des deux mains à l'eau de mer. Il dirait que l'amour est patient et serviable, qu'il n'est pas envieux, qu'il ne se vante pas, ne se gonfle pas d'orgueil, ne fait rien de malhonnête sauf regarder la médaille de Tipaul et la foutre dans ma poche en partant, n'est pas intéressé, ne s'emporte pas, n'entretient pas de rancune, supporte tout, fait confiance en tout, espère tout, endure tout. L'amour ne passera jamais.

— Vous donnez pas cette peine. Il faut que vous retrouviez Tipaul.

— Bah, du moment qu'il n'est pas tombé dans un puits.

— Ou tombé tout court!

— Tu crois?

— C'est des choses qu'arrivent.

— La chute est un moment de l'élévation.

— Oui.

— Foudroyé par la révélation saint Paul est tombé de cheval.

Mon désastre est un moment de mon salut. La braguette maculée du cinéaste est un moment de Julie.

– C'est pourquoi Paul a chéri les bleus de sa chute. Mais arrivé à Damas il s'est quand même fait panser le cul!

Il rit en activant le clignotant à l'embranchement.

– C'est vrai cette histoire?

– On dit que c'est à moitié apocryphe. Écrit d'une main par un saint et de l'autre par un usurpateur. Reste à savoir quelle moitié! Qui des deux est l'usurpateur, qui des deux le saint. Qui du saint est l'usurpateur, qui de l'usurpateur le saint.

Il rigole du même rire que Tipaul quand la biquette du père Botreau lui léchait les fesses. Au fronton du cinéma Le Homard s'affichent les flammes du Nom de la rose. J'ai faim.

– Vous la connaissez la légende du Homard?

– Oui je la connais.

Le père Jean parle de ce qu'il veut quand il le veut. Chaque chose vient en son heure.

– Le plus étonnant n'est pas forcément que Dieu soit apparu à Paul. Il aurait été tout aussi bizarre qu'il ne lui apparût pas. Soit tout étonne soit rien n'étonne, il n'y a pas d'intermédiaire. On s'étonnerait qu'un homme s'envole mais n'est-ce pas tout aussi fou qu'il marche? On s'émerveille qu'un enfant passe de trépas à vie mais il est tout aussi étrange qu'il soit passé d'abord de vie à trépas. On pourrait aussi bien dire : l'enfant de la Dive était mort par miracle, et le père Jean est venu effacer le miracle pour que tout redevienne normal.

Subrepticement le noir ambiant s'est altéré de gris.

Le père Jean n'a pas les yeux à cela. Il les a tournés vers l'intérieur du monde, vers le centre de la Terre.

— La magie est autant dans la mort que dans la résurrection. La magie est partout, la magie est notre lot.

Le Luna Park tout éteint puis le pont du Lay, pour la dernière fois dans ce sens je suppose.

— Mais alors vous avez fait un miracle ou pas?

J'aurais tellement de choses à m'occuper, tellement de sauts en marche à oser pour courir à ce qui m'importe, tellement de problèmes à résoudre et c'est celui-là que je me pose là maintenant. N'importe quoi. Hors sujet.

— C'était un peu truqué sans doute.

— Truqué?

— Pour une part oui.

— Une grande part?

— La part de l'usurpateur.

— C'est une moitié de miracle?

— Voilà. Un miracle au premier degré et demi.

Un peu moins qu'un miracle et un peu plus qu'une imposture.

La rumeur océane monte. Il plonge une main dans sa soutane et en retire quelque chose qu'il me tend sans quitter des yeux la route de la plage bordée de magasins clos.

— Qu'est-ce qui est le plus étonnant? Qu'il soit dans sa bouche, dans ma main ou dans la tienne?

Je prends le médaillon de Tipaul et le remets dans ma poche.

La 2 CV avale la bande de goudron qui fend le sable et finit où commence ce que le père Jean appelle rivage. L'enlisement décide du moment de descendre. On le fait. Une sandale en plastique abandonnée indique le lieu où s'asseoir pour attendre l'aube atlantique. On s'assoit. L'eau se devine à son souffle et aux franges d'écume. C'est vide et calme. De la sérénité serait possible mais le sable soulevé par le vent pique ma plaie ouverte au genou. Content pas content. Les mêmes rayons auguraux qui nous émerveilleront bientôt sonneront le départ des parents de Julie tirée d'un sommeil sans moi. C'est tragique, scolairement. C'est une tragédie d'école. Il faudrait partir maintenant, tourner le dos au soleil que j'ai prétendu vouloir admirer. Il faudrait tout dire. Une manière de confession. La vérité seule peut me sauver de l'impasse.

Elle ne sort pas de ma bouche.

Si le moindre fil de bave en coule, il libérera la cascade de vie dégringolée sur moi cette nuit comme une pluie d'étoiles équivoques, et j'en pleurerai, j'en pleurerai de joie, la joie puissante et accablante de vivre me submergera, on n'en finira plus, la sollicitude du père Jean demandera à être éclairée, je grillerai le peu de temps qu'il me reste.

Tout ça je le raconterai à d'autres, plus tard.

Le soleil s'annonce par une pastille de lumière posée sur l'horizon. Une poignante solennité fige le père Jean dans sa position assise dos droit. Il a retiré ses sandales pour que ses pieds jouissent du sable frais. A piégé un coquillage entre ses orteils. Je vois moins bien que lui. Je suis moins vivant. On regarde dans la même direction, exactement la même, et nous ne voyons pas la même chose. À travers l'eau il voit les poissons et les multiplie en esprit.

Je cherche un souvenir important à convoquer. Quelque chose qui de préférence ait trait à l'origine.

S'évoque mon cousin Gilles noyé ici même en août 83. Ce pourrait être la question. Ça ne l'est pas. On oublie.

Le point de lumière grandit. Il ne cessera plus de grandir. Il s'amplifiera en petit jour puis en plein soleil. Le miracle invariablement renouvelé du quotidien aura eu lieu.

Lentement la mer dévoilera une platitude à peine froissée par le vent du large.

Il y aura des mouettes, des sardines dans leur bec, des bouts d'algue dans la bouche des sardines.

Tout sera dans tout.

Il y aura la beauté de l'existence continuée et elle sera bien amère aujourd'hui si je ne lève pas mon cul maintenant.

— Il faut que j'y aille.

— Va.

Je vais.

Parvenu aux dunes je décide de redescendre vers le sable mouillé plus favorable à la course. Je passerai par la plage et remonterai par celle du camping. La privée.

Celle où nous nous sommes embrassés. Sous le regard de la mer, ni plus ni moins.

Ça fait une petite trotte. Ça fait un bout d'espace qui est un bout de temps infranchissable. Si deux personnes évoluent à deux mètres l'une de l'autre elles peuvent se rapprocher. Si elles évoluent à deux minutes l'une de l'autre elles ne se croiseront jamais, leurs aubes respectives occupent le même fuseau horaire. Si Julie habitait en Amérique son aube serait plus tard que la mienne et j'aurais huit heures pour la rejoindre. Au lieu de quoi elle me fuit à mesure que je la rejoins.

Je crois pouvoir dire que je cours à corps perdu. Que mon souffle s'écourte à mesure. Je croise un joggeur moins motivé que moi. J'enjambe un fêtard comateux moins endurant que moi. Pour un peu l'amour éperdu me donnerait des ailes. Je dépasse des hirondelles. Un couple nu court vers l'eau froide en criant pour se donner du courage. Je remonte la plage des Berniques nantie d'un bar en roseau où traînent des verres de vodka à moitié vides. Je devrais comprendre dès ce moment. Il y a des signes, depuis le temps je devrais le savoir. Mais je ne comprends qu'une fois franchie la dune, passés les sanitaires du camping encore endormi, longés les vingt-quatre emplacements qui précèdent le numéro 25 occupé quinze jours par une famille tourangelle.

À même la pelouse, non loin de trois sacs-poubelle excrétés par la caravane envolée, s'observe un rectangle de vert blanchi dont l'aire épouse celle d'une tente canadienne qu'on a avachie, pliée, roulée, fourrée dans un coffre, emportée de force vers Málaga. Une immense et soudaine fatigue précède ma peine, l'absorbe avant coup, et je m'allonge dans l'herbe aplatie par la toile sur quoi pendant quinze nuits s'est allongé le corps de Julie.

20

Sans moi un jour a succédé au précédent, immanquablement. Sans moi le camping des Crevettes s'est ébroué, énervé sur le zip bloqué de la tente, extrait de ladite, étiré en se grattant le ventre, poussé au cul pour aller aux sanitaires chercher l'eau du café. Sans moi la pastille lumineuse est devenue un rond patelin qui a suspendu son ascension à mi-chemin pour darder sur ma gueule un rayon oblique qui secondé par une mouche pénible a provoqué mon réveil et mon départ.

Sur la route bordée de maisons de pêcheurs pas inondées. Dans le sens contraire des gens rallient la plage, parasol sous le bras. Pour eux les vacances d'été continuent. Elles continueront tout l'été.

Une maison Jacques Célère, et après trois cents mètres le long des pins j'attrape le petit train à touristes enrichi cette année d'un gyrophare orange. Il passe en revue les arrivages de poissons. À chaque bateau une halte et on se penche sur les merveilles. Sardines, bars, espadon, mais c'est pas la question.

Le soleil patelin savait que ma demi-finale commence à 10 heures. Grâce à lui j'y serai. Pour gagner. Maintenant que l'amour est derrière moi je peux me consacrer à la lutte. Je mourrai sans avoir touché un sexe de fille mais pas sans avoir sapé les bases du capitalisme. Je vais battre Antoine Lamoricière en deux sets courts, vite torchés avant que les gendarmes de Saint-Michel me retrouvent. Depuis la prison j'émettrai des livres en vers où je raconterai à mes camarades libres comment je m'y suis pris. Cela me donnera toute légitimité pour diriger la révolution depuis ma cellule. Nous commencerons par renationaliser Paribas et Suez et j'ai plein d'autres idées.

Je saute du train, me passe sur la figure l'eau d'un seau d'anguilles. Je devais être sale, dans le train un enfant hollandais me regardait comme au zoo. On aurait dû rester singes, je me dis. Les singes ne vont pas en prison ou s'en échappent en volant de liane en liane, le corps affranchi de pesanteur, une sorte de grâce. Je ne suis pas fatigué. La fatigue est un caprice petit-bourgeois. Je m'arrête prendre une bande Velpeau à la pharmacie du port. La pharmacienne ne s'étonne pas de mon torse nu, c'est la norme. En hiver la chose irait moins de soi. En été il y a du soleil. Elle ne grimace pas en voyant la plaie dégueulasse de terre, sable, herbe, bouts de coquillage, autant de preuves accablantes de la précédente nuit, de son existence impossible et incontestable. Cela dit une fois nettoyé il ne reste plus grand-chose. Une petite plaie désinfectée.

Elle enroule la bande avec la tendre rudesse de celles qui m'ont pris sur leurs genoux. Maintenant on sait que ce seront les seules femmes de ma vie. Je dis merci. À défaut d'argent j'ai l'idée de payer avec le médaillon. Elle refuse bien sûr. Allez file mon petit gars tu paieras quand tu seras marié.

J'arrive au tennis club à 10.06. Antoine Lamoricière m'attend en échangeant des balles avec M. Lamoricière qui me salue en laissant la place. Père et fils le même crocodile au sein, qu'ils délaisseront dans cinq-six ans quand les jeunes Arabes l'adopteront je vois ça d'ici.

En attendant il me faut un polo. J'en pique un dans un sac délaissé au pied du grillage. Taille douze ans, ça tombe bien. Rayé violet et jaune, ça doit être un maillot de rugby, j'ai l'air un peu con tant pis. `

Il y a du monde, quelques filles, je ne connais personne. Beaucoup de mains en visière pour ne rien perdre de la rencontre de l'année. On va enfin savoir.

Je suis une mécanique.

Entre deux balles d'échauffement, Lamoricière toise ma bande au genou et échange un regard de connivence narquoise avec son père. Il soupçonne que je me suis fabriqué une excuse par avance. Il n'a pas idée de l'éthique impeccable du révolutionnaire. Nous devons être des modèles de vertu si nous voulons un peuple dévoué sans calcul à l'intérêt général. D'une victoire sale ne résulte qu'une société sale.

Pour accréditer la blessure, je me mets à boiter insensiblement, je l'ai souvent fait en cours d'EPS pour être dispensé de gymnastique au sol. Et boitant insensiblement je commence à vraiment boiter, pendant l'échauffement au filet. Au moment de lancer la partie je ne sais plus si je boite vraiment, ou si j'ai vraiment l'impression que je boite.

Je perds le premier jeu qu'il ponctue d'un yes! Engeance de bourge. Il joue plus vite parce que je boite ou parce que je fais semblant de boiter je ne sais plus. Au bout de dix minutes je perds 4-0, et plus je perds et plus je boite, ou plus je boite et plus je perds je ne sais plus. Le père s'autorise sans doute de son expertise en radiologie pour multiplier les allusions dubitatives. Je ne peux pas infirmer, je ne peux pas confirmer. Je suis diminué, j'ai l'impression que je suis diminué, cette impression me diminue. Les manchots ressentent des démangeaisons au bras. Tout est possible. Trente-cinq minutes plus tard je suis mené 6-1/4-1. Je ne peux aller plus loin, j'ai l'impression peut-être feinte que je ne peux aller plus loin. J'entame chaque échange pour le gagner puis quand je vois la perte du point se profiler je grimace à chaque appui ce qui me déconcentre et entraîne la perte du point. Tout donner rehausserait le prix de sa victoire, ne pas tout donner entraînerait ma défaite, l'entraînera, est en train de l'entraîner. Mes pattes de guêpe collées à la confiture de framboise que j'ai étalée. Cloué au mur d'impasse que j'ai bâti. Dans le sixième jeu du deuxième set je monte à la volée sur une balle courte, un suicide ou l'équivalent. Comme prévisible il décoche une fusée, je plonge pour volleyer et retombe lourdement sur mon genou, exprès ou pas exprès je ne sais plus. Si c'est exprès c'est de bonne foi. C'est une chute au premier degré et demi. Je décide que j'ai mal au genou, et peut-être que j'ai vraiment mal au genou mais pas autant que je le décide. Je fais signe que j'abandonne. Dans ces conditions je ne peux pas honorer la cause des justes. L'arbitre qui se trouve être le président du tennis club de L'Aiguillon-sur-Mer déclare Antoine Lamoricière vainqueur sur abandon. Je ramasse péniblement mes affaires, est-ce vraiment pénible je ne sais pas. Sait-on si on est douillet? C'est relatif et comment comparer? il n'existe pas de douleuromètre, on ne mesure pas à quel point on douille, on mourra sans savoir si on était un peu plus qu'une chochotte ou un peu moins qu'un héros.

Je me traîne pour sortir du court, je me traîne vraiment, je me traîne en vérité, j'ai plein d'authentiques raisons de me traîner, la blessure, la défaite, la honte d'avoir un peu utilisé l'une pour minimiser l'autre. Mais un peu seulement. Il y a une part de juste ou je ne sais plus. Lamoricière père me souffle au passage que je pouvais au moins jouer les points qui restaient, quitte à laisser couler, l'abandon si près de la fin c'est pas très honorable. Je lui donne rendez-vous pour la revanche sur les barricades que nous dresserons entre la Bourse et l'Élysée à ma sortie de prison. Je n'ai pas de leçon d'honneur à recevoir d'un radiologue qui figurait sur la liste UDF des élections municipales de Saint-Sébastien-sur-Loire en 83. Je les connais ses casseroles. Je sais beaucoup de choses sur lui, on saura s'en servir. Son fils remet ses raquettes de bourgeois dans sa triple housse, indifférent à la conversation. Il n'a pas de conscience politique, il n'en a pas besoin.

Je rentre aux vestiaires soigner la blessure.

Seul sur le banc je pleure comme un gosse. Je pleure les dix jours écoulés. Je pleure parce qu'à ces dix jours je soustrais la joie et pourtant y en a eu François n'oublie pas. N'oublie pas la joie ce serait mentir. N'oublie pas le plus important, le plus intense, le plus consistant, il n'y a rien de plus profond que la joie.

OK mais dès qu'on est seul le fond de peine ressort et escamote le reste. C'est le grand mensonge de la solitude, sa coupable approximation, son tri sélectif sur l'ensemble du vrai.

Seul, c'est le film de la peine qu'on se passe.

Seul, on se fait un film. On se regarde faire. On se regarde grimacer en retirant la bande Velpeau alors que bon ça saigne peu. Ça saigne pas du tout en fait. Presque plus de plaie. À la rigueur on ne saurait pas qu'il y a une plaie on dirait qu'il n'y en a pas. On dirait ce n'EST pas une plaie. On le dirait de bonne foi. Du coup je dois remettre la bande, pour qu'on ne voie pas ma non-plaie pendant la remise de la coupe à laquelle je vais assister parce que je suis trop poli. Je m'y prends mal, ça s'emmêle, je m'énerve, je renifle. Je dois avoir de la morve au nez. Un kleenex déplié apparaît sous mes yeux.

— Purge-toi un bon coup pingouin.

On s'étonne de tout ou on s'étonne de rien.

Tant qu'à faire je me mouche.

– C'est bien pingouin. Encore une narine et je te ramène. Pour dépanner. Pour dépanner le grand blessé.

Il a lourdement marqué les ponctuations. Parfois les points sont des virgules, là c'est des points points. Je ne décline pas l'invitation car il me tient en joue. Pas avec un fusil ni rien. C'est lui-même sans accessoire qui me tient en joue. Il dit d'enfiler mon jean, je l'enfile. Il sort du gymnase côté parking, moi aussi. J'en ai oublié ma raquette. Je le dis.

– C'est con c'qui t'arrive pingouin.

Je comprends que ça vaut permission d'aller la rechercher. Je comprends de travers. D'un claquement de langue il me fige en plein demi-tour et m'ouvre la porte passager de la R 25. Je continue à préférer les R 20. Il se cale dans le fauteuil en skaï noir. En coin j'observe que l'entrejambe de son short nylon bleu est bleue et non pas rouge. Il s'est soigné. En tout cas le plomb dans les couilles n'a pas été mortel. De ce point de vue son apparition est une apparition de type réjouissante. Pour le reste elle signifie assez clairement que je vais dérouiller. À quel degré je sais pas. On va pas tarder à savoir.

Pour rejoindre la grand-rue il déclenche le clignotant qui ne se déclenche pas. Il n'a pas l'air surpris. Il fait tic-tac avec sa bouche, doucement, plusieurs fois, ça dure bien au-delà du virage. En passant la boulangerie le tac devient toc. Je cherche le rapport avec la boulangerie.

Je ne le trouve pas mais je n'ai pas toute ma tête non plus. Tic tic tic toc toc toc. Puis des mots se glissent dans ce murmure à peine audible.

— L'authentique tic tic c'est du toc toc toc. Du toc toc toc, entrez! Qui c'est? C'est le pingouin? Le pingouin c'est du toc! Non, du tic! Ah bon? Ah là là c'est compliqué y a du vent. On sait plus à force. On recommence. On la refait.

La foule qui déborde du marché nous ralentit. Dans une vie antérieure j'ai connu une fille qui vendait des huîtres et des crabes. C'était une princesse de Jupiter posée ici-bas pour m'ouvrir ses cuisses. Nous nous sommes mariés en Angleterre, cela a coûté cher aux Anglais mais les devises étrangères compensent. Je pourrais faire signe aux clients bigarrés que je suis actuellement kidnappé et qu'ils doivent appeler le GIGN. Je ne le fais pas. Je suis tenu en joue sans attribut. Une marionnette qu'il agite. Il conduit, il tire les manettes. Le numéro des Cahiers du cinéma est passé devant, coincé entre la vitre et la tablette sous une carte routière de la Californie.

Corps double.

Je voulais ce qui arrive. Les criminels reviennent se recueillir sur la dépouille de leur victime pour s'excuser, et qu'on les reconnaisse, et qu'on les punisse, et qu'on leur donne la paix. Il n'y a de paix que dans le sommeil, éventuellement le grand. Dans ce chapitre de ma vie la victime vient à son bourreau pour lui donner des gélules de paix et qu'il dorme.

Le bourreau ne dit plus rien. Entre un tic et un toc

raréfiés, il siffle l'intro synthé du Final countdown.
Je comprends tout. En tuant Joe il lui a piqué son air.

On s'est extirpé du trafic de midi. On passe l'Inter-
marché direction la pointe de L'Aiguillon. La mère
Baquet dit qu'autrefois c'est là qu'on abandonnait
les enfants menteurs et les petits Juifs qui souvent ne
faisaient qu'un. On les jetait dans l'eau pour qu'un
courant les emporte vers la rade de La Rochelle où on les
recueillait au Fort Boyard, dernière escale avant le bagne
en Guyane. Parfois un courant plus fort les emportait
vers le large, et six mois plus tard les flots les dégorgeaient
sur les côtes d'Amérique. C'est pour ça que beaucoup
d'Américains sont juifs ou menteurs. Quand ils sont les
deux ils emménagent à Los Angeles et font du cinéma.

— Tic tac. Tic tic tic tac tac, l'authentique en toc.

Si on me laisse dériver vers l'Amérique j'y gagnerai
Flushing Meadow. Je renonce à Wimbledon, l'herbe c'est
ringard. L'herbe on y plante des tentes et quand la tente
s'envole vers Málaga il n'en reste que quelques brins
aplatis et tout pâles. Un pathétique souvenir de pelouse.

On longe la digue centenaire. Quinze ans que le
village dit qu'elle va péter, quinze ans qu'elle ne pète pas.
Ça ne va plus tarder, même d'ici on entend les coups de
boutoir de l'eau à marée haute.

Dans ma poche de jean j'effleure par hasard le
médaillon. Je le dépose dans le creux à côté de l'allume-
cigare.

— Faudrait rendre ça à Tipaul si jamais je le revois
pas.

Du plaisir à prononcer cette phrase. Je me sens digne et moins mort de trouille que je le serais si je réalisais dans quel film d'horreur pas filmé je joue. Rendre ça à Tipaul et lui dire que je l'aime. Le conducteur tire la chaîne et fait se balancer mon portrait, pendule en quête de source.

– Tu crois voir ta petite gueule là-dessus pingouin ?

Je fais oui de la tête comme un enfant de trois ans. La digue ombrage la route comme une menace.

– Mais pingouin pour que ce soit ta gueule il faudrait encore que ta gueule existe, pas vrai ? Comment photographier une gueule qu'existe pas EXPLIQUE-NOUS UN PEU ÇA PINGOUIN.

Il a crié, se tait, éternue trois fois, glisse le médaillon dans l'unique poche de sa chemise hawaïenne. Murmure inaudible à nouveau.

– Explique-nous un peu ça.

Il allume l'autoradio, l'éteint. Le rallume, le réteint. Deux fois de suite. Puis une autre. Puis encore une. Des bribes d'éditorial sur Kurt Waldheim nouveau président de l'Autriche, rien à voir. C'est une diversion pendant que la digue regarde la R 25 s'écarter d'elle pour s'enfoncer dans le marais.

– Explique-nous un peu ça. Les racines explique-nous un peu.

Je comprends tout. Son discours sur l'inexistence est une justification anticipée des trois disparitions de corps qu'il a commencé à perpétrer. D'abord celui de Joe : dans les eaux du marais. Puis celui de Paméla : dans les eaux du marais. Bientôt le mien. On me demanderait la pire fin, je dirais exactement ça, les marécages, le noir total là-dessous, étranglé par les herbes ondulantes et les poumons se remplissent de vase.

Faites-moi bouffer une huître malade qu'on n'en parle plus. Terrassé par une bactérie danoise et tout sera bien.

Déjà la voiture s'enfonce à travers les herbes hautes, entre des mares de plus en plus nombreuses et je suppose de plus en plus profondes. La vue se bouche, il est par exemple impossible de voir le héron posté à trois mètres de ce qui ne mérite pas le nom de chemin. La terre est invisible et molle. De la vase, en fait. On repose sur rien. C'est mouvant. À tort ou à raison j'aperçois un crocodile. Les fantômes de pirates les tuent pour s'en faire des sacs à trésor mais ils se reproduisent vite. En juillet 79 le garde champêtre de Saint-Michel m'a dit que si je lui piquais encore des poires il m'emmènerait voir les pirates du marais, et qu'ils me recouvriraient la tête d'un sac en plastique rempli de moustiques carnivores. Il a attendu sept ans pour exaucer sa menace. Ça finit toujours par arriver. Le pire c'est maintenant. De fait des insectes de toutes sortes commencent à envahir l'habitacle. Le sac en plastique c'est la voiture, c'est le zézaiement infernal, c'est les herbes hautes qui bouchent la vue, c'est l'ensemble de ce qu'il est incontestablement en train d'arriver.

Un mur de roseaux hauts comme un homme obstrue le chemin amphibie. Au-delà une cabane flotte. On n'avance plus. Il coupe le contact et suspend son geste d'éteindre l'autoradio. On dirait que le reportage l'intéresse, puis on dirait qu'il s'en désintéresse, qu'il s'extrait de la voiture, que je m'extrais aussi, que cela revient à pénétrer un nuage bas de moustiques, qu'on se faufile comme on peut, sous les pieds ça grouille, on n'aime autant pas se demander quel genre de sol nous supporte ni s'il va nous supporter longtemps, si on ne va pas plutôt s'enfoncer jusqu'aux cheveux et s'offrir en dessert à une famille de ragondins.

La cabane est sur pilotis, d'où l'impression de flottement. Je comprends des choses quand même. Ce serait une cabane de pêcheurs s'il y avait de quoi pêcher dans ce marécage où personne ne se risque que les suicidaires et les tarés. C'est plutôt une cabane de pirates à jambe de bois, avec un trésor sous le plancher ou la carte parcheminée pour le trouver. On monte jusqu'à l'entrée par des marches en bois qui surprise ne grincent pas. Son index pointé sur mon dos m'aiguillonne pour que je franchisse le seuil. On dirait un pistolet. À l'intérieur ça pue le cadavre de poisson. Peu de meubles, personne n'habite ici c'est sûr. Juste une table, un vieux poêle, un crochet de boucher suspendu, Joe et Paméla assis ligotés bâillonnés, leurs chaises adossées l'une à l'autre, des cordes pour les pieds et les mains, du tissu pour la bouche, un collant de braqueur de banque sur la gueule. Pourquoi pas. Elle est en culotte, la même qu'hier, son mari l'a cueillie quand elle rentrait de me déposer, ça éclaire au moins un centième de l'énigme. Le visage de Joe n'exprime pas grand-chose, peur ni fraternité ni rien. Je suis content qu'ils soient en vie. Pour l'instant personne n'est mort, c'est un miracle.

La mort aussi est un miracle, que cependant peu se souhaitent.

Du poêle allumé il a sorti un fusil de chasse. Le même qu'hier, peut-être un autre. Il doit être brûlant. Il ne me met pas en joue. Il ne m'attache pas. Si j'avais dû m'enfuir ce serait fait. Là c'est plus du tout le moment, au milieu des glouglous et des cris rauques des bêtes du marais. J'irais pas bien loin.

Il s'assoit à une petite table, côté long, et désigne la chaise face à lui d'une main courtoise. Obtempérant, je tourne le dos aux deux ligotés. Sur la table une lampe à pétrole éteinte n'éclaire pas un saladier transparent rempli d'un liquide épais et marron. Je crois à une crème au chocolat, ce serait bien le genre. Tout est étonnant ou rien. Il éternue encore trois fois, tonitruant. C'est ce qui nous sauvera. Ses éternuements guideront nos sauveurs jusqu'en cet enfer.

— Est-ce que tu as soif pingouin ?

— Oui.

Si les sauveurs sont des gendarmes ce seront aussi nos bourreaux.

— Je veux dire : est-ce que tu as vraiment soif pingouin ?

— Oui je crois.

— Quand je dis vraiment soif pingouin je veux dire vraiment, j'utilise pas vraiment comme des milliards de gens utilisent vraiment, avec une désinvolture qui pingouin je le formule sans pincettes mériterait un châtiment exemplaire, je dirais même une peine capitale oui pingouin je te le dis franchement cette désinvolture mériterait une mort très très violente, un supplice de mort pingouin enfin c'est mon avis, égorgé par ce crochet ce serait du pipi de chat à côté des morts très très douloureuses que je souhaite à nos amis les vraiment.

Moue énorme. Elles lui pèsent d'avance ces morts. Il en est le premier accablé.

– Par exemple ces milliards de désinvoltes disent qu'ils sont vraiment désolés, je suis vraiment désolé voilà ce qu'ils disent et répètent à longueur de journée je suis désolé nous sommes désolés, voilà comment les gens parlent, voilà ce qu'il faut entendre, partout partout partout, tu trouveras peu de lieux où quelqu'un ne dit pas à un moment ou à un autre qu'il est vraiment désolé, l'Albanie peut-être et encore à Tirana seulement, dans les campagnes compte pas sur eux, petit a les campagnes petit b albanaises ah non là c'est trop d'un coup, tictic toctoc, mais est-ce qu'ils sont vraiment désolés ces gens pingouin? est-ce qu'on sait seulement une fois dans sa vie avec certitude qu'on est VRAIMENT désolé, est-ce que par exemple toi pingouin il t'arrive d'être VRAIMENT désolé?

– Oui, quand même.

– Tatata pingouin, me prends pas pour une quiche. On n'est jamais vraiment désolé, toi pingouin pas plus qu'un autre. On te connaît bien, on t'a vu faire, on commence à comprendre l'histoire, hein, la machine que tu es on commence à en voir les boulons, c'est pas très original, le petit vélo, tictictictic dans les montées, un col de montagne toctoc, entrez! y a personne, deux cols authentiques en toc, trois cols toctoc, quatre cols cinq cols ah là là attention! attention pingouin se met dans le rouge, pingouin s'essouffle, pingouin a la fringale apportez une barre de chocolat pour le champion en carton, en carton oui comme ta maison, ta maison peau de lapin la maîtresse en maillot de bain, oh oui pingouin on a bien compris l'histoire, elle est pas bien originale excuse-moi c'est te rendre un service que de te le dire, je le fais en ami, tictic, est-ce que tu as été VRAIMENT triste de la noyade de ton cousin? est-ce que depuis tu as VRAIMENT pensé à lui tous les jours comme tu l'avais promis sur sa tombe et comme TU TE LE FAISAIS CROIRE les premières semaines en t'accoudant à ton lit les mains jointes comme un gros débile? Non pingouin tu me feras pas croire, tu NOUS feras pas croire que ta peine était VRAIE, tu pourras me dire tout ce que tu veux et je t'écouterai car je suis là pour ça, en ami, rien que pour toi, mais ça pingouin n'essaie même pas, faut pas me raconter d'histoires toc toc, faut pas SE raconter d'histoires et tu t'en racontes pingouin, toute la journée tu t'en racontes, tu te fais mal au crâne tout seul c'est pas bon ça faut se ménager et c'est pourquoi pingouin tu me permettras de douter que tu aies VRAIMENT soif.

Il éclate de rire et s'assombrit d'un coup.

– Je suis désolé pingouin, c'est mal de douter de la

bonne foi d'un ami, c'est pas joli joli. Je m'en veux tu
sais mais...

  – J'ai pas bu depuis hier soir.

  – ... mais c'est parce que tu comprends...

  – Même après le tennis j'ai pas bu.

  – ... c'est parce que tu comprends pingouin ce que
j'ai à te faire boire aujourd'hui c'est quelque chose, je
veux dire c'est pas rien, ah oui là on peut le dire c'est
tout sauf rien, ça mérite une VRAIE soif, ça mérite qu'on
ait VRAIMENT très envie d'ingérer un liquide, qu'on ait
une envie de boire mais alors ce qui s'appelle boire, pas à
moitié, ça me ferait de la peine pingouin que tu y mettes
qu'une moitié d'enthousiasme, ah oui ça j'aurais beaucoup de peine, je mettrais des années à m'en remettre je
vois ça d'ici, j'y penserais tous les jours comme toi à ton
cousin.

    Il allume son rire puis l'éteint. Comme la radio tout
à l'heure. De son short il a sorti un verre à pied qu'il
incline pour le tremper dans le saladier façon louche.
Une fois le verre rempli de liquide marron il le dépose
entre mes coudes posés sur la table.

  – Non parce que ce que j'ai à te faire boire pingouin
c'est mon sang, et bon forcément j'y tiens, c'est quand
même... enfin quand même merde c'est mon sang quoi,
le sang c'est pas rien, ça passe dans les veines, ça passe
partout c'est drôle c'est fou, ça connaît tout le corps,
ça alimente tout, ça donne la force à tout ah oui oui,
vide-toi de tout ton sang un jour pingouin et tu verras
que d'un coup Y AURA PLUS PERSONNE, je veux dire y

aura encore moins que personne, tu seras encore moins que rien, tu seras zéro moins quelque chose, tu seras un pingouin de signe négatif ah oui oui c'est important le sang c'est vital même je dirais.

Il se bouche une narine et souffle fort de l'autre dans son col de chemise relevé.

– Celui-là en plus tu vois c'est... enfin disons que celui-là c'est encore plus spécial, parce que tu vois comment te le dire simplement eh bien ce sang-là que tu as devant toi c'est le sang de mes couilles alors tu comprends... non mais c'est vrai les couilles c'est je vais pas dire intime non surtout pas mais bon tu vois un peu l'idée quoi, le sang de mes couilles c'est doublement vital tu vois, c'est du vital de chez vital, c'est pour ça que moi je trouve que te donner là maintenant pingouin un verre du sang de mes couilles je trouve que c'est un geste... enfin merde quoi c'est quand même quelque chose, moi désolé moi VRAIMENT désolé mais là comme ça je dirais que c'est un geste d'amitié, oui oui c'est ça d'amitié enfin moi personnellement je trouve pas toi pingouin ?

– Si.

– Parce que figure-toi que c'est pas n'importe quelle couille non plus, hein pingouin, c'est une couille qu'est pas du toc, ah non non pas du tout du toc, pas du tout du toc toc entrez ! et blablabla. Le sang que je t'invite à boire là pingouin, que je t'invite courtoisement à boire courtoisement oui c'est le mot enfin moi c'est ce que je dirais, je dirais courtoisement oui le sang que tu vas boire là pingouin c'est celui de ma couille gauche. Oui pingouin tu as bien entendu je n'ai pas dit ma couille droite je n'ai pas dit ma couille du milieu je n'ai pas dit ma couille de cheval, je n'ai rien dit de tout ce toctoc blabla, j'ai dit qu'EN VÉRITÉ je te le dis le sang que tu vas boire est celui de ma couille gauche. Excuse-moi pour l'immense respect que je te témoigne pingouin mais c'est quand même un PUTAIN DE VERRE DE PUTAIN DE SANG DE MA PUTAIN DE COUILLE GAUCHE que je t'invite à boire. À boire en entier. Maintenant. Tout de suite. Devant nous. Devant tous tes amis, y compris le meilleur d'entre eux, j'ai nommé moi-même, ton Bruno, ton Brian d'amour.

Dans mon dos il ne me semble pas que mes codétenus s'y opposent, ni que les chaises craquent sous leur panique de me voir obéir, ni qu'ils gémissent d'horreur compassionnelle sous le bâillon. Je crois que dans cette cabane rien ni personne ne s'opposera à ce que je fasse ce qu'on me demande. Je crois que je ne vais pas y couper. Il caresse le canon du fusil comme un chat. Je prends le verre. Je l'examine bêtement, c'est une manœuvre dilatoire. Je ne pensais pas que sorti du corps ça prenait cette couleur. Ni cette consistance de crème. Ça coagule, un truc comme ça. Un temps j'ai craint que ce soit de la merde, mais non. Le fusil ne ronronne pas et on sait de quoi il est capable. Je vais boire, après tout on a connu des châtiments pires. Petite nausée quand même. Réminiscence de crises de foie. Je tarde. Il trépigne, prend sur lui, allume et éteint l'autoradio de sa colère.

— J'y aurais bien ajouté un peu de celui de ton genou mais finalement j'en ai pas trouvé.

Éclat de rire puis silence sec. Il est très nerveux. Je me stimule comme je peux.

Tout ce qui se boit sur cette terre est Son Sang.

Allez, ça durera une demi-seconde, une minuscule demi-seconde dérisoire dans l'éternité etc.

Je me décide et une demi-seconde plus tard j'en ai avalé, quoi, un centilitre. Pour commencer. Pour habituer la langue. Faire connaissance avec cette saloperie.

Ça n'a pas goût de sang,

Non vraiment ça n'a pas goût de sang. Vraiment. Enfin ça n'a pas le goût qu'on s'attendrait à trouver au sang parce qu'après tout on sait pas, à part sucer trois gouttes d'une coupure au doigt de temps en temps on sait pas. Le sang des autres encore moins. Peut-être qu'on a tous un goût de sang très singulier, comme l'odeur de la peau, comme les idées politiques, et que celui-ci, celui de la couille gauche de Bruno, a ce goût fruité.

C'est sa marque, sa touche, son génie.

Fruité et même pas acide. Plutôt sucré, comme du sirop, comme un concentré de quelque chose.

À vrai dire je mentirais en disant que c'est mauvais.

— C'est pas bon c'que tu bois là pingouin ?

— Si.

— Eh ben finis pingouin, te gêne pas, avale-moi ça cul sec et paye ton coup couillon.

C'est ce que je fais, sans déplaisir j'avoue, d'une seule

lampée et au moment de reposer le verre je pense au poison.

Quel con.

Évidemment.

La stratégie imparable pour arriver à te faire ingurgiter un liquide mortel. Te faire boire un truc qui s'annonce dégueulasse et s'avère potable, et alors tu ne demandes pas ton reste, tu trouves ça excellent au regard de ce que tu craignais, tu engloutis gaiement le jus, dix-huit heures que tu n'as pas bu en plus et dieu sait si tu as couru.

Le crime parfait.

Joe et Paméla ont dû y passer avant moi. Ça opère à retardement, bientôt ils agoniseront en crachant leurs tripes. Déjà je crois bien que je les entends se contorsionner. En un flash m'apparaissent leurs yeux révulsés. J'aime autant ne pas me retourner et ça tombe bien le fusil-chat ne m'en laisse pas le droit.

— Tu trouves pas un goût de cerise pingouin?

Oui, c'est ça, de cerise. Le sang de Brian a goût de cerise. J'acquiesce.

— Et t'as pas senti autre chose dessous pingouin? Une sorte d'arrière-goût tu vois?

On y est.

— Non, je crois pas.

— T'es sûr? Rien tout au fond du goût de la cerise?

— Non, vraiment.

— VRAIMENT?

— Façon de parler.

— Y avait quelque chose pourtant.

301

– Du cyanure?

Il se repousse sur le dossier. Relève le canon du fusil et le caresse comme un chat. Longtemps.

– Comment tu dis pingouin?

– Je dis du cyanure ou un autre truc mortel.

– Un truc mortel pingouin?

– Oui.

– Mortel?

– Mortel, quoi.

– Tu dis bien mortel pingouin?

C'est allé très vite cet interrogatoire, très vite ces questions, très vite son débit et soudain ça s'arrête. Comme un robinet à sec. Ça s'arrête quinze secondes, disons.

Vingt.

Vingt-cinq.

Trente secondes de silence et puis il commence à rire, doucement, pas une explosion qui retombe tout de suite comme c'est sa manière, pas l'autoradio, non tout doux au contraire et qui dure, et qui monte, et qui prend du coffre, et qui chaque seconde agite davantage son corps gras, il en suffoque, et dans sa suffocation il répète mortel mortel comme si c'était une chute de blague, et derrière moi j'entends que ça pouffe aussi, que ça monte que ça prend du coffre, je me retourne Joe et Paméla sont debout détachés, ils me saluent d'une révérence en se tenant la main, une révérence de guinguois car ils sont pliés de rire, et Brian en suffoque d'autant plus, en tousse a fortiori, son rire gonfle comme une voile de tempête, comme un ballon de baudruche qui va éclater, éclater en tonnerre et j'entends que ça gronde au-dehors, pour un peu il y aurait un orage, ça vient, ça va venir, le frottement de leurs rires crée suffisamment d'électricité dans l'air, un formidable coup de foudre paralyse un instant le monde puis libère du ciel des trombes qui s'abattent sur la mer, et la mer gonfle à son tour, ses vagues plus hautes, ses flux plus forts, la digue se fissure, la digue craque de partout, la digue explose et la mer s'abat sur les terres redoublant ses eaux, les mares débordent d'elles-mêmes, les rivières fusionnent par deux, convergent toutes en un fleuve aussitôt en crue qui emporte tout ce qu'il rencontre et charrie tout ce qu'il emporte, les maïs, les blés, les betteraves, quelques maisons consentantes, un panneau La Roche-sur-Yon, la salle de jeux de La Faute, les vaches du père Botreau qui spontanément s'initient à la nage, les pirates, la mère Baquet qui les conte, les morts que les rouleaux remontent à la surface, tout le fleuve prend tout, il ne distingue pas, il ne divise pas, il prend le bonheur autant que la peine et l'une devient l'autre et l'autre devient l'une, la différence n'importe plus, c'est le même fleuve il prend tout, toute ma décennie et demie, tout l'été 86, toutes choses indissociables, il prend la honte il prend la gêne il prend les râteaux il prend les coups de boule il prend les baisers pour de faux et les baisers pour de vrais il prend toutes les blessures les vraies les fausses tous les pansements, il prend toutes les filles tous les garçons il les mélange comme il l'entend, les habille les anime les insuffle, peu importe, ils sont tous là charriés emportés

303

solidaires les morts les vivants tous là charriés par le
fleuve de rire qui comprend larmes et joies, douleurs et
plaisirs, qui ne nie rien n'occulte rien n'esquive rien qui
ramasse tout, qui fait sien ce qui vient, le prend comme
tel et l'enroule dans le tout qu'il est, fleuve du rire
emportant Thierry et Laurent bientôt morts et déjà
ressuscités, il n'y a plus de début il n'y a plus de fin, tout
commence tout finit, tout recommence à chaque
seconde, à chaque tour c'est reparti pour un tour de
fleuve du rire emportant Greg Céline Charlotte Mylène
Cathy tous les autres, emportant Bruno emportant Brian
emportant Paméla emportant Joe, m'emportant moi,
charrié à l'égal de chacun, charrié volontaire, charrié
consentant enfin, contaminé par la vibration qui du
monde s'est emparée, une vibration qui grossit en toux
et de toux en rire, et mon rire gonfle comme une voile,
ça prend du coffre ça étouffe, à m'en tenir les côtes, à en
pisser, à en mourir, c'est total, c'est gros comme la vie,
c'est inextinguible et ça continue comme ça des minutes,
ça continue des heures, ça continue des jours, ça continue tout l'été, ça continue à la rentrée en seconde, ça
continue toute l'année, ça continue tout le lycée, ça
continue deux ans, trois ans, quatre ans, et depuis vingt
ans à vrai dire je n'ai plus cessé de rire, c'en est troublant,
presque inquiétant, une anomalie car il y aurait plutôt
de quoi pleurer, tragédies, saloperies, maladies, labeur de
vivre, effroi de ne plus, et alors tout autour on se trouble,
s'inquiète, entrevoit un hic, perçoit un aveu dans mes
trop virulentes dénégations, ça cache quelque chose, une

plaie, une écorchure, une entorse incurable au bonheur
et toujours j'ai donné le change mais aujourd'hui me
trouve las d'esquiver, me trouve pressé d'admettre qu'en
effet il y a quelque chose qu'il ne faut plus tarder à
raconter, le temps est venu quoi qu'il m'en coûte de
remonter à la blessure, de remonter à 86, au dimanche
7 juillet 1986 où la Renault 19 familiale roule vers notre
maison de Saint-Michel-en-l'Herm devenue secondaire
depuis l'emménagement à Nantes en 78, cent kilomètres
plus tôt j'ai demandé à mon père de nous faire arriver à
17 heures pour la finale de la coupe du monde, nous
arrivons cinq minutes avant l'échéance, je me cale devant
la télé en croquant dans une pomme acide du jardin,
Valdano ouvre le score, je ne suis pas si content,
l'Argentine plante un second but, je devrais exulter et je
n'exulte pas, mon cœur palpite normal, ce n'est pas
l'excitation habituelle, la vérité est que j'aimerais autant
quitter cette place, je suis tiraillé entre mon rang à tenir
de spécialiste familial de foot et les suggestions d'une
soudaine bougeotte qui finit par l'emporter, mes jambes
se lèvent et je me vois déserter la salle à manger, traverser
la cour jusqu'à la grange, décrocher mon vélo Peugeot à
double plateau de son clou, ma mère a suivi la manœuvre,
elle demande ce que je trafique, je dis que je vais faire un
tour dans le bourg, elle a un sourire qui comprend tout
et consent, précédant une question qu'elle ne voulait
même pas poser je dis que j'ai un truc à faire, un truc à
faire oui et pour ça je sais qui je dois trouver, je dévale
sans les mains la rue des Abbés, coupe en diagonale la

place du marché déserte, grille désinvolte le stop de la poste, le village a transhumé vers la plage sauf les vieux rencognés dans l'ombre de l'hôtel des Saints-Martyrs, de son vivant Napoléon y a passé une nuit, il a mal dormi à cause des moustiques du marais, le lendemain il est quand même reparti au nord fonder Fontenay-le-Comte, je laisse mon Peugeot dans une cour à l'écart de la route, je traverse jusqu'au café de la place de la mairie qu'on appelle chez Lulu, pourtant le patron ne s'appelle pas plus Lucien qu'il n'est un fan de lecture, il n'a pas ouvert un livre depuis le certificat d'études, il préfère la pêche à la grenouille et le Ricard, au moment où j'entre il finit une réussite sur son comptoir, je demande si Joe s'est montré cet après-midi, Lulu hausse les épaules d'igno-rance et pointe une dame de cœur vers Tony Moreau, si on veut savoir des choses on doit parler à Tony qu'on ne trouve nulle part que chez Lulu, et chez Lulu à nulle autre place qu'entre le baby-foot et le mur décoré de coupes de tournois de belote, Tony est né un 25 décembre et son frère s'appelle Joseph ça s'invente pas.

Composition Entrelignes (64).
Achevé d'imprimer
par la Nouvelle Imprimerie Laballery
à Clamecy en janvier 2011
Premier dépôt légal : décembre 2010
Dépôt légal : janvier 2011
Numéro d'imprimeur : 101231

ISBN 978-2-07-013107-5

Imprimé en France

R.C.L.

183160

AVR. 2011

G